Desejo e Sensibilidade

D.S. BINKOWSKI

Desejo e Sensibilidade

D.S. Binkowski

Uma criança é um anjo cujas asas diminuem à medida que suas pernas crescem.
Provérbio Francês

Aos meus amigos,

Luhan Aliaga,

Daniele Brasileiro,

Carlos Henrique de Souza,

Carolina Almeida,

Leandro Jefferson,

Lorena Stroparo,

Melisa Enguita,

e Silvia Souza.

Vocês sempre serão as minhas pessoas.

Primeira parte:

Vitor Daniel

I

Trabalho

Eu acordei com a cortina blackout batendo na janela, por causa do ar-condicionado. Fazia um calor do caralho e eu definitivamente tinha dormido mal, tinha saído na noite anterior e acabei indo parar em uma balada onde apenas a bebida era boa, só porque era *open-bar*.

Então eu bebi mais do que devia e ao beber me lembrei de ter pensado em como minha vida tinha mudado em tão pouco tempo: alguns meses antes eu estava me formando, entregando meu TCC, publicando minhas pesquisas e saindo da faculdade; mas basicamente sem nenhuma expectativa para o futuro.

Só que agora era um homem adulto com um diploma na mão. E só.

As férias demoraram para passar e o tédio já começava a bater quando recebi uma ligação do colégio onde eu havia feito estágio obrigatório para concluir o curso de História. Havia substituído alguns professores, mas nada até então tinha me feito crer que conseguiria ser contratado como professor efetivo.

Realmente não esperava ser contratado, visto que a professora responsável pela aplicação pedagógica da escola era também a diretora e muito bem conhecida pelo seu ar autoritário e carrancudo, já que todo mundo – professores e alunos – a chamavam de Nazista.

De qualquer modo, atendi ao telefone e fiquei surpreso ao ouvir a voz da Prof.ª Armanda.

– Oi, Vitor – disse ela, com um sorriso na voz. – É a Armanda, do Colégio Lobo, tudo bem?

– Oi, professora – respondi ainda meio sonolento. – Estou bem e você?

– Estou bem, sim, graças a Deus – ela disse, e riu. – Trabalhando já. Voltamos das férias hoje e é bem por isso que estou te ligando.

– Aconteceu alguma coisa? – perguntei.

– Aconteceu sim, Vitor – ela disse, e eu percebi certo estresse em sua voz. – O professor José sofreu um infarto na quinta à noite e estamos sem professor de História, Filosofia e Sociologia... Bem, estou ligando para saber se você não gostaria de assumir o padrão mínimo dele?

– Claro, professora – eu disse, quase gargalhando, mas me contendo. – Quando eu começo?

– Começa hoje – ela disse – Precisamos organizar os Planos de Aula e você precisa estar aqui hoje, sem falta. É possível?

– Claro!

– Ah, que ótimo, Vitor – ela disse. – Nos vemos à tarde e obrigado, viu, se você não pudesse aceitar, eu não ia saber quem contratar tão rápido.

– Também fico feliz que tenha lembrado de mim, professora – eu disse, com sinceridade. – Eu estava precisando de um Norte.

– Que bom que encontramos esse Norte – ela disse, em tom de despedida. – Até mais tarde, Vitor!

– Até!

Quando me dei conta, percebi que fora o telefone que havia me acordado e não o *blackout* do quarto. Estava completamente desperto e assim fui para o banheiro tomar meu banho.

Sob o chuveiro, lembrei que a baladinha foi horrorosa, ruim demais. Começou na casa de uma colega da faculdade, mas só tinha casais gays e eram todos estranhos para mim, exceto um cara do curso de agronomia que passara a noite toda conversando comigo e que no final da festa tentou me dar um beijo. Eu não consegui beijá-lo, por mais bonito e atraente que ele fosse.

Também nunca tive problemas com minha sexualidade e acho que o fato de ter sido criado por pais que foram *hippies* na juventude, me ajudara a passar por períodos críticos que eu sei que algumas pessoas passam, não consegui ver um problema em ser *gay* ou *bissexual* e agradeço o apoio que tive de toda minha família por aceitar, entender e respeitar essa parte da minha vida.

Além do mais, meu corpo sempre foi compatível com a minha mente e eu estava ciente de que não poderia amar uma mulher sem, talvez, sentir a mesma coisa por um homem.

Esse é o primeiro passo para ser feliz: amar-se acima de tudo.

Enfim, comecei a sentir tesão ao lembrar do agrônomo. – *Como era o nome dele? Eduardo? Felipe? Henrique?* – não consegui lembrar, mas lembrava das mãos dele passando pelo meu ombro e caminhando pela minha barriga, subindo por dentro da camiseta e depois pelos mamilos.

O beijo tinha sido úmido demais, talvez fora isso que fizera eu me afastar, mas agora, era isso que me excitava.

Comecei a me masturbar, enquanto massageava o mamilo direito, imaginando aquela boca molhada do agrônomo no meu pau. Tinha me esquecido até de onde estava quando alguém bateu na porta e uma voz gritou meu nome.

– Vitor Daniel, o café está pronto! – disse a voz. – Ande logo que a Dra. Daniela quer saber se você precisa de carona para ir a algum lugar.

Minha mãe, a Dra. Daniela de Andrade estava tomando o café e lendo o jornal quando eu me sentei após dá-la um beijo.

– Vou começar a trabalhar, mãe – eu disse, sorrindo.

Ela baixou o jornal e me olhou, piscando duas vezes.

– Você está falando sério? – ela perguntou.

– Claro que estou, mãe! – respondi, rindo à beça. – Vou voltar a dar aulas no Lobo. A professora Armanda...

– A que você chamava de Nazista?

– Essa mesma – eu confirmei, ainda rindo. – Ela me ligou e me fez o convite e como eu só vou começar após em abril, não vi mal nenhum em aceitar.

– Você faz bem, trabalhar distrai a alma de muitas coisas.

– Não sei por que diz isso – atalhei. – Eu sempre me comporto.

– E eu posso saber quem era o rapaz que veio com você aqui em casa no sábado?

– Um colega da faculdade – eu disse, mentalmente desejando que ela não continuasse a conversa nesse rumo.

– O Rômulo ligou – ela disse, obviamente esperando que eu respondesse algo, mas eu demorei para falar. – Você não vai retornar?

– Não, você sabe que não.

– Está bem – ela disse, ranzinza, – mas espero que você leve em consideração o que sua mãe fala, Vitor, o Rômulo é um bom rapaz e eu gosto muito dele.

– Vou encontrar alguém melhor.

– Uhum – ela resmungou e dobrou o jornal. – Eu vou subir, tenho um processo para terminar de ler. Se precisar de mim, vou estar no escritório à tarde.

Terminei o café sozinho. Eu sabia que minha mãe tinha ficado chateada com o fim do meu namoro, mas Rômulo já não era mais meu namorado, era um amigo. Por mais que ele negasse, esse fato estava bem óbvio.

Minha mãe era bem compreensiva e sempre foi minha melhor amiga. Sei que é clichê dizer isso, mas não sei se tenho outra pessoa em quem confiar senão ela. Ela me compreendeu muitas vezes e ainda me compreende, embora sempre tenha dito que as decisões que eu tomar, devem ser por mim mesmo e não por outras pessoas.

Agradeço a Deus todos os dias por ter me dado a mãe que tenho. Outros não têm e não tiveram a mesma sorte que eu e suportar o peso de ser *diferente* pode ser amargo, ainda mais se você estiver sozinho.

♠

Estacionei o carro em frente ao Colégio Lobo e demorei um pouco para descer. Era janeiro e toda aquela movimentação de adolescentes ainda não existia. Desci do carro e fui em direção à secretaria. Cumprimentei o porteiro, que me liberou a entrada. Caminhei pelo corredor vazio e sai no Jardim de Inverno do colégio.

Era realmente um jardim, com plantas de todos os tipos e até um velho carvalho plantado bem no meio do amplo jardim. Ao redor desse jardim, subiam os cinco andares de salas de aulas e mais dois, um destinado ao teatro e ao auditório; e o último andar ao administrativo inteiro e sala dos professores. Do lado externo, ficava a quadra poliesportiva e sob essa a piscina térmica.

O andar térreo ou o Jardim de Inverno era destinado aos quiosques, biblioteca, salas de estudos, cantinas; bancos e mesas se espalhavam entre as plantas e sob o pé de carvalho. Tudo era em ardósia, azul e cinza, apesar do uniforme dos alunos serem inteiramente preto.

Eu me encaminhei para as escadas quando vi o garoto passar pelo carvalho num passo rápido. Do outro lado, vindo da direção da quadra vinha à professora Armanda, com uma expressão zangada no rosto e resmungando alto, mas ela parou de falar assim que me viu.

— Era seu filho? – perguntei, quando ela me viu.

— Era sim – ela disse, ainda olhando por entre as muitas folhas do jardim. – Era o Gabriel. Genioso esse garoto, com certeza não puxou a mim... bem, vamos indo? Temos muitas coisas para fazer, vou precisar que você me ajude com o material da editora para as apostilas. A professora Ariane já está esperando...

II

Pedido

As semanas de planejamento pedagógico são cansativas, exaustivas, é necessário analisar material didático que vão de livros a objetos que serão utilizados em sala de aula para entreter os alunos; você precisa também preparar o seu próprio material de utilização em sala de aula e este deve estar adequado com o material padrão organizado por todos os professores juntos de cada disciplina.

Mas logo fevereiro chegou e sem que eu pudesse perceber as aulas estavam começando e estar substituindo o professor Jose, antigo mestre de história e filosofia, acabei pegando uma turma de formandos, dois segundos colegiais e todas as oitavas e nonas séries.

Cada uma dessas turmas tinha no máximo vinte e cinco alunos, mas esse número era bem reduzido com relação a outras escolas, uma vez que o Colégio Lobo era destinado apenas aos pais que pudessem pagar, embora o colégio cedesse bolsas de estudos para alunos carentes, sem despesa alguma.

Mas os dias que mais importavam para mim eram as segundas, quartas e sextas. Nas manhãs desses dias tínhamos duas aulas nos primeiros horários de História, Filosofia e Sociologia, respectivamente.

No primeiro dia de aula, eu cheguei atrasado no colégio e passei direto pela secretaria e fui para a sala de aula dos formandos que ficava no quinto andar. Estava vestindo uma camisa salmão sob um suéter branco, jeans preto e um Vans, mas me sentia desconfortável naquela roupa; com certeza todos os meus alunos iriam pensar que eu era um nerd filho da puta e para o meu azar o movimento de alunos era enorme, todos eles pareciam eufóricos e terrivelmente mal-educados.

Decididamente eu não tinha sido daquele jeito quando estudava.

Estava começando a subir as escadarias quando uma garota, provavelmente do ensino médio, passou por mim carregando um penal e rindo sem nenhum pingo de vergonha, diminuí o passo para não derrubar os montes de livros que carregava, mas não vi o garoto que vinha atrás da garota.

Ele esbarrou em mim e de relance vi os olhos verdes lampejarem nos meus e o rosto sorridente dele voltar-se para a menina, mas o meu material tinha caído e se espalhado pelo chão.

— Carla! – ele gritou. – Volte aqui!

— Você precisa me pegar primeiro! – ela respondeu, correndo em volta do carvalho, rindo feito uma idiota.

Olhei para baixo e respirei fundo, lembrando a mim mesmo que já tinha passado por aquilo no ano passado. Devia lembrar-me das aulas de psicologia infantil que tive na faculdade, lembrar que eles eram adolescentes. Eu me abaixei e juntei todo o material, mas não fui embora sem antes lançar um olhar zangado para o garoto, mas toda a minha raiva foi-se embora quando meu olho cruzou com o dele de novo, mas agora ele não se desviou como antes.

O olhar dele tinha um *quê* de malícia e inocência, aquele olhar de quem sabe o que quer e que pouco se importa com o certo e errado, que caminha pelo limiar do perigoso e do intransigente.

— Perdeu alguma coisa? – perguntou o garoto e por um instante achei que ele estivesse debochando.

— Gabriel – ralhou a menina chamada Carla, – ele deve ser o novo professor!

A essa altura eu já sabia quem ele era, mas eu não fiquei para ouvir o que ele respondeu, não queria chegar mais atrasado na sala de aula.

Quando cheguei na sala, alguns alunos já estavam sentados em rodinhas e conversavam animadamente, pondo o papo em dia, falando merda para variar. Eram todos com os seus dezesseis ou dezessete anos – as vezes dezoito ou dezenove anos –, ricos e de pais importantes. A maioria deles eram filhos de políticos, médicos, advogados e até parentes de famosos, como no caso de um primo ou algo assim de uma atriz que estava fazendo sucesso como uma médica numa série.

Enfim, o sinal bateu e ouviu-se uma tormenta de alunos tomando seus lugares. Esperei todos se sentarem para começar, mas quando pensei em dizer algo, a porta que eu tinha acabado de fechar se abriu e o casal de estudantes que me atropelara entrou na sala aos risinhos. Eles se sentaram nas carteiras em frente à minha mesa e novamente meu olhar cruzou com os do garoto e ele sorriu.

— Bom dia! – eu disse, me sentindo um completo palhaço.

— Bom dia! – responderam eles, todos juntos.

– Hum... – resmunguei. – Meu nome é Vitor Daniel e como vocês já devem ter visto no horário, vamos trabalhar história, filosofia e sociologia. Vamos nos ver muitas vezes durante a semana e sei que vão sentir minha falta nos dias que não nos vermos.

Eles riram. Para mim pareceu um bom começo.

Falei por bastante tempo sobre como iríamos trabalhar essas matérias, uma vez que era ano de vestibular para todos eles. Falei que apesar de trabalhar o dia todo, teria a noite disponível para ajudá-los e que me empenharia para fazê-los passar em seus vestibulares. Mas, enquanto fazia meu discurso de bom professor, eu não conseguia ficar muito tempo sem olhar para o menino chamado Gabriel.

Ele tinha a pele branca e pálida, cabelos castanhos claros, lábios grossos e vermelhos, bem vermelhos; e olhos verdes esmeralda. Não devia ser muito alto, mas tinha os seus 1,65 de altura. Era o mais baixo dos meninos da turma e estava vestindo jeans, All Star e a camiseta preta do colégio. Ao seu lado, sentava a garota chamada Carla, um palmo mais baixa que ele talvez, olhos negros, assim como os cabelos cortados em Chanel; era bonita, mas na sala havia outras mais bonitas do que ela – na minha opinião.

Os dois tempos que tínhamos se acabaram rapidamente e percebi que não fora tão ruim quanto eu imaginei. Fora até divertido. Um pouco antes de o sinal tocar para a terceira aula, me sentei na mesa e fiz a chamada. Um por um foram respondendo presença e se retirando.

Ergui o rosto e Gabriel ainda estava ali. Percebi que estávamos sozinhos na sala, todos já tinham saído, mas ele parecia, ainda, imóvel.

– Hum...

– Não gosto do jeito que você me olha, professor – ele disse, e parecia estar se divertindo.

Obviamente eu fiquei sem saber o que responder. O garoto me constrangera e eu me senti ofendido, mas senti a curiosidade dele.

– Quantos anos você tem, professor? – ele perguntou.

– Tenho 21.

– Não é 24? – Gabriel ergueu uma das sobrancelhas ao me encara. – Achei que era 24. Eu vi uma copia do seu documento nas coisas da minha mãe.

– Ah, claro – eu disse, lembrando e deixando toda a minha ofensa ir embora. – Você é filho da Armanda.

– Nome estranho o dela, né? – ele disse, finalmente levantando-se e pegando a mochila. – Ainda bem que me deu um nome simples.

– É hebraico...

– Tanto faz – desdenhou, me dando as costas e saindo da sala. – Pelo menos é um pouco normal.

Eu me senti desconcertado. Por um momento pensei que íamos ter uma conversa agradável, mas ele me deixou sem saber o que fazer. Demorei um tempo para voltar a mim mesmo e me preparar para a aula com o segundo ano.

♠

A quarta-feira chegou e dessa vez eu cheguei bem cedo no colégio e fui direto para a sala dos professores. Participei do café da manhã com o restante dos professores e organizei meu armário pessoal. Conversei com alguns colegas que haviam sido professores meus em outras escolas e até mesmo na faculdade. E de fato me surpreendi quando vi um antigo professor de educação física vindo na minha direção.

– Grande Vitor! – ele disse, abrindo os braços para um abraço. – Nem posso acreditar que aquele magrelo do Dom Pedro é meu colega agora. Você está bem fortinho, né?

– Fiz academia por um bom tempo, Júlio – eu disse, rindo. – Cansei de vocês me zoando por ser magrelo. Mas você continua bem também, não mudou nada...

– Ah, eu mudei sim, Vitor – ele disse, sorrindo. – A gente muda enquanto o tempo passa. Mas, velho, eu vou indo arrumar a quadra, conversamos no intervalo, beleza?

– Claro, eu estarei aqui no terceiro tempo...

– *PP*?

– *Aham*! – respondi, olhando o pedaço de papel com meus horários.

– Eu tenho PP na sexta-feira – ele disse, aproximando-se para examinar o papel também – e no terceiro tempo também.

– Ah, PP... *Planejamento Pedagógico*... que ótimo! – eu disse. – Tenho PP nesse horário.

– Nossa, fechou, moleque! – ele sorriu. – Vai dar para gente colocar o papo em dia!

– Claro, mas eu preciso ir agora – eu disse, fechando o armário que tinha deixado aberto.

Despedimo-nos e ele saiu da sala antes de mim. Eu estava saindo da sala dos professores quando a professora Armanda me chamou.

– Vitor – ela disse, me parando na porta – nós podemos conversar?

– Claro, professora!

– Por favor, rapaz, me chame de Armanda – ela disse, rindo; era a primeira vez que eu a via rindo. – Eu sou sua colega agora, não mais sua professora.

– Ok, Armanda – eu disse e ela riu. – Algum problema?

– Ah, sim, vamos indo que eu explico no caminho – percebi que o seu sorriso morreu, mas saímos pelo corredor na direção das escadas. – Você tem aula com os formandos agora, né? – confirmei com a cabeça. – Que bom, eu preciso de um favor seu.

– Se eu puder...

– Ah, Vitor... – ela disse, parecendo chateada. – Bem, vou ser direta. Deus sabe que tenho orado muito... Enfim, estou com problemas com o Gabriel. Ele está incontrolável...

– Como assim?

– Ele está namorando a menina Carla – ela disse e eu me senti subitamente sem ar ao ouvir aquilo, embora no meu íntimo soubesse desse detalhe. – Ela é um doce de menina, mas os dois estão se comportando muito mal.

– E como eu ajudo?

– Você é um adolescente ainda – ela disse, parando e olhando para o Jardim de Inverno pelo parapeito – é professor sim, mas ainda é um rapaz jovem. Quantos anos você tem? 21, 22? – ela parou um instante e fechou os olhos e realmente pareceu preocupada. – Queria que você me ajudasse com o Gabriel. Ficasse de olho nele por mim. Eu não consigo conversar com ele como queria e sempre que tento, acabamos brigando.

– É normal ele estar mais rebelde – eu disse, sem saber exatamente se tinha razão nisso. – Ele está com 16 anos, não é? – ela confirmou com a cabeça. – Quer liberdade para sair com a namorada, fazer algumas coisas que normalmente os pais acham errado.

– Sim, sim – ela disse, me olhando. – Chegar tarde em casa, por exemplo, né? Ele tem feito muito isso. Tenho medo que ele acabe fazendo alguma bobagem. A Carla também, afinal eles são crianças ainda.

– Desculpe falar assim, Armanda – eu disse, escolhendo as palavras – mas acho que o Gabriel e a Carla não são mais crianças.

– Também acho isso – ela suspirou – e eu nem vi meu filho crescer, acredita? É um absurdo dizer isso, mas parece que foi ontem que ele nasceu.

– Nós filhos crescemos infelizmente – eu disse e ri.

– Mas prometa para mim que vai me ajudar – ela disse e pegou no meu braço. – O pai dele morreu tem muito tempo e ele cresceu praticamente sozinho. Ele é maduro para idade que tem, mas mesmo assim eu ficaria mais tranquila se soubesse que ele teria um irmão mais velho, um anjo da guarda por perto.

– Armanda...

– Desculpe o sentimentalismo, Vitor – ela me interrompeu visivelmente emocionada, – mas nós não estamos passando um período muito bom em casa. Eu só preciso que você fique e seja um amigo.

– Vou fazer o que puder, Armanda – eu disse, constrangido, sabendo que ela devia estar desesperada, caso contrário a Nazista não viria falar comigo. – Mas o Gabriel não parece ter ido com a minha cara.

– Ah, ele foi – ela disse, rindo. – Ele só tem um jeito estranho de lidar com as pessoas. – ela riu de novo. – Ele me disse que gostou de você, que te achou melhor que o Zé.

A sineta tocou e nos despedimos.

Eu fiquei realmente surpreso com essa conversa porque a Armanda, a Nazista, era tida como uma mulher que conseguia resolver tudo, mesmo que o problema fosse enorme. Aparentemente isso não se aplicava na vida pessoal. Problemas com o filho? A maioria dos pais deve ter. Mas eu estava surpreso porque a Armanda além de ser pedagoga era psicóloga, o que fazia dela uma supermãe.

Mas naquela aula de quarta-feira tivemos sociologia, começamos a discutir seu nascimento pelo positivista Auguste Comte. Eu sempre achei esse campo das ciências sociais um saco e por consequência a aula foi um saco e demorada. Pude perceber que o Gabriel prestava bastante atenção em mim, fazia comentários e era sempre o primeiro a responder minhas perguntas.

– Bem... – eu disse, verificando as horas. – Quero que vocês façam um pequeno trabalho sobre Comte e o Positivismo. Esse trabalho deve ser entregue na próxima aula, sem falta, quem não entregar fica sem nota.

– Quanto vai valer esse trabalho? – Gabriel perguntou.

– Vai valer um ponto – eu disse. – Agora vou fazer a chamada e vocês podem sair.

Como da última vez, os alunos iam respondendo presença e já iam saindo. O Gabriel foi o último a sair e estranhei a Carla não o esperar. Quando terminei, percebi que ele demorou a guardar o material.

– Tudo bem? – perguntei.

– Tudo sim – ele disse, depois de um curto silêncio em que deu para notar que ele estava pensando na resposta. – Vi que você estava conversando com a minha mãe.

– Ela é minha chefe.

– Eu sei – ele respondeu, secamente. – Mas é minha mãe e eu sei que há algum problema.

– Há? – eu perguntei, erguendo uma sobrancelha.

– Como se eu fosse te contar – ele disse, colocando a mochila nas costas.

Vrá. Bem na minha cara.

– Muito bem – eu consegui responder. – não se esqueça de fazer o trabalho. Na sexta-feira vamos falar sobre o nascimento da filosofia, você vai gostar.

– Tá.

Ele me deu uma última olhada e saiu.

Eu juntei meu material e saí também e enquanto voltava para a sala dos professores, vi que ele descia as escadas. Novamente nossos olhos se cruzaram, mas dessa vez ele não sorriu e eu vi que algo o preocupava, mas segui meu caminho e fui para a sala dos professores.

Lá chegando, percebi que teria uma hora bem solitária. Então me arranjei numa cadeira, puxei meu notebook e comecei a ver os materiais das aulas que teria depois do intervalo e à tarde. Passado alguns minutos a porta se abriu e o professor Júlio entrou.

– E aí, rapazinho? – ele perguntou, indo para a máquina de café e servindo-se de um cappuccino. – Muito trabalho?

– Começo do ano letivo – eu disse – não tem muito que fazer. Só organizar os materiais...

– Vamos ter uma festa – ele disse, mudando de assunto. – Lá no meu apartamento. Sabe onde fica?

– Sei, perto do Shopping Estação, não é?

– Ali mesmo – ele respondeu. – É uma coisa íntima, sem barulho. Só uns amigos, um joguinho de pôquer e umas bebidas. Se quiser colar lá...

– Não sei, Júlio – eu disse, interrompendo-o. – Você sab...

– Sim, eu sei, Vitor – ele disse, sentando-se na minha frente. – Mas quero muito que você vá, garoto. Alguns amigos seus estarão lá.

– Por isso mesmo.

Ele riu.

– A mágoa é grande, não é? – ele bebericou o cappuccino.

Eu o olhei surpreso.

– Eu tive um filho, sabia? – ele continuou, mudando de assunto para disfarçar meu choque e constrangimento. – Nasceu em julho do ano passado.

Silencio

– A história é bem mais complicada – ele disse. – A gente vive num mundo de mentiras e mentimos para nós mesmos.

– Não entendi...

– Eu também curto sair com caras, Vitor – ele disse, sem rodeios. – Claro que ninguém sabe aqui na escola, afinal a Armanda não iria gostar...

– Não? – eu disse. – Mas ela sabe de mim.

– Talvez você seja uma exceção para ela – ele respondeu, levando a xícara aos lábios. – Eu a ouvi dizer que gosta muito de você e que te admira.

– Fico feliz por isso.

– E fique mesmo – ele disse e suspirou. – Você é um dos poucos que tocam a Nazista. Mas voltando a falar da festa, eu quero que você vá.

– Quem vai estar?

– Alguns amigos – ele respondeu, evasivamente. – Fazemos isso quase todos os fins de semana.

– Vou pensar...

– Não vou insistir, mas vou ficar feliz se você for.

Na sexta-feira a aula de filosofia transcorreu como eu havia previsto. Falamos do nascimento da filosofia através dos principais pensadores gregos: Sócrates, Aristóteles e Platão.

A única novidade foi a Carla não ter vindo para aula, mas só notei esse fato quando fiz a chamada e como sempre Gabriel demorou para guardar o material na mochila. Ele agiu normalmente durante as duas aulas, mas era mais como se fosse uma obrigação, não por vontade própria.

Quando pensei em falar alguma coisa para quebrar o gelo, o celular dele tocou e ele atendeu.

– Oi, posso sim – ele disse, depois sorriu.

Silêncio.

– Mas onde?

Silêncio.

– Estou indo, me espere! – ele disse isso e desligou o celular.

Ele já estava saindo da sala quando eu o chamei.

– Você não pode sair assim – eu disse.

– Posso sim – ele parou na porta e sorriu para mim.

– O que te faz pensar que não vou contar para sua mãe que você vai matar aula?

– Não penso, tenho certeza – ele piscou um olho. – E eu sei que você gosta de mim e portanto não me entregaria.

Outro *vrá*. Eu ergui uma sobrancelha, estupefato.

– E, de qualquer forma, eu volto em alguns minutos – ele disse, explicando-se. – Vou ali na esquina...

– E cadê a Carla? – eu perguntei, sem saber por que queria saber dela.

– Sinceramente? – seu tom de voz mudou. – Não tenho a mínima ideia.

Ele saiu sem esperar que eu dissesse algo. Eu percebi que eu ficava zonzo toda vez que falava com ele, não sabia o motivo. Pensei em seguir ele e não o deixar sair da escola, mas por outro motivo o deixei ir.

Fui para a sala dos professores e já esperava encontrar o Júlio por lá. Cumprimentamo-nos fraternalmente e logo percebi que ele não estava bem.

– Aconteceu algo, Júlio? – perguntei.

– Aconteceu – ele olhou em volta e percebi que nós estávamos sozinhos – eu estou com problemas.

– Que tipo de problemas?

– Do tipo sentimental.

– Entendi – disse – mas se quiser conversar sobre o assunto.

– Eu me envolvi com a mãe do meu filho – ele começou – e tivemos um lance legal. Foi muito bom e então veio o Felipe. Ele foi um presente, mas minha relação com a Susana já não era a mesma. E rolou uma coisa com um amigo dela que era gay e eu perdi a cabeça.

Ele fez uma pausa e eu fiquei em silêncio.

– Eu aceito essa situação toda – ele disse, referindo-se à sexualidade – mas preciso pensar no meu moleque agora, afinal o pai dele um dia pode vir a ter algo sério com outro cara.

– Entendo você – na verdade eu estava surpreso.

Quando eu estudava e o Júlio era meu professor, o víamos com uma mulher mais gata que a outra quase que todo final de semana. Quando eu soube que ele era bissexual, não acreditei, até vê-lo numa baladinha *gay* aos amassos com um cara tão bonito quanto qualquer uma das mulheres com que ele saía.

E o Júlio não era o cara mais bonito, mas tinha um charme que era só dele. Ele era moreno, cabelos pretos e lisos, penteados ao meio e sempre uma mexa rolava para frente dos olhos cor de mel e brincalhões; tinha a mesma altura que eu, provavelmente, malhado também, mas o que mais me agradava nele era o seu papo. Parecia um cara desleixado, mas era um homem supervaidoso; ele fazia o tipo zen e saudável.

Quando meus amigos descobriram a minha sexualidade, muitos deles se afastaram a principio. Mas o professor Júlio esteve do meu lado e explicou minha situação aos meus amigos, foi por ele que ninguém se afastou de fato e assim tudo pareceu menos errado e a vida pós armário ficou menos pesada.

Lembro que alguns pais chegaram a pedir o afastamento dele da escola, mas minha mãe intercedeu por ele e desde então eu o tenho como um irmão. Porém, durante a faculdade nós perdemos um pouco do contato e falávamos mais por WhatsApp, mas mesmo assim ele nunca falava de sua vida particular: nossas conversas eram sempre sobre mim.

Continuamos conversando sobre o filho dele. Aparentemente, a preocupação com o filho era mais da Susana, ex-mulher, visto que ela tinha uma cabeça menos aberta que a dele.

– Acho que você devia parar de pensar nisso por enquanto – eu disse. – Afinal o Felipe é ainda um bebê. Até ele crescer nosso mundo vai estar com a cabeça mais aberta para essas coisas e poderá entender melhor.

– É verdade, mas mesmo assim...

– Olha, Júlio – eu continuei – você não precisa contar a ele assim que ele começar a falar. Não é bem assim. Você realmente tem que resguardá-lo de todas as formas, mas não precisa sofrer por antecipação.

– Você está certo – ele disse e fez outra pausa e tomou outro gole do cappuccino.
– Mas mudando de assunto, você vai lá para casa hoje, né? Eu já vi seu horário e vi que você não tem as duas últimas aulas à tarde; então, vai dar para ir.

– Eu estava pensando mesmo nisso – eu disse, rindo – e acho que vou. Vai ser legal rever a turma.

– Talvez o Danilo também vá – ele disse, cauteloso.

– Eu imaginei – eu disse – mas eu não guardo rancor, só não posso negar que fiquei magoado.

– Tem horas, Vitor – ele disse, filosofando – que a gente precisa esquecer o orgulho e perdoar.

Continuamos conversando até o fim do intervalo e saímos juntos para nossas aulas. O resto do dia foi como planejado e bem tranquilo. Quando a última sineta tocou informando o término das aulas, eu liberei a turma do primeiro ano e estava descendo as escadas para o Jardim de Inverno quando percebi a aglomeração de alunos perto do Carvalho.

– Deixe de ser estúpido! – disse uma voz que eu conhecia. – Você não sabe o que tá falando...

– Não sei é, Gabriel? – respondeu a voz de outro garoto. – Eu sei de muitas coisas sobre você e que deixariam todo mundo...

A roda inteira de alunos soltou um *segura!* e um *separa!* e quando finalmente cheguei até os dois brigões, aparentemente, Gabriel tinha se virado sozinho, pois quando vi o outro garoto estava estatelado no chão, com a mão na boca.

– Isso é para você parar de falar merda, Matheus – disse Gabriel, visivelmente transtornado. – E vê se para de atrapalhar a vida dos outros.

– Vai ter...

– Vai ter troco? – Gabriel interrompeu, com uma voz calma, olhando o colega caído de cima – E o que você vai fazer? Falar com a minha mãe? Se toque, garoto. Tem muita gente que daria muita coisa para fazer o que eu fiz agora. Aprenda uma coisa: você é insuportável.

Muitos alunos ali resmungavam, mas eu não entendi o que diziam.

– Gabriel? – eu disse, fazendo minha voz se sobrepor. – O que está acontecendo aqui?

– Pergunte ao Matheus, *professor* – ele disse e foi me dando as costas, mas eu o segurei pela manga da camiseta.

Ele olhou para minha mão e depois ergueu os olhos.

– Você vem comigo para Orientação. *Agora* – eu disse, impondo a minha autoridade. – Você também, Matheus.

– Eu estou sangrando, professor – ele disse. – Tenho que ir na enfermaria...

– Tivesse pensado nisso antes de se meter em confusão – eu ralhei. – *Vamos*, os dois!

Assim que falei isso, a turminha de alunos se dispersou.

Segui para a sala da Orientação com os dois a minha frente, ambos estavam mudos e calados. Percebi que o Gabriel massageava o punho esquerdo e a boca do Matheus sangrava bastante.

– Matheus, tome – eu disse, puxando um lenço de papel da mochila e dando a ele.

Percebi que o garoto também era bonito. Era um palmo mais alto que o Gabriel e tinha cabelos platinados e isso contrastava com a pele bronzeada e com os olhos e as sobrancelhas escuras.

Notei o Gabriel me olhando de relance, mas sua expressão era uma incógnita.

– Vocês podem me explicar o que houve? – eu fui perguntando assim que entramos na sala.

Ninguém falou nada.

– Eu vou perguntar de novo – eu disse, autoritário – e se não me derem uma explicação, vamos ter detenção, uma conversa com a psicóloga e outra com os pais de vocês.

Eu olhei para o Gabriel e percebi que ele não queria isso.

– O Matheus tem chantageado – disse Gabriel, olhando firme para mim. – Foi por isso que eu e a Carla brigamos, porque ele anda ouvindo mentiras e fazendo fofocas.

– Acontece que eu sou amigo da Carla, Gabriel – respondeu Matheus, alterando a voz e cuspindo sangue sem querer. – Eu sou fiel aos meus amigos, sabe?

Gabriel fez menção de voltar a falar, mas eu o interrompi.

– Chega! – eu disse elevando o tom de voz e ele cruzou os braços e amarrou a cara. – Matheus, vá para enfermaria e peça um curativo, estou telefonando para lá avisando que você está indo.

Ele saiu da sala e eu telefonei para enfermaria, depois me voltei para o Gabriel.

– Você sabe que não posso impedir que sua mãe saiba disso – eu disse, tentando ser gentil. – Mas ela não vai saber por mim.

Ele não respondeu.

– Você disse que ele estava te chantageando – continuei. – Quer me contar como e por que ele estava fazendo isso?

– Ele acha que sou gay, ok? – ele disse e foi como se cuspisse as palavras de tanta raiva. – Contou para Carla o que pensa que é verdade... Eu nunca, professor, nunca traí ela nem com garota nenhuma, imagine com outro garoto!

Percebi o quanto ele estava revoltado e por um momento desejei que ele fosse realmente gay. Por um instante senti um embrulho no estomago. Os olhos dele estavam vermelhos, embora não houvesse lágrimas. Tinham um brilho meio ébrio e percebi, também, que ele gostava da namorada.

– O que ele disse exatamente para você? – eu perguntei, lembrando-me da chantagem, só não entendia onde ela entrava na história.

– Só que iria me entregar de verdade...

– E o que ele pediu para você fazer? – perguntei verdadeiramente preocupado.

O celular dele tocou e ele o tirou do bolso.

– É meu irmão – ele disse, sem me olhar e então atendeu. – Oi, Maurício. Silêncio.

– Ok, já estou saindo – ele disse e desligou ficando em pé.

Ficou em silêncio e então pegou a mochila.

– Eu preciso ir – ele disse – vou para casa da minha avó, ela mora num rancho no interior.

– Está bem, vá! – eu disse e já ia me virando quando ele me chamou.

– Professor – me virei para ele – você tem WhatsApp?

♠

Eu passei meu WhatsApp para ele e ainda o acompanhei até a saída e passei o restante do dia pensando nele. Era difícil imaginá-lo gay, uma vez que meu *gaydar* não o denunciasse. Ele era lindo e sua personalidade – ou gênio, como a Armanda tinha dito – contrastava com o ar angelical que tinha.

Eu me vi fascinado por ele de todas as formas.

Assim que acabaram meus horários da tarde, fui para casa me preparar para ir à casa do Júlio mais à noite. Lembrei que ele tinha dito que o Danilo iria estar lá e por um momento fiquei em dúvida se iria.

Danilo fora a causa da minha *saída do armário*, por assim dizer. Nós éramos amigos, muito amigos e acabamos nos descobrindo juntos. Estávamos com a idade do Gabriel e começamos um namoro às escondidas, mas o pai dele acabou descobrindo através das mensagens que trocamos pelo celular.

Eu estava saindo da escola junto com o Danilo quando o pai dele nos surpreendeu e me acusou de levar o filho dele para o mal caminho. A escola toda ouviu e no dia seguinte o Danilo não estudava mais na mesma escola. Eu tentei ligar para ele, mas ele nunca atendia e ele não entrou mais na internet. Suspeitei que estivesse de castigo por tempo indeterminado e assim perdemos completamente o contato.

Ele havia sido minha primeira paixão, mas também minha maior decepção.

III

Diálogos

Minha mãe chegou em casa por volta das 18h e foi logo pedindo para a empregada servir o café. Havíamos nos falado muito pouco durante aquela semana, por causa dos nossos horários e ela tinha menos tempo que eu, afinal era juíza.

– Meu amor, que bom que você está aqui – ela disse, me dando um beijo gostoso e sentando-se na ponta da mesa. – Como foi o seu dia?

– Foi bem – eu disse e logo pensei no Gabriel.

– O meu foi corrido para caramba – ela disse, servindo-se de café. – Você acredita que o juiz do caso do André concedeu liberdade provisória para o réu? Eu não acredito que o Arnaldo fez isso, ele sempre foi tão justo.

– Por que diz isso?

– O André tinha oito anos, filho – ela disse, revoltada. – E foi assassinado! Como é que um juiz concede liberdade ao assassino de uma criança?

Ela me explicou melhor esse caso e depois pediu para empregada ligar para uma amiga para confirmar o encontro das duas.

– Filho, eu vou para a casa da Denise – ela disse. – É aniversario do Carlos e não posso faltar. Não se preocupe que vou chegar cedo.

– Ah, eu também vou sair – avisei. – Lembra do professor Júlio, lá do Dom Pedro? Estamos trabalhando juntos lá no Lobo e ele me convidou para uma social na casa dele.

– E onde ele mora? – ela perguntou.

– É perto do Shopping Estação.

– Se cuide, Vitor – ela disse, sorrindo para mim. – E se for beber, me ligue que vou te buscar.

– Pode deixar, vou de moto – expliquei – e não pretendo beber.

Conversamos mais um pouco e então subi para me arrumar. Tomei um banho e deitei na cama pelado mesmo. Acabei cochilando e quando acordei eram quase 22h.

Vesti uma roupa legal, passei uma pomada no cabelo, peguei a carteira, os documentos e saí. Minha mãe já havia saído, mas a empregada assistia televisão na sala, disse tchau para ela e fui para a garagem. Subi na minha Comet 650 GTR vermelha e vesti o capacete. A porta da garagem se abriu, acelerei e saí para rua.

Fazia uma noite muito agradável e eu podia ver as estrelas.

Não demorei muito para chegar no endereço do Júlio e ele já me esperava na frente do prédio. Ele abriu o portão da garagem e eu guardei a moto.

– Belezinha de nave, hein!? – ele disse, quando eu desci. – Quem me dera ter uma dessas!

Eu ri.

– Essa aqui é desse ano – expliquei. – Ganhei uma Titan 150 do meu pai quando fiz dezoito, quando comecei a trabalhar ano passado troquei por essa aqui.

– É nova?

– Tem uns seis meses – eu disse, orgulhoso, afinal foi minha primeira compra. – Mas aqui em Curitiba eu uso mais o carro, só uso a moto nos fins de semana. O clima daqui não deixa e eu não gosto daquelas roupas de lona.

– Eu tenho um Peugeot 207 – ele disse, apontando para o carro preto ali perto. – Coitado, tá acabado... Mas vamos subir, a galera deve estar esperando.

– O Danilo veio? – eu perguntei, sem pretensão alguma.

O olhar do Júlio foi bem penetrante.

– Veio – ele disse e a gente caminhou para o elevador.

Eu achei estranha aquela resposta, mas não quis continuar com a conversa. Eu não queria lembrar das coisas que tinham acontecido e como minha mãe havia me dito: esquecer as vezes é perdoar.

A porta do elevador se abriu e já era possível ouvir o som. Era uma banda internacional, não lembro o nome, mas dava para se ouvir as risadas e pessoas conversando. Ele abriu a porta e esperou eu entrar.

Em um primeiro momento eu não reconheci ninguém, não havia se passado tanto tempo assim para esquecer os rostos, mas realmente eu tinha decidido esquecer algumas pessoas. A um canto, com um cigarro na boca, notei um cara de pele morena, cabelos azuis e *piercing* no nariz, seu braço esquerdo era inteiramente tatuado e quando ele me olhou abriu um sorriso.

Ele se levantou do sofá onde estava sentado e veio na minha direção.

– Quando o Júlio falou que você vinha – ele disse, sorrindo – eu não acreditei.

– Danilo?

– O próprio – ele disse, sorrindo mais ainda e sem que eu esperasse, ele pulou em mim e me deu um abraço.

Eu não tive reação nenhuma a não ser esperar ele me soltar, nem mesmo consegui retribuir o abraço. Não era pelo cabelo azul desbotado ou pelas tatuagens, jamais. Mas aquela visão era demais para mim. Realmente era demais. Danilo estava horrível e eu não tinha outra palavra para descrevê-lo. Ele estava completamente diferente do garoto lindo por quem eu tinha me apaixonado. Ele parecia até meio... *doente*.

Ele se afastou de mim e fez uma careta e então me puxou para a varanda e pediu para os três rapazes que estavam ali para nos dar licença.

– Eu sei que não sou digno de falar com você – ele disse – nem mesmo de te olhar, mas entenda que tudo o que aconteceu também foi difícil para mim.

– Eu – comecei, tentando controlar minha raiva e meu susto com aquela visão horrível – aprendi a lidar com essa... ah... dificuldade, Danilo, de uma maneira bem melhor que você.

Ele baixou a cabeça.

– Estou abominável, eu sei – ele disse e um risco preto se fez no seu rosto.

Ele estava chorando.

– Eu só posso lamentar, Danilo – eu disse – que as coisas tenham sido do jeito que foram. Poderiam ter sido diferentes se tivéssemos ficado juntos.

Não houve tempo para uma resposta, pois alguém abriu a porta da varanda e me puxou pelo braço e me levou para uma roda onde a galera cantava e outros riam.

Alguém me entregou uma lata de cerveja, mas eu não tomei, depois disso o Júlio me tirou da roda.

– Ele foi embora – ele disse.

– Quem?

– O Dan.

– Por quê?

– Disse que não poderia ficar aqui com você...

– Você viu o que ele fez com ele mesmo?

– Algumas pessoas têm dificuldades de lidar com problemas, Vitor – ele me disse, parecendo chateado. – Pense no que ele *também* precisou passar. O pai dele era um monstro. Você sabe disso melhor do que eu.

– Eu passei pelo mesmo problema que ele e não estraguei a minha vida.

– A questão não é essa – ele coçou o queixo. – Mas eu não pedi para você vir aqui por isso. Não quero te deixar mal, mas pense o quanto ele pode ter sofrido.

– Eu pensei nisso durante muito tempo.

– Tudo bem – ele suspirou. – Vamos nos divertir? O pessoal vai começar o pôquer, quer jogar?

– Acho que não – eu disse, notando que o pessoal estava jogando *strip-pôquer*.

Ele riu e vi o rapaz de agronomia encostado a um canto.

– E aí? – eu disse, me aproximando.

– Nossa – ele disse – quem é vivo sempre aparece.

– Comecei a trabalhar – expliquei – e agora to com pouco tempo para curtir os amigos.

– E para namorar?

– Para isso também – eu disse, cortando o assunto.

– E para sexo? – ele disse, virando o corpo completamente para mim e me encarando.

Silêncio.

– Quem sabe?

Ele saiu do apartamento antes que eu.

Demorei uns vinte minutos ainda para me despedir de todos e sair também, a única pessoa que contei o que faria no resto da noite foi para o Júlio, que me entregou uma camisinha.

– Eu não o conheço muito bem – ele me disse.

Quando saí da garagem do prédio, desci em frente à entrada de pedestres e abri o compartimento para entregar o capacete reserva ao Eduardo. Eu não tinha realmente confundido o nome. Eu montei e ele pulou na garupa logo em seguida.

Quando chegamos no motel, fui direto para banheira. Liguei as torneiras e me virei para ele.

– Eu nunca vim em um motel – ele disse, olhando o quarto.

Ele era mais baixo que eu e estava tirando o tênis depois foi até a mesa e colocou sobre ela o celular e a carteira e então se virou para mim.

– Você costuma transar com todo mundo no segundo encontro? – ele perguntou e mostrou seus dentes muito brancos num sorriso perfeito.

Assim recapitulei os seus traços: cabelos curtos e brincos de cristais nas duas orelhas, olhos cor de café e pele bronzeada, ombros largos e braços definidos.

– Você vai ficar só me olhando? – ele disse vindo na minha direção e eu avancei para ele.

Suas mãos foram diretamente para o meu cinto e as minhas para sua camiseta branca. Puxei-a pela sua cabeça e vi seu corpo definido, mas suas mãos já estavam no meu pau e o acariciavam. Ele me beijou, enfiando a língua bem fundo na minha boca.

Tirei a camiseta também e o empurrei para a cama. Ele arrastou-se pelos lençóis, desarrumando os travesseiros enquanto eu puxava seu jeans e percebia seu pau duro na cueca boxe.

Quando subi na cama ele me puxou com mais força do que achei que tinha e me deitou na cama e foi tirando a minha cueca com os dentes.

– O menino é grandinho, hein?! – ele disse, com uma voz baixa, suave, quase um sussurro.

– E ele é seu essa noite! – eu respondi e ele caiu de boca.

Eu podia sentir os dentes dele roçando meu pau com delicadeza enquanto ele fazia os movimentos certos com a boca, eu precisei puxá-lo para cima para evitar gozar tão cedo. Fazia muito tempo que não transava com ninguém e pensei que poderia ter desaprendido a controlar meu corpo.

Ficamos nos beijando por algum tempo, enquanto ele me masturbava, mas ele me surpreendeu mais uma vez quando se levantou da cama e pegou uma caixa de camisinha que estava num armário perto da cama.

– Eu não quero ficar nisso a noite toda – ele disse, abrindo a caixa e depois o pacote do preservativo.

Ele se jogou em cima de mim e foi logo colocando a camisinha.

– Podemos ir devagar – eu sugeri, sendo gentil – se você quiser.

– Pode ser depois – ele disse – mas prefiro assim, se não eu posso me apaixonar.

Ele sentou lentamente e pude sentir deliciosamente o pau entrar no seu cuzinho apertado.

– Hummmm – gemeu ele, de olhos fechados, enquanto nossos corpos se encaixavam.

Ele respirou fundo e sorriu

– Seu garoto é grande e grosso, né? – ele disse, ainda de olhos fechados.

Suas mãos enrolaram-se no meu pescoço e ele começou o vai e vem. Eu tentei masturbá-lo, mas nossos corpos estavam muito próximos, então o segurei pela cintura para continuar o vai e vem.

Ele gemia alto, mas não falava nada.

Ficamos nessa posição por alguns minutos até que ele se jogou para trás e me puxou para cima dele. Não vi como aconteceu, mas suas pernas já estavam sobre meus ombros.

Enquanto eu bombava não muito rápido, ele se masturbava.

– Assim... – ele disse, certa hora, mordendo os lábios carnudos – assim, hummm... assim, está bom... hummm... não pare agora... hum...

Ele começou a se masturbar mais rápido e então gozou, gemendo um pouco mais alto.

– Você não precisa parar – ele disse e eu não parei, mas o fiz ficar de quatro e mandei ver.

Não demorei muito para gozar também e quando isso aconteceu, eu cai sobre ele e deitamos de conchinha na cama.

– Meu Deus – ele disse, apertando o corpo contra o meu – não acredito que você ainda está duro, cara!

– O que posso fazer?!

– Continuar?

– Acho que não, carinha – eu disse, beijando-o. – Você é uma delicia, mas eu tenho um compromisso cedo – menti.

Ele fez uma careta..

– Precisa mesmo? – ele disse, rindo. – Acho que você está mentindo.

– Por que estaria? – perguntei, apoiando-me no cotovelo para poder olhá-lo. – Não tenho motivos para isso.

– Tenho um pressentimento – ele disse, me dando um selinho. – Nunca imaginei estar aqui com você, sabia?

– Não? – perguntei, rindo. – Mesmo?

– Pelo menos não num motel, Vitor – ele respondeu. – Imaginei, confesso, de outro jeito.

– Como assim?

– Ah, cara – ele disse, rindo – eu sempre fui amarrado em você... tipo, eu ia no *campus* do seu curso só para poder ver você.

– Menino...

– Não sou menino, Vitor – ele disse e pareceu sério. – Sou homem também.

– Essa conversa está ficando séria demais – eu disse, tentando me levantar, mas ele me agarrou a cintura.

Cai na cama de novo e ele me beijou de novo.

– Você está apaixonado, eu sei – ele disse, puxando a camisinha que ainda estava no meu pau, já meio mole. – Mas quer saber? Eu não me importo, me aproveite.

Ele passou os dedos pela minha virilha e logo voltei a ficar excitado. Eduardo olhou para o meu pau e depois para mim.

– O garotão ali quer, pelo menos – disse, fazendo uma cara de inocente.

– Seu sacaninha! – eu disse e o puxei para junto de mim.

Sentei na beirada da cama quando ele foi buscar outra camisinha, mas ele pediu para eu não voltar na cama. Ele colocou o preservativo e foi logo sentando no meu colo, encaixando-se em mim quando o penetrei. Novamente o ajudei no vai e vem segurando-o pela cintura, mas ele não demorou em gozar e nem eu.

Eram quase cinco horas quando cheguei em casa.

Estava tudo em silêncio, mas eu não tinha sono. Subi para o meu quarto e tomei um banho para tirar aquele cheiro de sabonete de motel do corpo. O sol começava a nascer quando entrei na internet e aceitei os convites recebido do Facebook, a maioria de alunos.

Aceitei sem ver quem eram todos até que a barra lateral atualizou.

Meu coração gelou na hora e senti meu estômago dar uma cambalhota. Estava pensando se puxava conversa ou não quando ele mesmo fez isso.

Gabriel:

Oi.

Vitor:

Tudo bem?

Gabriel:

To bonzinho.

Vitor:

Achei que você ia estar dormindo há uma hora dessas.

Gabriel:

Você também deveria estar. Mas eu estou sem sono.

Vitor:

Hehe, sei...

Gabriel:

Sabe?

Vitor:

Sabe, fiquei preocupado com você. Ainda estou, para ser sincero.

Gabriel:

Me senti seu irmão mais novo agora.

Vitor:

Por que?

Gabriel:

Porque você falou como o Maurício, meu irmão.

Vitor:

Sou seu professor e isso quer dizer que podemos ser amigos.

Gabriel:

Não quero ser seu amigo.

Vrá!

Antes que eu pudesse responder ele saiu do Messenger e me peguei com a boca aberta. *Filho da mãe!* – eu pensei.

Sem animo para continuar ali, saí do computador e fui dormir. Quando acordei já era mais de meio dia. Levantei e desci para sala mesmo de samba-canção. A empregada me olhou e sorriu.

— Posso esquentar o almoço se você quiser – ela disse.

— Não, Giza – eu disse – não se preocupe, eu me viro. Cadê mamãe?

— Foi no shopping com a dona Mariza.

— Minha tia está aqui?

— Chegou hoje de manhã.

— E a Luiza veio com ela?

— Ela chegou sozinha – disse a Giza, indo para cozinha – pelo que eu vi.

Eu segui com ela e lá eu me servi de café preto e de uma torrada. Eu peguei uma maçã e um cacho de uvas e então subi para o meu quarto. Lá, eu voltei a ligar o computador e entrei no Facebook.

Mal entrei e uma janelinha se abriu.

Gabriel, diz:

Oi.

Vitor:

Se for para me dar patada, não precisa falar comigo.

Gabriel:

Haha, quanto drama!

Vitor:

Não é drama, mas você já percebeu como você fala comigo às vezes?

Gabriel, diz:

Desculpe, sis, eu realmente falo tudo o que penso.

Vitor:

Sis?

Gabriel:

Sister*

Vitor:

Falar o que pensa às vezes pode magoar.

Gabriel:

Eu não ligo.

Vitor:

Desisto, Gaels, vou corrigir alguns trabalhos.

Gabriel:

GAELS?

Vitor:

Gosto de me sentir íntimo.

Gabriel:

HAHAHAHA, abusado!

Vitor:

KKK, sou mesmo.

Gabriel:

Prove.

Vitor:

Você não devia brincar com isso.

Silêncio.

Vitor:

Eu sou seu professor.

Gabriel:

Eu pensei muito também na conversa que tivemos.

Vitor:

E realmente não vai me contar o que o Matheus queria ao te chantagear.

Gabriel:

Ele queria um beijo.

Gabriel saiu dessa conversa.

Novamente ele ficou *off-line* e eu também saí, juntei o material dos meus alunos e sentei na poltrona para começar a corrigir os trabalhos.

Quando finalmente terminei de corrigir tudo, já eram 20h e meus olhos já ardiam. Minha mãe estava chegando quando desci, ainda de samba-canção, e tia Mariza sorriu quando me viu.

— Mas esse meu sobrinho é um gato mesmo! — ela disse, abrindo o maior sorriso do mundo e veio na minha direção. — Olha de gostoso eleee!

— Vitor, você podia ter trocado de roupa, filho! — ralhou minha mãe.

— Mãe, a tia é de casa! — respondi, abraçando-a também.

— Claro que sou... Mas deixa-me ver você melhor! — ela se afastou de mim e me olhou inteiro. — Quem diria que troquei as suas fraldas! Muita coisa deve ter mudado...

— Mariza!

— Daniela, eu estou brincando! — riu minha tia. — O *Vic* é como meu filho.

Minha mãe dispensou a Giza pelo resto do fim de semana e assim que ela saiu, fomos para a cozinha. Conversei bastante com minha tia e rimos bastante. Tia Mariza era do tipo de mulher que parecia nunca envelhecer e de fato ela não era velha. Tinha lá os seus quarenta e tantos anos.

Era linda, morena, olhos cor de café – angulosos como os de uma gata –, peitão, bundão. Nada de *peruagem*, apenas jovial. Morena, pele bronzeada, altura mediana e bem espoleta – como diz minha mãe.

Eram 21h quando subi para o meu quarto novamente. Voltei para o WhatsApp com a esperança de que o Gabriel estive online.

Achei que Deus tinha me ouvido porque ele estava e novamente veio falar comigo.

Gabriel:
Vem aqui em casa.

Fiquei tentando imaginar minha cara. Devia testar engraçada.

Vitor:
Agora?

Gabriel:
Não, amanhã! É claro que é agora!

Vitor:
Mas fazer o que aí?

Gabriel:
Tricotar e tomar chá, que tal?

Vitor:
AF!

Gabriel:
Quero sair daqui...

Eu estava surpreso, mas algo naquelas palavras me deixou em alerta. Logo me veio em mente a lembrança da Armanda pedindo para eu ajudá-la com seu filho mais novo, para ser amigo dele.
Tomei a decisão obvia.

Vitor:
Onde você mora?

Ele me passou o endereço.

Vitor:
Você mora num condomínio fechado.

Gabriel:

Você tem o meu numero, quando você chegar aqui é só me dar um toque que vou
te encontrar.

Vitor:

Em meia hora estou aí.

Coloquei a primeira roupa que encontrei no guarda-roupa. Mal tinha percebido que eram um conjunto da GAP e que eu usava para dormir de tão velho que era.

Minha mãe e minha tia fizeram algumas perguntas, mas não respondi, apenas disse que não voltaria tarde – ou pelo menos imaginava isso. Subi na moto e vesti o capacete, ajeitei os documentos no bolso da blusa e acionei o controle do portão. Ele se abriu e eu acelerei.

O bairro onde ele morava não era longe e por isso demorei menos do que tinha lhe dito. Parei a moto em frente ao condomínio onde ele morava e percebi que eles deviam ter mais dinheiro do que aparentavam, pois a casa deles era dentro de um bosque e todo o muro era rodeado por cerca elétrica e câmeras.

Tirei o capacete e peguei o celular discando o número dele. Mal deu o primeiro toque ele já me atendeu.

– Oi, Vitor – ele disse e percebi certo controle na voz.

– To aqui já – respondi.

– Está bem – ele disse – me dê um tempo e eu já te encontro.

Esperei por alguns minutos, quando o portão de pedestres do condomínio se abriu e alguém veio na minha direção, mas não era o Gabriel e sim o porteiro.

– Você é o Prof.º. Vitor? – ele perguntou, olhando para moto.

– Eu mesmo.

– Venha, vou levar você até onde o Sr. Gabriel está.

Sr. Gabriel.

Comecei a andar, mas ele virou-se para mim.

– Traga a moto, rapaz, essa máquina não pode ficar dando mole ai.

Eu subi na moto e dei a partida, engatei a primeira e segui o porteiro lentamente.

A rua era de paralelepípedos e nos primeiros metros só havia árvores e mais árvores. O cheiro era de resina e terra molhada. Demoramos alguns minutos para chegar até o local onde o Gabriel estaria e quando chegamos vi que só podia ser o salão de festas do condomínio. Era um prédio branco, com as luzes do térreo acesas, mas as cortinas longas tampavam as janelas de vidro que tomavam todas as paredes.

– Eu não devia me meter – disse o porteiro, quando chegamos – mas o Sr. Gabriel tem passado por uns maus bocados. Se você for um amigo, ele precisa de você.

Ele apontou para a porta e eu fui na direção dela.

♠

Quando entrei e não vi ninguém, achei que era uma brincadeira de mal gosto, mas vi outra porta aberta e essa dava para um tipo de sacada, embora não fosse – e todas as paredes que davam para o outro lado eram de vidro, de forma que se as luzes estivessem apagadas, a luz da lua iluminaria bem o lugar.

Ele estava sentado na beira da piscina, com os pés lá dentro e para lá da amurada o Parque Birigui se estendia de um lado enquanto do outro estava o Shopping de mesmo nome.

A visão era bonita.

– Oi – eu disse e sentei do lado dele, com as pernas fora da água.

– Meia hora – ele disse, olhando um relógio de prata e pulseira preta. – Você é mais pontual do que achei.

– A culpa é do seu porteiro – eu disse, mas percebi que ele não estava bem.

– Não o culpe – ele disse e forçou um sorriso. – Gosto dele.

– Você está estranho...

– Mais do que o de costume? – ele interrompeu e me olhou. Seus olhos brilhavam por causa do reflexo da água que marolava. – Minha mãe soube da briga como você disse que saberia...

Eu o olhei consternado, queria abraçá-lo, mas sabia que naquele momento eu só poderia ouvi-lo.

– ...e soube também – ele continuou – do motivo da briga. Queria tanto que ela me ouvisse, mas ela não me ouve, Vitor, e também não me entende.

Ele suspirou.

– Não entendo como ela pode ouvir as pessoas falarem dos problemas, das crises, dos segredos e não me ouvir e nem me entender... – pausa. – Sabe, eu cresci sozinho aqui, não tive ninguém comigo a não ser uma babá, mas babá não é a mesma coisa que mãe, embora a Roza seja mais que isso para mim e para os meus irmãos.

– Achei que eram só você e o Maurício.

– Tem a Alana também – ele disse.

– Você não precisa falar disso, se não quiser – eu disse, colocando cautelosamente uma mão no seu braço – eu sei o que você está passando...

– Sabe...? – ele perguntou com certa ansiedade e me encarou.

– Acho que sei.

– Minha irmã foi embora daqui porque não aguentou minha mãe – ele disse. – Foi morar fora. Está em Lyon, tá casada, feliz e não quer saber nem de vir para cá, nem de visita. Ela praticamente fugiu, mas eu não lembro, eu não estava aqui...

Ele olhou para lua e eu fiz o mesmo.

– Até nisso meus irmãos tiveram sorte – ele disse e bufou. – Eu estudei em colégio interno dos seis até pouco tempo atrás no interior e por isso morei com a minha avó durante esse tempo.

– Nossa...

Ele deu um risinho.

– Quando vim morar com meus pais de volta, meu pai morreu – ele disse – minha mãe quase definhou em uma depressão e quando achei que ela iria ficar melhor para ficar comigo, ela ficou melhor para trabalhar. Eu sempre fui sozinho...

Eu fiz um carinho no braço dele e ele segurou minha mão, aceitando o gesto.

– Obrigado por ter vindo – ele disse – eu sei que tenho um jeito estranho de lidar com as pessoas, que atropelo muitas coisas pelo caminho, mas esse é o meu jeito.

– Relaxe – eu disse, absorvendo o que ele tinha dito e o que estava dizendo – eu sou seu amigo.

– É – ele disse, sorrindo e seus olhos voltaram a brilhar – você é.

IV

Choque

Março virou abril e o tempo quente de Curitiba amenizou, mas de alguma forma aquela noite em que havíamos conversado me deixara estranho. Fazia tempo que eu não me apaixonava, mas ao mesmo tempo não sabia se era realmente uma paixão o que eu estava sentindo.

Poderia ser carinho ou mesmo tesão e apenas isso.

Não, de fato não poderia ser. Era carinho e talvez a parte acionada pela Armanda do meu subconsciente para que a ajudasse com seu filho. Tinha que ser isso. Uma confusão de sentimentos.

Porém, de um modo ou de outro ele não saía da minha cabeça; até nos meus sonhos ele estava, se bem que não de forma erótica. Eram sonhos estranhos, onde eu o procurava porque ele estava sangrando ou morto, eu não sabia como sabia disso, mas também nunca chegava a encontra-lo, pois sempre acordava antes disso.

As aulas com a turma de formandos eram os tormentos dos meus dias, mas também as minhas alegrias, porque vê-lo sorrindo, me dava uma sensação de bem-estar, entretanto, vê-lo com a Carla me deixava enciumado.

Eles não haviam reatado com o namoro, mas de algum jeito eram ligados, muito ligados para o meu gosto.

– Eles vão casar – disse a Armanda, certo dia para mim. – Eu sei! Mãe não se engana.

Não sei explicar o sentimento nessa hora.

Contudo, nossa relação foi se estreitando, nos tornamos amigos e eu sufocava a vontade de beijá-lo, por N motivos: era seu professor, era mais velho, eu era empregado da mãe dele e sua mãe me pedira para ser seu AMIGO e não mais que isso.

Com a metade de abril chegando, o bimestre se aproximava do fim e isso fazia com que as provas começassem a ser temidas. Ouvi comentários de que minha prova seria para foder meio mundo da escola. Isso me fazia rir.

Mas, era difícil não olhar para o Gabriel enquanto estávamos na mesma sala.

– Eu não sou adepto a fazer uma avaliação com peso maior que o número de trabalhos – eu disse para a turma de formandos, algumas aulas antes da prova – mas a escola diz que precisamos ter uma prova cujo valor seja sessenta por cento maior que os trabalhos. Assim, a nossa prova terá o valor mínimo exigido pela escola e na próxima aula teremos um trabalho com peso dois.

– Quanto vale os dois trabalhos que já fizemos? – perguntou o Gabriel e quando o olhei ele sorriu.

– Valem um ponto cada.

– Só isso?

– O trabalho da próxima aula não será um trabalho fácil – expliquei.

– E o que vai cair na prova?

– Vai cair, basicamente, tudo o que vimos sobre filosofia grega, metafísica e epistemologia – a sineta tocou e todos se levantaram. – Tchau para vocês!

A turma saiu com uma fanfarra de cadeiras e carteiras sendo empurradas e arrastadas.

Estava saindo da sala quando vi o Gabriel e Carla parados no corredor, ela segurando o seu braço e ele com uma cara de assustar assombração.

– Me diga, Gabriel! – disse ela, mas eu os surpreendi e ela o soltou.

Eu não tinha percebido que havia parado de andar, mas voltei a caminhar.

– Acho que eu já entendi – disse ela, sem nenhum problema em esconder qualquer coisa.

Ela saiu pisando duro e ele ficou parado no lugar. Era a primeira vez que eu o via sem reação alguma.

– Está tudo bem? – perguntei.

– Não mais do que ontem – ele disse, monotonamente, olhando para a escada vazia. – Eu preciso ir.

Não respondi e também o observei descer a escada. Fui para a sala dos professores desejando, mais do que tudo, poder abraçá-lo e prometer que tudo ficaria bem.

Minha cabeça estava fervendo.

Era sexta-feira, portanto teria o terceiro tempo livre para corrigir os trabalhos que se acumulavam. Esperei Júlio aparecer e foi só quando o intervalo se aproximava que ele entrou na sala.

Olhei para o monte de trabalho à minha frente e percebi que não tinha corrigido nada.

– O filho da Armanda estava na piscina – ele disse e eu logo ergui os olhos – ia logo tirar ele da água, quando percebi que ele nadava bem. Cinquenta metros em 19 segundos...

– Ele estava nadando?

– Acho que sim – disse o Júlio, sentando-se com uma xícara de cappuccino na mão – pelo menos foi o que disse.

– Eu preciso conversar com você – eu disse, subitamente. – Preciso de um conselho de amigo.

– Diga lá? – perguntou. – O que houve?

– Eu ainda não tenho certeza, Júlio – eu disse e não sabia o que realmente estava dizendo. – Se alguém souber, posso até perder o emprego...

– Vitor, você está me assustando, cara – Júlio me interrompeu, franzindo a testa.

– Uns dias depois que as aulas começaram – comecei pelo começo – a Armanda me pediu para ficar de olho no Gabriel...

– Por que?

– Não sei – eu respondi – e fiquei...

– Vitor Daniel – ele disse, arregalando os olhos. – Você não pode...

– Cale a boca, Júlio – eu disse, levantando-me – me deixe contar a história, por favor!

Ele balançou a cabeça, assentindo.

– Desde que o ano começou tenho ficado de olho no Gabriel, como posso – eu estava andando de um lado para o outro e contei tudo, até o que havia acontecido, horas antes.

– Você sabia que o Gabriel passou por uma depressão depois da morte do pai? – o Júlio perguntou.

– Não.

– Então imagine, Vitor – ele disse, me olhando firme – o que poderia acontecer caso ele se descobrisse... Bissexual, no mínimo. Ele poderia definhar de vez.

– Eu não disse que estou amando ele.

– Ninguém falou de amor, Vitor – ralhou o Júlio. – Eu falei de paixão.

Por um momento eu não soube o que responder. *A paixão é o princípio do amor –* pensei.

– Não posso, Júlio! – eu disse, percebi que soava meio desesperado. – Ele tem dezesseis anos, é meu aluno, é como se fosse meu irmão.

– Ele tem dezesseis anos – Júlio disse – e toda essa escola baba por ele: nosso aluno mais popular.

Eu não respondi, era verdade.

– Existe alguém mais bonito que ele aqui? – ele perguntou.

Eu balancei a cabeça.

– Não! – disse.

– Relaxe – ele disse – e se acalme, porque não vai adiantar ficar assim. Essas coisas a gente não consegue controlar.

– É, mas é um inferno!

– Vitor, não precisa ser como da última vez.

Eu fui até a janela e de lá pude ver alguns alunos jogando futsal na quadra poliesportiva. Imaginei que o Gabriel estaria ali, em algum lugar...

– Que tal dar uma passada lá em casa hoje à noite? – Júlio perguntou. – Jogamos um pôquer, bebemos uma cervejinha, você pode até dormir lá.

– Seria bom – eu disse, mas a porta da sala se abriu e a professora Ariane entrou.

– Oi, meninos! – ela disse, indo até o Júlio e o cumprimentando com um beijo. – Oi, Vitor. Tudo bem?

– Tudo, Ari – eu disse, forçando um sorriso.

– Ouvi vocês falando de um jogo de pôquer? – ela foi dizendo.

O Júlio respondeu que sim e eles começaram a falar do jogo, logo em seguida a sineta tocou e alguns professores entraram na sala. Cumprimentei-os, educadamente, mas sai com o intuito de ir comer alguma porcaria na cantina.

Quando cheguei ao primeiro andar, avistei o Gabriel sentado em uma das mesas com um grupo de amigos. Eles riam à toa, provavelmente de alguma piada ou de alguma bobagem. Algumas latas de Coca passavam de mãos em mãos. Resolvi comprar uma também e quando coloquei o pé no Jardim de Inverno, ouvi alguém pedindo ajuda.

– Ele caiu! Ele caiu! – alguém disse e abri caminho pelos alunos que estavam na minha frente.

O pedido de ajuda vinha da mesa em que o Gabriel estava e um gosto amargo me veio à boca. Procurei por ele e não o vi no meio daquele monte de alunos.

– O que está acontecendo? – perguntei a um dos garotos que estavam com o Gabriel.

– Eu não sei, professor – ele disse – ele estava bem e de repente caiu...

Não respondi e empurrei dois alunos que não conhecia e ali estava Gabriel, caído no chão. Ele estava branco, como papel. Seu pescoço, braços e mãos estavam vermelhos e quando o toquei senti a pele em brasa e sem aquela macies de costume.

Ergui a camiseta e as machas vermelhas estavam se formando sob as axilas e abdômen. Não pensei muito no que fazer, peguei-o no colo e pedi para todos saírem da minha frente e logo o Júlio estava do meu lado.

– O que houve? – ele perguntou, ansioso.

– Eu não sei – disse – ele estava bem num momento e no outro caiu, eu não vi como foi... não consigo ouvir sua respiração!

O levamos para enfermaria, mas a enfermeira estava demorando.

– Você está de carro? – perguntou Júlio, sem tirar os olhos de Gabriel, cuja cor parecia piorar.

– Estou...

– Vá pegar as chaves do carro – ele disse – precisamos levar ele a um hospital.

Corri para a sala dos professores, subindo as escadas de dois em dois degraus. A sala estava se esvaziando e muitos dos meus colegas perguntaram o que estava acontecendo.

– Você não está com uma cara boa... – disse a professora Norman, de matemática.

– Está tudo bem? – indagou o Luciano, de física.

– Não – eu respondi, meio grosseiro – Gabriel está passando mal, não está respirando...

– O filho da Armanda? – indagou a Ariane, quando eu já estava saindo da sala novamente.

– É, é ele – eu disse. – Por favor, alguém a avise. Vou levar ele no hospital aqui perto...

Eles fizeram mais perguntas, mas eu os ignorei e saí correndo. Quando cheguei à enfermaria, a enfermeira estava do lado dele, tirando a pressão.

– Ele está respirando muito mal – ela disse, assim que me viu.

– Vou levá-lo a um hospital – respondi e Júlio foi logo indo na direção da maca, para pegá-lo no colo, mas o interrompi. – Eu o levo e você dirige.

Joguei as chaves para ele e peguei Gabriel no colo. Ele gemeu levemente e fiquei com medo de machucá-lo.

– Vamos! – eu disse.

Chegamos ao hospital em menos de dez minutos.

Eu desci do banco traseiro com Gabriel no colo e durante o caminho ele abria e fechava os olhos que estavam levemente inchados, mas não parecia me ouvir, sua cabeça pendia para um lado e eu não pude deixar de sentir o cheiro do seu perfume, algo cítrico e amadeirado. Não era nenhuma essência que eu conhecesse.

Assim que entrei no hospital, uma recepcionista veio até mim, parecendo surpresa.

– Por aqui, senhor – ela disse e nos encaminhamos para uma porta dupla.

Ela a abriu e chamou por dois enfermeiros, que vieram rápido. A sala tinha biombos espalhados, mas muitos estavam vazios. Coloquei-o na cama forrada com plástico.

– Sabe dizer o que houve? – ela perguntou.

– Não – eu disse, apavorado – ele estava bem em um segundo e no outro caiu e agora está assim...

Um dos enfermeiros examinava Gabriel e o outro observava.

– Parece choque – um deles disse.

– Vou chamar a Dra. Anne – ele disse e se afastou.

– Senhor – chamou a recepcionista – você poderia vir comigo até a recepção, precisamos preencher a entrada dele na clínica.

– Mas ele vai...

– O seu amigo pode ficar com seu irmão – ela disse – e o enfermeiro vai ficar com eles até a Dra. Anne vir vê-lo... Olhe. eles estão vindo.

Olhei para o final da sala e a uma mulher de roupa de azul claro vinha na nossa direção com o jaleco branco esvoaçando as suas costas.

– Mas, por que vocês não fizeram o acesso periférico? – disse ela, tirando o estetoscópio do pescoço e sentindo o peito e a garganta de Gabriel.

Silêncio mortal.

– Rápido! – disse ela, um pouco grosseira. – Ele tem um edema!

Um dos enfermeiros já estava ali com uma maca. enquanto outro o mudava para ela.

– Senhor – chamou a recepcionista – você precisa vir comigo agora. Seu irmão vai ficar bem.

– Ele não é meu irmão! – eu disse, mais grosseiro do que queria. – Ele é meu aluno!

Ela abriu a boca para falar algo, mas desistiu.

– Hum... – resmungou o Júlio, do meu lado. – Andrea, por favor, nos leve à sala de espera, pode ser?

– Claro, por aqui – ela nos levou pela porta que tínhamos entrado.

Não observei os lugares pelos quais passamos, eu só conseguia imaginar o pior. Pensei em cicatrizes, no coração dele parando de bater, imaginei coisas absurdas.

Foram duas horas de espera que pareceram muito mais.

A Dra. Anne entrou na sala e sorriu quando me olhou.

– A Andrea me contou que vocês são professores do rapazinho – ela disse, amavelmente. – Sabe onde estão os pais?

– A mãe do Gabriel é nossa chefe – o Júlio disse. – E o pai...

– Como ele está? – interrompi, não podia acreditar que eles estavam discutindo aquilo.

– Como é seu nome? – ela perguntou.

– Vitor – respondi.

– Prazer, meu nome é Anne – ela disse e apertamos as mãos. – Ele vai ficar bem, foi só um *choque anafilático*. Um pouco mais de tempo sem a medicação, para estabilizar e relaxar o organismo, e ele poderia ter tido uma parada cardíaca.

– Meu Deus! – eu disse, sentindo um vazio enorme.

– Está tudo bem agora – ela continuou – fizemos uma Intravenosa de Adrenalina e ele voltou a respirar melhor, a pressão estabilizou e o Edema da Glote cedeu.

– Posso vê-lo?

– Pode, mas ele está sedado – ela disse.

– Mesmo assim, doutora – eu insisti.

Ela lançou um olhar para o Júlio que estava de braços cruzados perto de mim.

– Venha comigo – ela disse – mas só você.

– Tudo bem – ele disse, sorrindo. – Vai lá, eu vou falar com a escola e tentar falar com a Armanda.

Fui com ela até o quarto que não ficava muito distante da sala de espera, só alguns corredores mais além. O lugar era frio e uma sensação estranha tomou conta de mim, algo diferente do normal. Passamos por um corredor e vi alguém de branco entrando em uma sala ou um quarto.

O número do quarto era 357 d.

Entrei no quarto e um enfermeiro estava ali, quando me viu, tirou um termômetro debaixo do braço de Gabriel, marcou algo numa prancheta e a passou para a Dra. Anne.

– Viu, ele está bem... – ela começou

– Eu quero ficar aqui – interrompi. – Só vou sair desse quarto quando a mãe dele chegar. O professor Júlio, meu colega, está lá fora e já deve ter entrado em contato com ela.

Ela assentiu e quando estava saindo Júlio entrou.

– Pelo jeito não vou conseguir separar vocês dois desse garoto, não é? – ela perguntou.

Olhei para o Gabriel deitado na cama e balancei a cabeça, confirmando.

– Se todos os professores forem iguais a vocês – ela disse, sorrindo – vou ter que acreditar que o Lobo é o melhor colégio da cidade.

A cor do Gabriel tinha voltado, embora algumas manchas estivessem em seu corpo e os olhos ainda estivessem inclados. Ele respirava e, para mim, sua respiração trazia paz. Ele estava bem e Júlio já estava ao meu lado.

Pela janela entrava o barulho dos carros e a luz do sol, já bem forte àquela hora.

– A Armanda não está em Curitiba – ele disse. – Foi para Porto Alegre numa convenção da universidade e só volta domingo. Deixei um recado na casa dele com a empregada, ela pediu para alguém vir trazer os documentos do Gabriel e algumas roupas para ele trocar.

– Ele vai receber alta amanhã – eu disse.

– Por isso mesmo ele vai precisar trocar de roupa – disse o Júlio. – Ele não pode ficar aqui com o uniforme da escola.

– Uhum...

– Você está bem? – ele perguntou.

– Estou sim – respondi. – Só fiquei assustado...

– Apavorado, eu acho – ele disse e sorriu. – Eu também fiquei... Eu vou lá para o colégio, Vitor, alguém precisa avisar a professora Débora o que houve.

– Uhum...

– Qualquer coisa me ligue – ele disse.

– Uhum...

A porta se fechou, mas na minha frente eu só conseguia ver e perceber Gabriel deitado na minha frente. Minha cabeça rodava, cheia de pensamentos pavorosos.

– *Um pouco mais de tempo sem a medicação, para estabilizar e relaxar o organismo, e ele poderia ter tido uma parada cardíaca* – dizia a voz da Dra. Anne em minha cabeça.

Puxei uma cadeira mais perto da cama e sentei. Peguei a mão dele nas minhas e a beijei. Pude sentir o calor dela nos meus lábios, a textura da sua pele macia. Não sei por que, mas senti lágrimas nos meus olhos e deixei que elas corressem pelo rosto.

Me senti cansado.

Meu Deus, como eu queria poder deitar com ele ali e abraçá-lo, fazê-lo sentir que tudo realmente estava bem.

Encostei a minha cabeça na cama e sem querer adormeci.

O quarto estava escuro quando acordei, uma brisa leve entrava pela janela meio aberta. Imaginei que tudo tinha sido um sonho, mas quando ergui a cabeça percebi que era verdade.

Uma dor queimou no meu pescoço por ter passado muito tempo na mesma posição.

Soltei a mão de Gabriel, que ainda segurava, e me espreguicei para esticar os músculos. Notei que alguém tinha entrado no quarto enquanto eu dormia, porque algumas mudas de roupa dele estavam na mesa de cabeceira, do outro lado da cama.

Levantei e saí do quarto. Não havia movimento no corredor, mas a sensação de frio e vazio do lugar pesava a minha respiração. Uma enfermeira apareceu, segurando um monte de lençóis, e perguntei onde ficava a cantina, ela me indicou a direção.

Senti um cheiro de café quando cheguei lá e me dirigi ao balcão. Meu celular vibrou quando pagava o café e o pão de queijo que tinha pedido. Era minha mãe.

– Oi, mamãe – eu disse, tentando fazer com que a voz não soasse tão cansada.

Expliquei o que havia acontecido, onde eu estava e ainda que talvez voltasse tarde para casa.

– Mas, filho – ela disse – cadê a família desse menino?

– A mãe é a minha chefe – expliquei – e está em Porto Alegre, a trabalho. O pai já morreu. Os irmãos eu não sei onde estão.

– Se você quiser – ela propôs – eu posso ir ficar com você e assim nós podemos conversar um pouco, eu gosto de café de hospital.

Eu ri.

– Obrigado, mãe – disse – mas não precisa vir...

– Preciso sim! – ela disse. – Vou trocar de roupa e pegar uma muda para você. Você está com blusa aí?

– Minhas coisas ficaram na escola – disse.

– Onde é o hospital?

– Paraná Clínicas.

– Na Avenida Argentina, não é?

– Perto do Pão de Açúcar.

– Chego aí em vinte minutos.

– Ok, mas venha de taxi – disse. – Estou de carro.

Comi o pão de queijo e tomei o café. Estava um pouco forte, mas serviu para apaziguar o cansaço que sentia. Voltei ao quarto e percebi que Gabriel não estava mais sozinho, seu irmão estava com ele.

Se Gabriel era lindo, o irmão também era.

Gabriel fazia o tipo Zac Efron, já Maurício era do tipo Jared Leto, mas sem aquele ar moleque e risonho. Maurício era um Jared Leto sério, compenetrado e profissional.

Estava elegantemente vestido com um terno preto slim, embora o semblante fosse cansado também, mas mesmo assim era uma visão de tirar o fôlego. Ele estava em pé ao lado do irmão, as mãos dentro dos bolsos da calça e o olhava com um ar muito preocupado, a gravata rosa balançava sobre a cama, mas quando me viu, sua expressão ficou carregada.

– A Dra. Anne me disse que você não saiu de perto dele – ele disse e sua voz era grossa e autoritária. – Não sei como agradecer.

– Ele é meu aluno – disse. – Era minha obrigação, já que sua mãe não podia vir.

– Ela está trabalhando – ele disse, subitamente, mas pareceu notar que fora grosseiro.

Ele fechou os olhos e respirou fundo.

– Desculpe – disse – eu não consegui sair do trabalho assim que a Débora me avisou, mas como ela me disse que ele já estava aqui, fiquei mais tranquilo. Obrigado por ter ficado com ele, por não ter deixado ele sozinho.

– Acho que ele não gostaria de acordar e perceber que estaria sozinho – eu disse, olhando mais uma vez para o Gabriel.

– Tenho certeza que teria ficado bem – ele disse e também olhou para o irmão e pegou em sua mão. – E nem me apresentei. Prazer sou Maurício.

Ele estendeu a mão e pareceu não ter me reconhecido.

– Vitor, prazer! – eu apertei a sua mão.

– Minha mãe já falou de você – ele disse. – E te elogiou bastante.

A porta do quarto se abriu e minha mãe entrou.

– Oi, filho – ela disse, vindo em minha direção. – Que cara horrível!

Ela me abraçou e me entregou uma sacola de papel pardo onde estavam as minhas roupas.

– Acho que não vai ser preciso, mamãe – eu disse e olhei para Maurício. – Esse aqui é o Maurício, irmão do Gabriel.

Minha mãe olhou para Gabriel e depois para Maurício.

– Prazer, Maurício – ela disse, como uma verdadeira dama. – Daniela de Andrade.

– Prazer... – ele disse. – Você não é a promotora?

– Eu mesma – minha mãe respondeu, sorrindo. – Mas sou juíza, na verdade.

– Hum... – resmungou Maurício, assim como Gabriel fazia.

Gabriel se mexeu na cama e minha mãe olhou para ele novamente.

– Foi só um susto – ela disse, sendo mãe. – Ele é a sua cara, Maurício, e me parece que é um ótimo menino.

Maurício olhou e me pegou sorrindo, abobado.

– Ele é.

– Acho que vamos indo, então – disse minha mãe. – Foi um prazer, Maurício, dá um beijo no seu irmão.

– O prazer foi meu, Dra. Daniela – ele disse, todo formal, cumprimentando-a.

– Por favor – ela disse, rindo – não me chame assim.

Ele riu.

– Foi um prazer, Maurício – eu disse, estendendo a mão.

– Obrigado por... Hum... Tudo! – ele disse.

– Eu... Não precisa agradecer – eu disse e olhei para o Gabriel.

Pude perceber que ele seguiu meu olhar e que não gostou do que pensou e eu estava certo que ele tinha acertado em cheio em suas suspeitas.

V

Solidão

Fomos para casa em silêncio, eu não tinha muito que dizer e acho que minha mãe também percebeu o clima pesado. Na verdade ela tinha notado mais coisas do que supus a princípio. Mas como minha mãe, e minha amiga, ela entendeu logo o que estava se passando.

Foi só quando chegamos em casa que ela quebrou o silêncio.

— Está tudo bem, filho? – ela perguntou, delicadamente.

Eu já estava subindo as escadas quando ela perguntou. A casa estava com as luzes apagadas e aparentemente minha tia não estava no momento. Voltei até o hall e vi minha mãe me olhando com o ar matriarcal dela.

— Não posso esconder nada de você, né? – perguntei e fui até ela.

Abracei-a o mais forte que pude. Era um abraço de mãe que eu precisava mesmo. Me sentia meio perdido, meio desamparado. Eu sabia o que estava acontecendo, mas não entendia e não entendia por que não queria que aquilo tudo estivesse acontecendo.

— É o Maurício ou o Gabriel? – ela perguntou, quando nos sentamos no sofá.

Não respondi, só deitei com a cabeça em seu colo, deixando que ela fizesse o cafuné que só mãe sabe fazer.

— É o Gabriel – eu respondi, por fim e admitindo para mim mesmo a verdade.

— Você sabe que ele só tem dezesseis anos, não sabe? – ela perguntou.

— Sei – eu respondi – e eu sei que ele é meu aluno e que sou empregado da mãe dele, da escola dele, que o irmão não gostou do pensou sobre eu estar na clínica e que eu não deveria, não deveria mesmo ter deixado isso acontecer.

— E o que você vai fazer agora? – ela perguntou, consternada.

— Não sei – eu disse e novamente senti vontade de chorar. – Eu não queria mãe, não queria mesmo, mas ele.. eu...

— Eu sei Vitor, eu sei – ela disse. – Nós não escolhemos, nunca escolhemos isso, mas podemos aprender a lidar com esse sentimento de uma maneira que ele se torne maravilhoso, não só para você, mas para o Gabriel também, para que ele sinta orgulho por você amá-lo, mesmo que o sentimento não seja recíproco.

— Então – resolvi contar o pedido da Armanda – a Armanda me pediu para ser amigo dele, para ficar de olho nele. Ela me explicou que eles não estavam passando um momento muito bom e que a relação dos dois estava péssima. Ela pareceu desesperada e eu resolvi ajudar.

– Ele soube disso?

– Acho que ele ficaria furioso comigo e com ela se soubesse – respondi. – Ela me disse que ele tem o gênio difícil e é mesmo. O menino é turrão!

– Ele tem cara de ser um amor.

– E é – respondi, rindo – ele é turrão, mas é amável, delicado, superinteligente. Nenhuma nota abaixo de 8,5 no histórico dele. Não posso dizer que ele seja sensível e educado... Ele é ambíguo, peculiar.

– Ambíguo? – minha mãe riu.

– É... ele é – respondi, também rindo. – Já o vi brigar com um colega por jogar lixo no chão e brigar com o zelador da escola por ter lixo nos canteiros do Jardim de Inverno. E ao mesmo tempo, ele é um furacão...

– Isso se chama responsabilidade e bom-senso – ela respondeu – afinal aquela escola é dele também. A Armanda não é sócia do Lobo?

– Sim.

– Então é por isso – ela disse – ele precisa cuidar do que vai ser dele... Mas você não me disse o que pretende fazer.

– Eu não sei, mãe – eu disse e percebi que minha voz soou meio desesperada. – Eu quero ficar com ele, mas sei que não posso.

– Vitor, você tem 21 – ela disse – é lindo, é inteligente, é trabalhador, é meu filho. Por que não poderia?

– Mãe...

– Vitor – ela me interrompeu – se for pela idade, isso já está sendo preconceito. Eu tinha quinze quando comecei a namorar seu pai...

– E no ano seguinte estava grávida! – dissemos em uníssono e depois rimos.

– E casei também – ela acrescentou. – Filho, por mais que pareça ilógico eu dizer isso por ser advogada, juíza, você precisa ir atrás do que quer. Se for o Gabriel a pessoa que você ama, corra atrás, corra atrás da sua felicidade. Eu vou estar ao seu lado em qualquer uma das suas decisões. Vou apoiá-lo, mesmo que não concorde.

Ficamos em silêncio.

– É gostoso olhar para trás e ver que tudo valeu à pena – ela disse, por fim. – Eu preciso ir tomar um banho e comer algo. Você quer pedir pizza ou tomar um chá?

– Tomamos chá – eu disse – mas pode deixar que eu mesmo faço, vá tomar o seu banho.

♠

Eram 9h da manhã quando acordei com meu celular tocando. Ralhei comigo mesmo por não ter desligado, queria dormir até tarde, mas quando vi quem ligava atendi imediatamente.

– Oi, Armanda – eu disse, sem disfarçar a voz de sono. – Aconteceu algo? Está tudo bem?

– Você estava dormindo? – ela perguntou, amável. – Não aconteceu nada e está tudo bem – deu para ouvir que ela sorriu. – Desculpe, mas já que te acordei, obrigado, filho, obrigado por ter cuidado do Gabriel para mim. Liguei para agradecer.

– Nossa, Armanda, não precisa – eu disse, encabulado. – Só estou fazendo o que você me pediu.

– Eu não pedi isso, filho – ela respondeu e percebi que ela estava com a voz embargada. – Acabei de chegar a Curitiba, vim assim que o Maurício me contou.

– Já sabem o que foi que houve com ele? – perguntei.

– Amendoim – ela disse. – Ele é alérgico.

– Então ele é alérgico a isso?

– Ele quase morreu quando comeu pela primeira vez – ela respondeu e respirou fundo. – Eu nem dormi essa noite. A médica decidiu manter ele mais um dia na clínica para fazer mais alguns exames.

– Pensei em passar mais tarde na clínica para vê-lo – eu disse.

– Faça isso – ela disse – ele vai gostar. Vitor, eu preciso desligar para fazer o check out. Mais uma vez obrigado.

– Tudo bem, Armanda – respondi – o importante é que ele está bem agora.

– É verdade – pude sentir que ela sorriu. – Fique com Deus.

Ela desligou e respondi amém para mim mesmo.

Levantei e desci para cozinha, estava de cueca e percebi que a Giza ficou envergonhada por isso, mas fiz de conta que não percebi.

– Vitor – ela disse, a voz rouca – seu amigo Júlio ligou tem uns quinze minutos. Pediu para você retornar assim que puder.

Me sentei na banqueta em frente ao balcão da cozinha e esperei ela terminar de fazer meu sanduíche.

– E minha mãe? – perguntei, enquanto ela me servia.

– Foi fazer compras com sua tia – respondeu ela, me entregando o prato.

– Obrigado...

– Tem café na garrafa – ela disse, saindo da cozinha – leite e suco na geladeira.

– Aonde você vai?

– Estou saindo de folga! – ela gritou.

A porta se abriu e depois se fechou. Eu estava sozinho.

Depois que terminei meu café, liguei para o Júlio. Ele me convidou para um role no Parque Barigüi, perto de casa do Gabriel, ou no MON – Museu Oscar Niemeyer – o que topei na hora.

Passamos a manhã toda no MON – eu não quis ir para os lados da casa do Gabriel, pensei que não seria bom –, tinha sol e um movimento muito grande no enorme gramado que circunda o prédio do museu. Júlio tinha levado o vira-lata dele e nós acabamos brincando com o doguinho por um tempão.

Porém, quando deu 11h, eu me despedi e fui para casa tomar outro banho, eu precisava ir ao hospital. Mas antes de sair peguei alguns DVDs da minha coleção para Gabriel assistir enquanto estivesse lá. Peguei os documentos da moto, as chaves e desci.

Minha mãe estava chegando com minha tia quando parti. Não queria admitir, mas estava ansioso para ver ele novamente.

Demorei aproximadamente 15 minutos para chegar à clínica e a Dra. Anne estava saindo quando eu entrei.

– Olá, professor! – ela disse, me chamando porque eu não tinha a visto.

– Olá, doutora! – respondi, sorrindo. – Não vi você...

– Eu percebi – ela disse. – Veio ver o seu aluno.

– Aham...

– Espero que você não tenha trazido nada com amendoim – ela disse, sorrindo. – Ele não pode comer isso definitivamente.

Era impressão minha ou ela estava sorrindo demais para mim?

– A mãe dele já me avisou – eu respondi, tentando me afastar. – Agora, eu preciso subir, se não me atraso para outro compromisso.

– É mesmo? – ela perguntou. – Se eu não tivesse uma cirurgia logo mais à noite, juro que iria atrás de você.

De fato, eu não estava tendo uma impressão. Dra. Anne estava flertando comigo descaradamente, sem nenhum tipo de constrangimento.

– Não me olhe assim, professor – ela disse, chegando mais perto do meu ouvido. – Você é o meu tipo de homem.

Ela se afastou e eu encarei seus olhos, ela deu uma mordidinha no lábio inferior, que me deu um frio na barriga.

– Foi um prazer ver você novamente – disse, colocando um cartão no bolso da minha camisa e me deixando com cara de palerma.

Passei na recepção e me apresentei. Deram-me o número do quarto e um crachá de visitante. Fui para os elevadores e subi para o quarto onde tinham transferido o Gabriel na ala particular.

Quem tem um bom plano de saúde tem isso. O quarto onde ele estava agora não era grande, mas era bem confortável. Tinha uma TV com DVD, um sonzinho pequeno. Era mobiliado com moveis bem confortáveis e ao lado da cama, no criado mudo, estava uma cesta com montes de guloseimas.

Ele estava deitado com a cabeça virada para janela, com o controle da TV na mão e parecia dormir, mas quando eu entrei e fechei a porta ele ergueu a cabeça e sorriu. Ganhei meu dia com aquilo e me senti quase plenamente feliz. Estava seguro agora de que tudo estava bem e poderia ficar melhor.

– Meu irmão me contou o que você fez – ele disse, assim, na lata, sem rodeios. – Não sei o que te dizer – ele olhou para TV, apontou o controle e desligou-a.

Eu fui até uma cadeira que estava perto da cama e me sentei.

– Eu fiz o que era preciso fazer – respondi.

– A Dra. Anne me disse que eu poderia ter morrido – ele disse, isso parecia diverti-lo. – Não foi de propósito, eu não sabia que eles estavam comendo amendoim... Eu só tomei um gole da Coca-Cola.

– Não precisa se explicar – eu respondi, sendo o mais gentil possível. – A culpa não foi sua.

– Meu irmão pensa diferente – ele respondeu e olhou para a janela, seu sorriso sumiu ao mencionar o irmão. – E ele disse que você...

Ele parou e, pela terceira vez em menos de um minuto, seu humor mudou.

– Que eu?

– Que você é gay – ele se virou para mim. – É verdade?

Não pude definir sua expressão, seu olhar, nada. Ele guardou muito bem qualquer que fossem os pensamentos que estava tendo.

– Sim e não – eu respondi, entendendo que Maurício afinal também se lembrava de mim.

– Sou bissexual, na verdade.

Ele deitou a cabeça para trás, no travesseiro.

– Explique – disse e sua voz soou dura, seus olhos encaravam os meus.

– Não sei se estamos no lugar ideal para conversar.

– Estamos sim – ele disse e por um instante vi o Maurício na minha frente. – Explique.

Eu levantei e fui até a janela, olhei a rua, as pessoas e os carros. Me senti perdido, ofendido com aquela pergunta. Eu não devia satisfação para ele, não precisava explicar nada.

Entretanto eu me virei e encarei-o também.

– Eu não me importo com o sexo da pessoa com quem eu me envolvo – respondi. – Eu procuro me envolver com pessoas que me façam bem, que me entendam quando eu estiver mal e que me deem carinho quando eu precisar; que curtam comigo uma noite ou um fim de semana. Mas que acima de tudo me façam feliz assim como eu faria feliz aquela pessoa que estiver comigo.

Silêncio.

– Eu gosto de você, Vitor – ele disse, de repente. – Gosto de você e não me importo com isso, não me importei com o Lincoln ou com o Yuri quando eles me falaram, por que iria me importar com você? Não somos nada, só aluno e professor.

– Somos amigos – eu o interrompi. – Eu quero ser seu amigo.

– Não sei se é só isso – ele disse, me encarando profundamente.

Minha cabeça rodou. Será que ele já sabia? Será que ele já tinha notado?

– É o que eu quero – respondi, controlando a voz.

– E o que eu quero? – ele disse, mais alto do que deveria e serrando os dentes e eu levantei da cadeira. – Você sabe o que eu quero? Parece que ninguém se importa com o que eu quero. Eu quase morri, QUASE MORRI e onde está a minha mãe? ONDE ELA ESTÁ?

Eu me encostei na parede, assustado.

– O QUE FOI QUE O MEU IRMÃO FEZ QUANDO EU ACORDEI? – ele estava tirando o tubo do soro do braço, descendo da cama. – ELE SÓ FEZ ME FALAR

QUE O MEU PROFESSOR DE FILOSOFIA É GAY, QUE EU DEVIA PRESTAR ATENÇÃO NO QUE ESTOU FAZENDO PARA NÃO MORRER, QUE PRECISO ME DEDICAR AOS ESTUDOS PORQUE ESTOU NO ANO DE VESTIBULAR E PRECISO ENTRAR PARA FACULDADE!

– Gaels...

– E MINHA MÃE? – ele estava de pé na minha frente. – ONDE ELA ESTÁ?

Ele estava ofegante, chorando feito uma criança de colo.

– Ela... está... em... qualquer... lugar...! – ele mesmo respondeu, soluçando incontrolavelmente. – Qualquer... lugar...!

Eu fui até ele e o abracei e ele chorou mais ainda. Eu não tinha respostas, não sabia o que pensar, então o abracei o mais forte que podia.

– Eu não quero mais – ele disse, soluçando. – Não quero mais, Vitor, eu quero ir embora, me tire daqui! Eu quero ir para casa, AGORA!

Mas num rompante, ele me empurrou e arrancou do braço os tubos de soro que ainda estavam enroscados nele.

– Gabriel, você não pode – eu disse, gaguejando. – Você precisa ficar...

– Me... tire... daqui, por... favor – seu olhar foi do braço com sangue até os meus – EU... QUERO... IR... PARA... CASA!

Antes que eu pudesse fazer alguma coisa uma enfermeira alarmada entrou no quarto e essa foi a minha deixa para abraçá-lo de novo.

– Está tudo bem? – ela perguntou, ansiosa. – Eu ouvi gritos... Meu Deus do céu, você precisa deitar, Gabriel! Como você tirou o soro?

– Eu... quero... ir... para... casa...! – ele disse, soluçante, com a cabeça enterrada no meu peito.

– Você não pode...

Ele se afastou de mim subitamente mais uma vez e agarrou o que estava mais perto da sua mão: a cesta de doces. Atirou-a na enfermeira, mas acho que propositalmente errou para não a machucar.

– EU QUERO IR PARA CASA! – ele gritou.

A enfermeira saiu do quarto fechando a porta para se proteger, mas logo em seguida ela entrou e dois colegas seus, com possivelmente o dobro do meu tamanho, acompanhavam-na.

Eles foram para cima do Gabriel e eu interferi.

– Nem pense! – eu disse entrando na frente de Gabriel e os dois pararam.

– Senhor, ele está descontrolado – um dos enfermeiros disse, fazendo uma careta.

– Ele quer ir para casa – respondi com frieza. – Me deixe conversar com ele que tudo vai ficar bem.

Outra enfermeira entrou no quarto com uma bandeja e eu percebi que iriam cedalo.

– Por favor, eu converso com ele – insisti, quando o enfermeiro não se moveu.

O enfermeiro assentiu e saiu junto com o colega e a primeira enfermeira, sobrando ainda a segunda.

– Como é seu nome? – perguntei.

– Gabriela – respondeu.

– Gabriela, deixe-me conversar com ele primeiro – pedi – depois você dá o remédio para ele tomar. Dê-me cinco minutos, por favor.

Ela também assentiu e em seguida saiu do quarto.

– Eu levaria você para qualquer lugar – disse, indo até ele e sentando na beirada da cama – mas estou de moto e não vou me arriscar a tirar você daqui assim.

Ele já estava deitado na cama, com as cobertas até o queixo; ele tremia.

– Fique comigo então – ele disse e estendeu a mão e eu peguei-a. – Fique até eu dormir, pelo menos, eu não gosto de ficar sozinho.

A enfermeira abriu a porta novamente e eu fiz sinal para ela entrasse. Ela foi até a bandeja que estava num móvel perto da porta. Vi ela medindo uma dose e outra com uma seringa e depois ela foi até ele.

– Isso aqui é para você ficar bem – ela disse e sorriu carinhosamente.

– É para me fazer dormir – ele respondeu.

Ela injetou a droga no soro e aumentou a contagem, recolocou o soro no braço dele e depois se retirou, não sem me lançar um olhar consternado.

– Eu trouxe alguns DVDs da minha coleção para você – eu disse. – Acho que você vai gostar. Trouxe um livro também, é uma história de dragão...

Notei que ele já tinha fechado os olhos e sua respiração era constante. Ele dormiu segurando minha mão e não ousei me mexer.

VI

Carinho

Nas duas semanas que se passaram, o Gabriel não foi para aula e eu, consequentemente, estava ficando maluco, pois não tive notícia alguma dele. Parecia que o pedido que Armanda tinha me feito no começo do semestre não tinha muita importância quanto ao que eu deveria saber.

Foi só quando junho entrou, anunciando a promessa do final do primeiro semestre que a Armanda teve a dignidade de vir conversar comigo. Tive pena, pois ela estava com uma cara cansada, olheiras profundas, mas mesmo assim conseguia tirar forçar para tratar seus subordinados com mãos de ferro.

De Nazista, passamos a chamá-la de Mulher de Ferro, uma referência a Margaret Thatcher, primeira ministra britânica que comandou o Reino Unido de 1979 a 1990 de forma dura e radical, sem aceitar a opinião de qualquer pessoa.

Todos sabiam o que ela estava passando, a morte do marido ainda a afetava de modo perturbador, mas eram poucos os que conseguiam conversar com ela sobre isso.

Era uma quarta-feira e eu estava na sala dos professores, corrigindo alguns trabalhos das turmas da tarde quando ela entrou e se sentou na minha frente.

— Podemos conversar, Vitor? – ela perguntou.

— Claro, professora – respondi, pondo de lado minha caneta vermelha e olhando para ela. – Aconteceu algo?

— Bem, estamos numa escola, Vitor – ela respondeu, e achei um pouco grosseira. – As coisas vivem acontecendo por aqui.

Não respondi, não achei necessário.

— Preciso de férias – ela disse, mudando de assunto – o Gabriel tem me cobrado isso há um bom tempo. Tivemos uma conversa séria depois do que aconteceu no hospital. A Dra. Anne o encaminhou a um psiquiatra.

— Mas ele não está louco – eu disse na minha ignorância.

— Não se vai ao psiquiatra só por loucura – ela me cortou, os olhos faiscando. – Sei que você já sabe que a morte do meu marido afetou muito aos meus filhos, mas ao Gabriel o estrago foi bem grande, Vitor, e eu não tinha percebido e ainda deixo de perceber as vezes.

Ela baixou a cabeça e olhou as mãos.

– Meus filhos têm muito do pai – ela disse – o único que puxou a mim foi o Gabriel, mas puxou o gênio. Você viu, né? O Maurício e o Gabriel poderiam passar por gêmeos se tivessem a mesma altura. Mas o Gabriel foi o único que ficou com o meu gênio por isso eu sei o quão difícil é lidar com ele. Eu não posso, Vitor, eu não consigo com ele!

– Pelo menos um deles tinha que sair a você – eu disse, meio amargurado.

– Eu bem sei que isso incomoda muita gente aqui – ela disse, pensativa, parecendo falar mais para si mesma do que para mim. – Na verdade eu sei mais coisas do que vocês *acham*: Nazista? Mulher de Ferro? Puff! Se vocês soubessem como é difícil estar aqui, como mulher, como mãe; não diriam isso e se estivessem aqui iriam fazer as mesmas coisas que eu faço, mas não estão e acho que ninguém pode fazer as coisas que faço.

– Você está bem, Armanda? – perguntei, pois notei que os olhos dela estavam marejados. – Quer que eu faça alguma coisa?

– Quero – ela respondeu, balançando a cabeça. – Quero que faça o seu trabalho e outro favor.

Mordi a ponta da língua para não dizer um palavrão para ela.

– Eu sei que você se assustou com o que aconteceu no hospital – ela disse – a enfermeira que o Gabriel quase acertou com a cesta pediu para ser transferida de andar, ficou com medo – ela riu, meio constrangida. – Mas mesmo assim eu quero que você continue de olho nele para mim e faça ainda mais, quero que você seja amigo dele, o melhor amigo.

– Armanda, eu...

– Não sei, Vitor – ela disse e segurou minhas mãos nas suas – eu tenho um carinho muito grande por você, é como se você fosse meu filho. De alguma forma eu sinto que você está aqui porque precisava estar perto.

Ela iria continuar a falar, mas a porta se abriu e dois professores entraram.

– O Gabriel está bem agora – ela disse e sorriu.

A única coisa que poderia denunciar que estava chorando eram os olhos vermelhos, embora não houvessem lagrimas.

– Ele volta na segunda-feira – ela respondeu e se levantou.

Então depois de cumprimentar os outros professores, saiu da sala como se nada tivesse acontecido.

A turma de formandos se preparou com grande alvoroço e alegria para receber o Gabriel novamente e fiquei muito alegre e orgulhoso quando eles me convidaram – em especial – para participar da festinha de recepção para ele na segunda-feira. Como tinha as cinco aulas naquele dia, a Armanda me liberou e me substituiu no quarto tempo para que eu pudesse ir dizer boas-vindas também.

Meu coração deu saltos e meu estômago pareceu desgrudar da espinha quando ele entrou na sala, sorrindo timidamente por causa de todo o agito que seus colegas estavam fazendo. Mas fiquei ainda mais feliz quando ele veio e me abraçou, sem medo nenhum, sem receio nenhum.

– Obrigado! – ele sussurrou ao pé do meu ouvido.

Seu cabelo cheirava a camomila e os fios eram tão finos como seda, seu abraço foi forte e aconchegante.

A festa só terminou quando a professora de matemática entrou na sala e avisou que realmente precisava trabalhar, uma vez que a semana de provas estava se aproximando. Isso causou certa revolta, mas ela dominou bem a turma e eles se sentaram, enquanto eu me retirei e fui dar minha última aula do dia mais feliz que nunca.

O colégio já estava vazio quando eu saí da sala do segundo ano, fiquei organizando um trabalho que os alunos haviam me entregado e acabei perdendo a hora, mas não estava com pressa.

Desci os dez lances de escadas até o Jardim de Inverno quando vejo uma bola de futsal perto de um banco. Coloquei minha bolsa e os livros que segurava sobre uma mesa e juntei a bola a fim de levá-la até os armários do almoxarifado.

Estava descendo as escadas que davam na piscina, no vestiário e no almoxarife quando escutei o barulho de água. Alguém estava na piscina, mas devia estar frio para nadar aquela hora.

Deixei a bola em um armário no almoxarifado e fui até a piscina, não reconheci quem quer que fosse que estivesse nadando ali, mas fazia isso muito bem. Cinquenta metros sem emergir para respirar... Fui andando pela beira da piscina, seguindo o nadador e quando a piscina acabou o nadador emergiu na minha frente.

– Oi – ele disse, mostrando seu sorriso de dentes muito brancos e lábios vermelhos. – Não vi você aí.

Gabriel se apoiou na beirada da piscina e me encarou, ainda sorrindo.

– O que foi? – ele perguntou, quando não respondi e sua expressão era angelical, infantil até.

– Nada – respondi.

– Você ainda está me olhando – ele riu, jogando a cabeça para trás.

Meu coração estava aos saltos e eu não tinha a menor noção do porquê, mas eu sabia sim o porquê.

– Faz muito tempo que você está aí? – perguntei, finalmente.

– Desde que aula acabou – ele disse e se ergueu nos braços, saindo d'água.

Ele estava com uma sunga preta e foi impossível não olhar para ele sem imaginá-lo nu. Seu corpo era maravilhoso para a idade que tinha: magro, mas definido, liso – sem nenhum fio de pelo – e estava molhado.

– Você me dá uma carona? – ele disse, saindo da água e parando na minha frente e balançando os cabelos molhados.

– Claro – eu disse, pensando que o levaria para qualquer lugar.

– Então espere eu tirar o cloro do corpo – ele respondeu. – Eu não demoro.

Pensei mil vezes em segui-lo, mas não o fiz. Mesmo me deixando excitado e louco de tesão... Ele estava ali, bem, muito bem. Seu corpo estava intacto, nenhuma sequela do incidente... Minha mente não queria pensar, queria imaginar e eu o via nitidamente nu, sob qualquer um dos chuveiros...

– Vamos? – ele disse, saindo do vestiário, com a mochila nas costas.

Ele parou e me olhou.

– Você está bem? – ele perguntou, sério.

– Estou – respondi. – Estou muito bem.

– Achei que não estivesse – ele respondeu, começando a andar. – Estava me olhando de um jeito estranho.

Eu pigarreei para disfarçar minha súbita ansiedade.

– Então, onde você quer que eu te deixe? – perguntei.

– Em casa, se for possível.

– Tudo bem...

– Vitor, eu moro no Barigui – ele disse – e pelo que sei você mora perto do MON.

– Não tem problema – respondi, afinal eu desejava passar todo o tempo com ele. – Assim a gente conversa um pouco.

– Está bem, então.

Não trocamos nenhuma palavra até meu carro e foi só quando saímos da região central de Curitiba foi que resolvi quebrar o gelo.

– Você deu um susto e tanto em todos nós, Gabriel – eu disse.

– Eu sei – ele respondeu e percebi que isso o envergonhava. – E acho que você se assustou mais do que os outros, né?

– É... – eu respondi. – Eu só consegui pensar em tirar você do Lobo o mais rápido possível...

– Não estou falando disso – cortou ele. – Estou falando do dia que atirei a cesta na enfermeira.

Fiquei em silêncio por um momento.

– Eu nunca imaginei que você se sentia tão sozinho – eu disse, por fim. – Achei que você sempre fora o garoto popular que eu conheço.

– O que é ser popular, Vitor? – ele me perguntou e virou o rosto para mim, mas não pude admirá-lo por muito tempo; precisava manter os olhos no trânsito. – Do que me adianta todo mundo puxar meu saco se em casa me sinto sozinho? – pausa. – Popular? Eles são todos uns ridículos, Vitor!

– Eles quem?

– Todos aqueles professores – ele respondeu e olhou para frente. – Todos aqueles que dizem que são meus amigos...

– E a Carla? – disse eu, lembrando-me amargamente dela. – Ela não é sua namorada?

Ele não respondeu e ficamos em silêncio até chegarmos ao portão de entrada do condomínio onde ele morava.

– Você quer almoçar? – perguntou ele. – Acho que tomei um bom tempo seu hoje...

– Tudo bem – respondi. – Eu gosto da sua companhia.

– Então almoce aqui – ele convidou. – Assim dá tempo de você comer e descansar um pouco.

– Já que você insiste...

Ele baixou o vidro e falou com o segurança. Ele nos liberou a passagem e entramos. O rádio estava sintonizado na Transamérica Light, uma rádio que só toca música velha, ideal para quando você quer curtir aquela depressão momentânea ou para curtir um momento qualquer sem nenhum motivo especial.

Só me dei conta da música que estava tocando, quando o Gabriel ergueu o volume e pediu para eu ir devagar com o carro.

    – Por favor, não corra – ele disse, de olhos fechados. – Eu amo essa música!

You got a fast car
I want a ticket to anywhere
Maybe we make a deal
Maybe together we can get somewhere

A música foi tocando enquanto as mansões iam passando por entre árvores e jardins. Aqui e ali pessoas passeavam com cachorros e outras ainda se preparavam para sair com seus carros sedans ou esportivos.

O Gabriel cantava a música ao meu lado, seguindo o mesmo tom da Tracy Chapman.

I remember we were driving driving in your car
The speed so fast I felt like I was drunk
City lights lay out before us
And your arm felt nice wrapped 'round my shoulder
And I had a feeling that I belonged
And I had a feeling I could be someone... Be someone... Be someone

Eu parei o carro na entrada da garagem da casa dele. Era um tríplex inteiramente branco e com janelas e portas de vidro; a mansão erguia-se na encosta de um rochedo e tinha traços europeus contemporâneos; cortinas brancas ou beges esvoaçavam por algumas janelas que estavam abertas.

    – É tão linda quanto sombria – ele disse, parando do meu lado. – Todas as casas do condomínio têm um nome e todo mundo chamou as casas pelos sobrenomes. Meu pai fez diferente, ele chamou Verre Chânteau.

    – Castelo de...?

    – Castelo de Vidro – ele suspirou, parecendo depressivo. – Claro que essa casa não é o Verre Chânteau original, essa aqui é uma reforma mais sofisticada da antiga. Depois que meu pai morreu, minha mãe resolveu mudar tudo, menos o nome.

    – Não deixa de ser linda.

– Vamos entrar? – ele convidou.

Se a casa era uma visão estonteante para qualquer arquiteto, por dentro qualquer designer de interiores ficaria traumatizado com todo aquele requinte. O rochedo fazia parte da casa e era uma parede única em todo o lado noroeste da casa.

O Verre Chânteau era tipicamente europeu: entramos primeiramente em um hall e dele ia-se para outros cômodos da casa; à direita da porta de entrada havia uma escada que circundava quase todo o hall, levando-se aos dois andares superiores; à esquerda ficava uma sala com uma porta de duas folhas, branca e com maçanetas longas de inox – com o formato de cabeça de leão. À frente, sob as escadas, um arco se abria ladeado por uma trepadeira plantada em vasos de barro e levava – provavelmente – à cozinha, área de serviço, etc.

Imediatamente percebi que a noção de solidão que eu tinha com relação ao Gabriel era muito menor da que de fato era. Eu não tinha nem chegado perto da coisa real.

– Então, essa é sua casa? – eu perguntei, quando entramos na sala.

Eu pensava, também, que a minha casa é que era grande demais, mas nada se comparava àquela casa. Acho que só a sala era do tamanho do jardim da minha casa – e olha que esse é realmente grande.

– Realmente minha – ele disse e riu da própria piada. – Aqui já moraram muitas pessoas, mas hoje somos eu, minha mãe e a Roza – de repente um Golden Retriever entrou na sala, pulando e latindo. – E claro, a Minna.

Ele desviou de um salto da cachorra e mandou-a sentar-se. Imediatamente ela obedeceu.

– Eu a adestrei sozinho – ele disse, ajoelhado na frente da cachorra e fazendo carinho nela.

Sem que eu percebesse a empregada entrou na sala.

– Gabriel – ela disse, carinhosamente – o almoço está pronto, posso servir?

– Claro, Roza – ele disse e me olhou. – Ah, coloque mais um prato na mesa, tenho companhia para o almoço hoje – ele se virou para mim. – Vitor, essa aqui é a Roza, a minha babá, mãe, avó, madrinha, anjo da guarda.

– Prazer, Roza – eu disse.

– Então foi você que salvou a vida do meu menino aqui? – ela riu e me deu um beijo no rosto. – Eu orei aquela noite toda por você, pedindo para Deus abençoar o anjo que salvou o meu bebe.

Percebi que o Gabriel estava corado.

– Chega, Roza – ele disse, rindo – porque assim o Vitor vai pensar que eu ainda não cresci.

– Para mim você não cresceu, Gaels – ela disse, rindo junto com ele. – Bem, me deem licença que vou por mais um prato na mesa e servir o almoço.

Ela saiu da sala e nos deixou sozinhos.

– Não ligue – ele disse – ela é a minha primeira mãe, cuidou de mim e dos meus irmãos. Ela está conosco antes mesmo da minha irmã nascer.

– Você é o mais novo?

– O caçula.

Outra empregada entrou na sala e educadamente disse que o almoço tinha sido posto na mesa. Roza, aparentemente, havia sumido, pois eu não a vi mais.

Entrementes, o almoço estava delicioso, pois foi servido para nós: macarrão ao molho vermelho, arroz tropeiro e feijão preto com paio, bife à milanesa, salada de alface e tomate e dois tipos de suco.

– Por que tanta comida? – eu perguntei.

– Ah, meu irmão vai vir almoçar às 14h com um pessoal do banco – ele explicou e se serviu de um pouco de cada.

– Você vai participar? – perguntei, porque o vi fazendo um bico para responder.

– Vou – ele respondeu e me pareceu que não deveria perguntar mais nada.

Almoçamos falando de coisas diversas e rimos muito. Soube que ele amava ir para a casa da avó que morava num rancho no interior para poder andar a cavalo, pescar – coisa que eu duvidei que fizesse mesmo – e para acampar. Me fez prometer que iríamos fazer essas coisas assim que as férias começassem.

Pude conhecê-lo mais nesse dia e me apaixonar verdadeiramente por ele. Vi que por trás daquele rosto triste e rebelde, tinha um garoto carente de todas as formas. Nascido em julho, do signo de leão, feito de oferta a Deus na igreja em que a Armanda ia, além de ser batizado como de costume, claro.

Ele gostava de literatura fantástica – assim como eu – e crescera lendo e assistindo Harry Potter. Mas também gostava de música, filosofia e arte. Me surpreendi quando ele me disse que era fã de Chopin, Kant e Tarsila do Amaral.

Ele desenha, compõe e escreve.

– Não sei por que o espanto – ele me disse, rindo, quando me levou até o escritório da casa e me mostrou alguns quadros que tinha feito. – Eu tenho tempo de sobra para fazer essas coisas...

As estantes do escritório estavam cheias de variados tipos de livros, desde Freud a Bram Stoker.

– Aprendi a gostar de ler com papai – ele disse. – Sabe qual foi a primeira história que eu li? *Peter Pan*, na verdade papai que leu comigo. Eu estava aprendendo a ler ainda.

Era quase meio dia e meia quando olhei no relógio.

– É uma pena ter que ir, Gabriel – eu disse. – Foi bom ter vindo até aqui.

– Eu vou com você até a portaria – ele disse. – Lá a gente se despede!

Embarcamos no meu carro e quando estávamos partindo, a cachorra Minna veio pulando de dentro da casa.

– Coloque-a para dentro! – eu disse e ele assim o fez.

Ele abriu a porta e a Minna embarcou, acomodando-se a seus pés e com o focinho grudado do vidro fechado.

Ao chegarmos à portaria do condomínio ele abriu a porta do carro e deixou a cachorra sair, feito uma louca pelo gramado que se estendia por ali.

– Obrigado por ter vindo – ele disse. – Eu gostei muito.

– Eu também – respondi – e da próxima vez o almoço será na minha casa.

– Ok, fechado!

Ele me olhou, os olhos sorrindo e os dentes também, então ele soltou o cinto, se virou para sair colocando a mão na maçaneta da porta e puxando-a para abrir, mas de repente ele se virou, colocou a mão no meu braço e ergueu os olhos me encarando.

Não pude controlar o desejo que tomou conta de mim e o beijei, mas para a minha surpresa ele estava correspondendo. Coloquei minhas mãos em seu rosto e o beijei com mais intensidade, colocando ali todo o meu desejo, todo o meu tesão e toda aquela repressão que a situação causava.

Mas de repente, ele se afastou me encarando profundamente assustado e antes que eu pudesse falar ou fazer qualquer coisa ele abriu a porta do carro e correu para casa.

VII

Sensibilidade

Nesse dia eu não consegui mais dar aula e a única coisa que me ajudou foi o fato de ser uma sexta-feira. Como eu pude ter deixado aquilo acontecer? Como eu pude perder o controle?

Eu me julgava forte o suficiente para controlar meu próprio corpo, meus próprios desejos, mas de alguma forma... Estava no meio da última aula quando o cheiro do perfume dele me veio à mente. Lembrei na hora do calor da pele dele perto da minha, dos olhos *oblíquos* me encarando, da boca de lábios grossos; do beijo com gosto de tesão, tanto meu quanto dele.

– Galerinha – eu disse, quando percebi que não adiantava continuar com aquela aula – eu não estou conseguindo pensar por hoje, então, vocês estão liberados: bom final de semana.

Não precisou dizer muito mais e o barulho de carteiras e cadeiras preencheu a sala toda. Mas ainda assim eu não conseguia deixar de pensar no Gabriel e no nosso beijo.

Tive certeza que depois do que tinha acontecido, ele não iria mais falar comigo, não iria querer mais me olhar... Ou pior, eu poderia ter feito um estrago maior do que já existia na vida dele. Mas o jeito era esperar até reencontrá-lo e ver sua reação.

O problema era relaxar diante dessa situação.

♠

Meu final de semana foi na pura fossa e depressão.

Na sexta-feira quando eu cheguei em casa, caí direto no sofá da sala e fiquei ali, sozinho. Não me mexi nem para acender a luz quando a noite caiu. Assim que minha mãe, minha tia e a Giza chegaram, me flagraram naquela situação bizarra.

– Está tudo bem, Vic? – perguntou minha tia.

– Está sim – menti – eu só estava relaxando aqui.

– Acho melhor você ir tomar um banho – ela disse, parecendo acreditar em mim. – Você está com uma cara horrível.

Eu subi para o meu quarto e liguei o computador, na esperança repentina de que ele estivesse online no Facebook e eu pudesse me explicar.

– Explicar o que, Vitor Daniel? – me perguntei, em voz alta. – Ele correspondeu!

De fato ele não estava online, mas deixei o Facebook aberto e fui tomar banho, porém ele não apareceu.

O jantar preparado pela minha mãe e pela minha tia estava tão bom quanto o almoço na casa do Gabriel, mas a minha noite não estava sendo tão boa quanto o meu começo de tarde.

Por minha causa, o clima não estava bom já que em geral era eu que levantava o ânimo da família, mas minha mãe e minha tia conversavam e pareciam não me notar.

– O Marlon e a Luiza vão chegar a qualquer momento – tia Mariza disse, olhando para o relógio na parede.

Ergui os olhos para ela.

– Como assim? – perguntei.

– Eu avisei você, Vic – minha tia respondeu, arregalando os olhos. – Seus primos chegam hoje.

– Não lembro...

– Ele tem trabalhado demais – interviu minha mãe, passando a mão no meu braço. – Ele acha que não tenho notado ele ir dormir tarde corrigindo provas, trabalhos e preparando aula.

– Por falar em aula – minha tia mudou de assunto. – Como vai ficar o mestrado?

– Na verdade – respondi, grato por ter o que falar – preciso fazer a Pós primeiro. Mas se tudo der certo em agosto eu começo.

– Que delícia! – ela disse, sorrindo. – Vai fazer na Federal mesmo?

– Pretendo – respondi, mas assim como a conversa me animou, primeiramente, me desanimou logo em seguida. – Se vocês me dão licença – pedi – eu vou subir e dormir um pouco.

– Vic, você nem tocou na comida direito – disse mamãe. – Sente aqui e come mais um pouco.

– Não estou com fome – disse e encarei minha mãe.

Acho que assim ela entendeu o que se passava.

Estava chegando ao meu quarto quando meu celular vibrou. Era o Júlio me convidando para um role na casa dele.

– Estamos apenas eu e Ariane aqui – ele disse – Estamos a fim de pedir algo para comer e beber. Ela trouxe um monte de séries para gente ver...

– Ok! – eu disse, pensando que relaxar com os amigos me faria bem. – Eu chego aí em meia hora.

Me arrumei, passei perfume e peguei o box da série *The Big Bang Theory*. Peguei as chaves do meu carro, os documentos e minha carteira. Então desci.

– Mãe – eu disse – eu vou dar uma saída.

– Não vai de moto, né? – ela perguntou.

– Não – eu ri – está frio demais.

– Mas e os seus primos? – ela perguntou e por um momento me senti com a consciência pesada por tê-los esquecidos novamente.

– Quando eles chegarem, vocês me avisam que eu venho.

Na verdade o peso da consciência não tinha demorado muito e eu não queria vê-los, principalmente a Luiza.

A temperatura em Curitiba oscila muito durante todo o ano, embora, claro, o inverno seja mais rigoroso do que qualquer estação e predomina muito. Costuma-se dizer aqui que o nosso verão é o inverno dos cariocas. O pessoal do norte e nordeste pode morrer de hipotermia aqui. É um fato.

Nessa noite em especial garoava e uma nevoa baixou na cidade, fazendo parecer que o inverno tinha tomado lugar, mesmo o outono ainda estando na metade.

Descer do carro não foi fácil, a brisa suave da noite estava gelada demais.

Na portaria, subi diretamente porque o porteiro já me tinha como amigo e quando cheguei no apartamento de Júlio fui recebido por uma professora Ariane só de pijama amarelo e com um ursinho bordado no peito.

– Vocês se esqueceram de dizer que era uma festa do pijama? – eu perguntei, rindo.

Trocamos beijinhos e um abraço e notei o Júlio de samba-canção azul, meias e uma blusa de moletom cinza.

Ele veio até mim e me cumprimentou com um abraço bem forte, de irmão.

– Estou vendo que você não está bem – ele disse, no meu ouvido.

Eu só fiz sorrir.

– Não vai me contar? – ele perguntou, se afastando e me dando espaço para ir com eles até a sala.

A Ariane sorriu para mim, como se já soubesse de tudo.

– Não se preocupe – ela disse, quando eu a encarei. – Eu já sei do que vocês estão falando...

– Hã?

– Seu problema tem nome, idade e uma mãe Nazista – ela disse e se enganchou no meu braço quando nos sentamos no enorme sofá da sala do Júlio, acho que só aquele sofá ocupava todo o espaço da sala. – Eu já tinha percebido que havia algo acontecendo, mas foi só quando eu comecei a frequentar a casa do Júlio que juntei as coisas.

– Não me olhe! – disse o Júlio, rindo. – Ela adivinhou tudo sozinha.

Nós sentamos no enorme sofá e conversamos por um tempo, então a pizza chegou e o Júlio colocou a primeira temporada de *Nip/Tuck* para vermos.

Assistimos a primeira temporada inteira até eu perceber que o Júlio estava dormindo e só eu e a Ariane assistíamos a série. Ela olhou para mim e sorriu quando ele soltou um ronco, particularmente alto.

– Ele deu aula o dia todo – ela explicou. – Vem, vamos à cozinha. Vou fazer um chá para gente tomar.

Fazia algum tempo que eu não ia à casa do Júlio e por isso deduzi que ele havia substituído a minha presença pela dela.

– Vocês estão juntos? – perguntei, curioso.

– O que? – ela se virou para mim enquanto colocava a água quente em duas xícaras. – Eu e o Júlio?

– Uhum...

– Não – Ela respondeu, sorrindo. – Eu bem que tentei, mas acho que ele não está preparado.

– Hã?

– Ora, Vitor – ela disse – o seu amigo é uma constante crise existencial, mas não chamei você aqui para falar disso. Chamei você aqui para conversarmos sobre você.

– Sobre mim? – perguntei, erguendo uma sobrancelha.

– Depois que o Júlio falou com você por telefone – ela explicou – ele me disse que você não estava bem. E de fato você não está. Seu olhar está para azedar leite.

Eu ri.

– É, eu não estou bem – respondi – mas não estou para azedar leite.

– E aí – ela disse, colocando uma das xícaras na minha frente – como foi que você deixou isso acontecer?

– Acho que é um mal comum naquela escola, né? – perguntei – Todo mundo parece se apaixonar por ele.

– Você queria o que? – ela perguntou. – Ele é lindo, tem cara de anjo, um jeito de menino perdido que todo mundo tem vontade de botar no colo e cuidar.

– Eu sei e foi bem por isso que me apaixonei – suspirei. – E hoje a gente se beijou...

– VOCÊS O QUE? – ela perguntou, arregalando os olhos, chá espirrando por toda a cozinha

Expliquei como tinha sido o meu dia, detalhe por detalhe.

– Vitor – ela ralhou – ele é seu aluno, como foi que você fez isso?

– Aconteceu, oras!

– Ele é filho da Nazista!

– Ariane, ela não é tão ruim quanto vocês pensam – ralhei e ela me encarou. Rimos.

– Pode ser – ela deu de ombros – mas já pensou que ela pode vir a descobrir?

Não respondi a princípio, pensei nas palavras certas.

– Já e sei que o que fiz foi errado.

– Eu não diria assim – ela disse. – O Gabriel está confuso e como você disse, ele correspondeu, pode até ser que ele esteja pensando diferente do que nós.

– É meio difícil saber o que se passa na cabeça dele – observei.

– Mas que você fez uma boa escolha... ah, isso você fez!

– Como assim?

– Ele é bonito, rico e está carente.

– Não seja maliciosa, Ari – eu ri e olhei no relógio. – Puxa, passou da 1 da manhã!

Me levantei, me despedi da Ariane e saí do apartamento. Estava quase chegando em casa quando meu celular tocou, era a Armanda.

– Oi, Armanda – disse, ainda dirigindo. – Tudo bem?

– Oi, Vitor – ela disse – e acho que não está nada bem, pelo menos agora.

– Aconteceu algo?

– A Roza me disse que você almoçou com o Gabriel aqui em casa hoje – ela disse. – Bem, ela me disse que depois que você foi embora o Gabriel sumiu.

– Sumiu? – perguntei, sem entender. – Como assim, sumiu?

– Ele não está em casa – ela disse e notei um quê de pânico controlado em sua voz. – Não atende o celular, ninguém sabe onde ele está... Nem a Carla sabe dele...

Ela respirou fundo.

– Parece que eles terminaram... – disse. – Estou ficando desesperada, Vitor.

– Armanda, a gente almoçou, mas...

– Vitor, têm como você vir aqui em casa? – ela pediu. – Eu acho que sei onde ele está, mas não vou conseguir dirigir.

– Tudo bem – respondi e contornei a quadra da minha casa. – Eu chego aí em meia hora.

Assim que cheguei ao condomínio o portão foi aberto e o Varre Chânteau estava com o andar térreo todo aberto e iluminado.

Desci do carro e fui até a entrada e um ar gelado soprou de lá de dentro.

– Armanda? – chamei.

Silêncio.

Fui entrando na casa e as portas da sala estavam abertas, com as luzes acesas e um fogo na lareira para esquentar. Passando um olhar rápido pelo lugar, notei um quadro sobre o console da lareira. Nele estavam retratados o Maurício, o Gabriel e mais uma mulher, diferente de ambos, mas muito bonita também. Deduzi que só poderia ser a filha mais velha da Armanda.

– Ah, Vitor, você está aí! – a Armanda disse, às minhas costas.

Ela parou a porta, carregando uma bolsa e um casaco nas mãos.

– Onde você acha que ele está?

– Guaratuba – ela disse e me olhou, parecendo perdida.

Saímos da casa e entramos no carro, partindo para Guaratuba.

♠

Guaratuba é uma das principais cidades do litoral paranaense. É uma das cidades mais procuradas em épocas de temporada. A cidade é muito bonita e toda a baía é guardada por uma estátua de um Cristo bem esculpido.

A viagem para lá não é tão demorada, em dias de pouco movimento dura cerca de 2h e eram quase três horas quando chegamos ao apartamento da família. Entramos diretamente pela garagem e mal estacionei o carro a Armanda já desceu e correu para os elevadores.

Me apressei para acompanhá-la, mas apesar do prédio ser pequeno, o elevador demorou alguns longos segundo para chegar. Ela apertava o botão na parede ansiosamente.

– Se ele não estiver aqui... – ela resmungou quando as portas se fecharam.

Percebi que isso deveria ser um pensamento, algo que eu não precisava responder. Ela estava muito tensa e dessa forma pareceu que o elevador iria levar horas para subir até o quarto andar.

O elevador parou e eu abri a porta para que ela saísse primeiro, uma vez que ela carregava um molho de chaves nas mãos.

Enquanto andava até a porta do apartamento, percebi que ela resmungava baixinho, algo como uma oração, mas eu não podia ouvir direito e continuei em silêncio.

A TV estava ligada quando entramos e a Armanda relaxou assim que fechei a porta. A mochila dele estava em um sofá, os tênis deixados no meio da sala pequena, em frente ao sofá. A porta da varanda estava aberta e apesar do frio, uma lua cheia iluminava parte da baía e o mar se estendia à frente do apartamento com uma vista incrivelmente bela.

Se fosse em outro momento, eu teria ficado besta com a visão.

O apartamento não era grande e estava inteiramente no escuro, exceto pela TV, ainda ligada. E enquanto a Armanda foi para os cômodos interiores eu juntei o par de All Star e as meias e me sentei no sofá.

O par de meias era do Mickey, não pude deixar de sorrir quando percebi isso.

A Armanda voltou e se sentou na poltrona ao lado do sofá em que eu estava. Parecia aliviada e sorriu para mim, o mesmo sorriso que eu gostava de ver no rosto do Gabriel.

– Pelo menos ele está aqui – ela disse e percebi que ela estava chorando.

Mas quando pensei em dizer alguma coisa ela se levantou e foi até a porta de vidro da varanda.

– Vou descer no apartamento do síndico – ela disse. – É tarde, mas sei que ele vai entender...

Ela saiu.

– Preciso dormir – pensei comigo, amargurado pelo fato de o dia ter sido mais longo do que deveria.

Mas a porta se abriu novamente e eu me levantei achando que era a Armanda.

— O que você tá fazendo aqui? – Gabriel perguntou, muito surpreso.

Senti que meu coração congelou: ele estava molhado, parecia ter areia em todo o corpo, estava sem camiseta, mas mesmo assim era uma visão divina.

— Eu vim acompanhando sua mãe – respondi, finalmente. – Ela pediu que eu viesse...

Ele entrou e fechou a porta, veio até mim e parou na minha frente.

— E por que você veio? – ele perguntou, soando um tanto irritado.

— Porque eu estava preocupado com você também – respondi, ignorando o modo como ele falara. – Porque sua mãe me ligou em pânico...

— E você realmente se importa com a minha mãe? – ele retorquiu, num tom cortante.

O seu olhar sim era de azedar leite.

— Eu me importo com você.

— Por quê? – ele perguntou, dando mais um passo na minha direção e seu olhar era um misto de sentimentos.

— Porque eu não iria me perdoar se tivesse acontecido algo – respondi – e porque gosto de verdade de você.

— Você não pode, você não devia.

Ele se afastou.

— Eu sei e eu tentei – respondi, com a sinceridade do meu coração.

Armanda entrou no apartamento e estava tão tensa que não notou o clima constrangedor. Foi logo correndo para o filho e puxando-o para um abraço apertado.

— Gabriel, por que você não avisou que vinha?! – disse Armanda, separando-se um tanto do filho e segurando seu rosto nas mãos. – Você quase me matou do coração, filho...

— Eu... eu...

— Como foi que você veio parar sozinho aqui? – ela perguntou.

— De ônibus, mãe – ele respondeu, revirando os olhos.

— E como a companhia deixou você embarcar sendo menor de idade?

— Eu sou emancipado, lembra? – ele disse, dando de ombros e se afastando os braços da Armanda. – Estou com o documento na mochila, mas eles nem pediram...

— E onde você estava há uma hora dessas? – ela perguntou, fazendo cara de nojo. – Olhe só para você, está imundo!

– Eu estava na praia...

– Vai tomar banho – ela disse, exasperada. – Não vou querer nem saber se você ficar doente.

Ele não respondeu e foi para o banheiro sem me olhar.

– Desculpe ter pedido isso para você – disse a Armanda, para mim. – Eu teria pedido ao Maurício, mas ele viajou com a Bia para casa da minha mãe, no interior.

– Tudo bem – respondi, me sentindo um fora do ninho. – Só estou fazendo o que você já tinha me pedido.

– Eu vou arrumar alguma coisa para comermos – ela disse, indo para o fogão – mas dormir vai ser um problema.

– Eu durmo no sofá – disse, percebendo que aquele sofá deveria ser mais macio que a minha cama. – Mas acho que nem vou conseguir dormir agora.

– Nem eu, mas mesmo assim você precisa descansar o corpo – ela retorquiu, e fiquei contente por ela me lembrar a minha mãe. – Você vai ter que dirigir de volta.

– Já fiz viagens mais longas e meio bêbado – respondi, pensando alto.

Senti meu rosto corar quando ela ergueu os olhos para mim com desagrado. Ela não respondeu, mas colocou uma panela com mais força sobre o fogão e logo um cheiro de alho e cebola sendo dourados invadiu a cozinha-copa-sala num instante.

O Gabriel estava demorando no banho e quando a Armanda disse que tinha terminado, foi até a porta do banheiro e pediu para que ele saísse.

Ele saiu do banheiro enxugando o cabelo e já vestido com um conjunto de moletom preto, com o élfo Dobby no peito. Precisei morder a ponta da língua para segurar o riso.

– Eu fiz macarrão ao alho e óleo – disse a Armanda, quando nos sentamos à mesa. – Era a única coisa que prestava no armário.

Descobri que estava com fome e não deixei de repetir ao ver que o macarrão estava delicioso. Mas o Gabriel não comeu, nem chegou a se servir, sua cara era de puro sono, ainda assim, eu podia ver seus olhos pregados em mim.

A Armanda também comeu pouco e quando terminou, levantou-se rapidamente.

– Vou ver as cobertas para você, Vitor – ela disse e sumiu pelo corredor que também dava para o banheiro.

Uma porta se abriu e o Gabriel agarrou meu braço com força.

– Nós não terminamos aquela conversa de agora a pouco, professor – ele disse. – Eu espero que você não durma antes da minha mãe.

75

VIII

Sentimento

Armanda trouxe um cobertor e um edredom bem pesado para mim. Disse que eu devia dobrá-lo em dois, por que ele era de casal e era enorme. Eu não deveria sentir frio. Depois me disse obrigado, boa noite e foi para o quarto e não voltou mais.

O Gabriel acompanhou-a até o quarto e voltou enrolado em uma coberta vermelha. Sentou-se na poltrona e abaixou o volume da TV.

– Eu emprestaria algo para você dormir – ele disse, olhando para mochila. – Mas acho que usamos tamanhos diferentes...

Aquilo me soou um tanto maldoso.

– Tudo bem – respondi. – Eu tenho uma muda de roupa no carro...

– Ah, que ótimo – ele disse, ficando em pé e indo na direção da porta. – Vamos pegar, então!

– Se sua mãe acordar...

Ele já tinha girado a chave e tirado o ferrolho.

– Ela tomou um calmante – ele respondeu. – Só vai acordar amanhã, perto do meio dia.

Tive que o seguir quando a coberta sumiu no corredor escuro lá fora.

Estava tudo escuro, um vento gelado passou pelo meu rosto e balançou as palmeiras, de longe eu podia ver a água da piscina marolando suavemente e refletindo o céu estralado.

Gabriel estava sentado numa mureta um pouco mais a frente da piscina e olhava para algo que eu não podia ver.

Desliguei o alarme do carro e abri a porta de trás, peguei a muda de roupa e fui até onde ele estava. A noite estava linda, apesar do frio.

– Você bagunçou a minha cabeça – ele disse, um pouco depois que eu me sentei ao seu lado.

A noite estava terminando já, passando do negro ao verde e desse para o azul.

– Eu... Gaels... desculpe, eu não...

– Calma, relaxe – ele respondeu, sorrindo e parecia se divertir com o meu constrangimento. –Vitor, eu não estou te culpando de nada, só estou dizendo o que está acontecendo.

– Mas mesmo assim, Gabriel – eu insisti. – Eu preciso que você entenda...

– Entender o que? – ele me interrompeu de novo. – Que você agiu por impulso?

Não respondi e ele virou o rosto para mim.

– A gente só age por impulso – ele disse, sério – quando está apaixonado.

Eu encarei seu olhar tão penetrante, tão forte, que até me senti nu, invadido por ele e pela primeira vez admiti o óbvio porque ele me fez ver o que eu estava sentindo.

Aquele beijo roubado explicava tudo, mas ainda assim eu não queria admitir.

– Sabe – ele continuou – eu detestei você assim que te vi.

Olhei para ele, surpreso e percebi que aquele era um Gabriel diferente do que eu via.

– Acho que era meio difícil aceitar que também sentia tesão por você.

– Você sentia tesão por mim? – perguntei, mais surpreso ainda.

– No começo sim – ele admitiu e notei que suas bochechas coraram – e depois que você esteve lá no hospital vi que não era só isso.

Tomei coragem e fiz com que ele se desenrolasse do cobertor e juntei sua mão nas minhas.

– Eu estou apaixonado por você – disse eu, vendo que ele precisava ouvir aquilo. – Não foi intencional... Eu não provoquei isso... As coisas só aconteceram, eu sei que não deveria: eu sou mais velho, sou seu professor, sua mãe é minha chefe.

Ele fechou os olhos e respirou fundo.

– É muito bom ouvir isso, Vitor – ele disse, ainda de olhos fechados e encostando a cabeça no meu ombro. – É muito bom.

Eu me aproximei e encostei minha boca na dele, só encostei, não queria forçar nada, mas ele se afastou.

– Vem, vamos subir, já estou ficando com sono – ele disse, ficando em pé e voltou a ser o Gabriel de sempre.

Impetuoso, arrogante, orgulhoso.

♠

Eu não consegui dormir depois que voltamos ao apartamento.

Eu estava sentindo uma batalha interna por todo o meu corpo, desde a minha cabeça até meu estômago. Eu devia estar delirando, só podia ser isso.

É um fato que eu nunca quis ser notado, sempre achei mais agradável o modo off-line de se viver. Admito que sempre fui nerd, que preferia jogar xadrez a jogar bola, que nunca desejei ser popular, nunca desejei ser reconhecido ou até mesmo ter meu nome gravado em algum lugar onde as pessoas pudessem se lembrar de mim. Mas de algum modo as pessoas sempre me olhavam.

E também olhavam para o Gabriel.

Mas nem ele desejou isso, pois sei que de algum modo isso sempre o afetou, bem mais que a mim. A exposição às vezes é o fato gerador de muitos problemas.

Eu sempre quis ser somente eu.

Devo ter cochilado, pois quando dei por mim a Armanda estava entrando no apartamento, fazendo o mínimo de barulho possível.

Levantei, vestido de samba canção e camiseta e fui me sentar no balcão da cozinha, vendo-a preparar o café.

– Bom dia – ela disse, sorrindo. – Vou fazer só um café, espero que não se importe Vitor.

– Claro que não – respondi.

– Dormiu bem? – ela perguntou.

– Otimamente – menti. – E você?

– Não... – ela ergueu os olhos para mim, era o olhar do Gabriel, porém, de outra cor. – Onde vocês foram depois que eu fui deitar?

– Fomos ao carro pegar uma roupa para eu poder dormir – disse eu, tentando não pensar que ela poderia ter visto alguma coisa.

– Meu filho está com algum problema, Vitor? – ela perguntou, subitamente.

Eu a encarei, demorando em responder. Ela fechou a garrafa térmica e colocou-a em minha frente depois pegou um par de xícaras e nos serviu.

– Os problemas e preocupações de um adolescente normal – respondi, depois de pensar nas palavras e experimentar o café. – Não se preocupe, Armanda, ele está bem, está saudável.

– Como não me preocupar, Vitor? – ela disse e pude sentir sua tristeza. – Ele é meu filho e olha só o que ele faz?

Ela respirou fundo e resmungou algo como "meu Deus".

– Ele cresceu e eu nem vi – ela continuou. – Ele vive dizendo que eu não o vejo e agora eu sei que é verdade. Fiquei tão preocupada em manter meus filhos junto de mim que nem percebi que eles não estavam mais comigo. A morte do Otavio acabou com a gente, Vitor. A Alana foi embora e não quer nem saber de voltar, nem para visitar. O Maurício está casando, já deixou minha casa. E eu vivo mais no Lobo, no consultório e na Positivo do que com o Gabriel.

Ela parou de falar, respirou fundo novamente.

– Meu Deus – exclamou, baixando a xícara de café – eu sou psicóloga e não consegui cuidar do meu próprio filho!

O Gabriel surgiu, sentando-se na banqueta ao meu lado. Seus cabelos estavam uma coisa engraçada e ele ainda parecia estar dormindo.

– Ah, por favor – ele resmungou, me olhando torto – não me olhe, professor, eu estou horrível...

Eu ri.

– Vocês estavam falando de mim – ele disse, pegando a xícara da minha mão e tomando um gole.

Precisei morder a língua para não rir quando ele fez um bico quando percebeu que o café estava amargo.

– Arg... – ele resmungou. – Está amargo... E sem leite!

– Você podia pegar uma xícara e se servir – ralhou a Armanda.

Ela olhou para mim, quando percebeu que eu sorria.

– Vitor – ela disse – se você não se importar, eu preciso voltar para Curitiba antes da tarde acabar.

– Eu vou ficar – disse o Gabriel, sentando-se ao meu lado novamente, com um copo de Nescau.

– De maneira nenhuma – retorquiu a Armanda. – Temos um jantar hoje e você precisa ir comigo.

– Vai com o Maurício.

– Não vou fazer o castiçal para o seu irmão e para Bia – ela disse, meio enciumada. – Você volta comigo assim que o Vitor se arrumar e não quero discussão. Você ainda não se livrou da encrenca por quase ter me matado do coração – ela olhou para mim, novamente. – Vitor, eu vou tomar um banho e me arrumar, por favor, não demore.

Percebi o Gabriel fazendo mais uma careta, mas agora de desaprovação, enquanto sua mãe saía.

– Sabe – eu disse – você deveria pensar no lado da sua mãe, Gabriel. Você quase a matou de verdade.

Ele se levantou, uma expressão dura no rosto.

– Vou me arrumar, *professor* – disse.

A viagem de volta foi bem silenciosa. A Armanda sentou ao meu lado e puxou um livro (*Atonement*, do Ian McEwan) da bolsa e foi lendo o caminho todo. O Gabriel puxou seu PSP, colocou o fone e hora e outra ralhava consigo mesmo, mas passados uns trinta minutos de viagem ele puxou um travesseiro que havia trazido e apagou.

Eu dirigia, mas sempre que podia olhava para ele pelo retrovisor.

Quando chegamos a Curitiba, deixei-os em casa, na porta do Verre Chânteau e antes de sair do carro ele olhou para mim e riu.

– Estarei online, professor! – e saiu do carro.

♠

Eram quase 14h quando cheguei em casa e fiz o mínimo de barulho possível. Queria ir direto para o meu quarto e me jogar na cama sem que ninguém visse, mas não foi possível. Assim que cheguei ao meu quarto percebi que alguém estava dormindo na minha cama.

Me aproximei e vi que era o meu amado (notem meu tom de ironia) primo Marlon. Meu cansaço evaporou no mesmo instante, pois se o Marlon estava ali, a Luiza também estava.

De novo eu tinha esquecido completamente da existência deles.

– Marlon, a mãe quer você... – disse uma voz atrás de mim e quando me virei ela estava ali. – Mas olha só quem deu o ar da graça!? Vic...

– Eu moro aqui, Luiza – eu disse, usando meu melhor tom de frialdade.

– Claro que mora – ela disse, fazendo uma careta. – Eu só fiquei meio chateada pelo meu querido primo não me esperar ontem a noite.

– Eu tenho vida social também – resmunguei, fazendo pouco caso com o Marlon, que ainda dormia.

Olhei para ele e vi que ele estava de cueca e abraçado ao meu travesseiro.

– Bem, acorde o seu primo – ela disse, saindo. – Eu vou avisar que você já chegou. Sua mãe não quis almoçar enquanto você não aparecesse.

Luiza saiu do quarto e me voltei para o Marlon.

– Acorde! – eu disse, puxando o cobertor.

Marlon se virou na cama e pude notar que estava excitado.

– No melhor do sonho, Vic – ele disse, se espreguiçando.

Ele era lindo, não se podia negar isso. Assim como eu, Marlon tinha a pele branca, cabelos pretos e olhos verdes, seu nariz era mais afinado e mais arrebitado, ele é dez centímetros mais baixo que eu e menos entroncado, mas mais esguio.

– Que saudades, Vic! – ele disse, ficando em pé e me abraçando!

Eu não pude deixar de perceber que seu pau duro estava roçando na minha perna.

– É bom ver você também, Marlon – eu disse, me afastando, pois já estava pensando bobagens.

– Mesmo? – ele disse e se espreguiçou, sua camiseta levantou um pouco, de forma que seu pau ficou visível, saindo pela cueca. – Às vezes acho que você mente muito bem.

Ele se levantou e foi para o banheiro e eu aproveitei para trocar de roupa e fui usar o banheiro do quarto da minha mãe. Lavei o rosto e me encarei no espelho.

Lembrei da minha noite. Da minha conversa com a Armanda e da minha situação com o Gabriel.

Como foi que ele dissera? – *Acho que era meio difícil aceitar que também sentia tesão por você* – ele disse. Desejei ao máximo que ele tivesse me beijando quando encostei minha boca na dele. Seu cheiro estava em mim, eu podia sentir. Era algo cítrico e amadeirado, muito suave.

Vi pelo espelho a porta se abrir e minha mãe entrar, fechar a porta novamente e girar a chave.

– Posso saber onde você estava? – ela perguntou, nada amigável.

– Eu desci para Guaratuba.

– E quer dizer que não precisa avisar? – ela me interrompeu. – Você sai, dizendo que volta e some a noite toda? Vitor Daniel, eu sou sua amiga e sou a sua mãe, rapaz! Preocupação também mata, principalmente a de mãe!

– Foi por um bom motivo, mãe.

– Não me interessa – ela ralhou, parecendo perigosa. – Por mais velho que você seja e por mais responsável que você se ache, a música quem toca nessa casa sou eu, Vitor. Aqui você dança conforme as minhas notas.

Eu abri a boca, mas percebi o seu olhar de mãe, então a fechei.

– Então – ela continuou, mais calma – que bom motivo é esse que te levou para Guaratuba?

Contei a história toda para ela. Desde o que aconteceu no almoço na casa dele até a volta para Curitiba.

– Filho – ele disse, vindo até pertinho de mim e pegando minhas mãos – por favor, não faça nada que prejudique esse menino. Ele me parece ser um doce de pessoa, mas pense na confusão que isso não deve estar na cabeça dele.

– Mãe, eu sei...

– Claro que sabe e eu sei também – ela me interrompeu – mas o que estou tentando dizer é que você já passou por essa descoberta, a vida é menos cinzenta para você agora.

– Não estou entendendo.

– Vitor, ele está se descobrindo, filho – ela disse – e pode não gostar do que descobrir.

Eu não tinha pensado por esse lado. Para mim não fora tão difícil aceitar que também sentia atração por outro homem, mas e para o Gabriel? Eu poderia ajudá-lo a entender, sabia que poderia, mas acho que isso era com ele, mais uma vez com ele. Ele estava sozinho com isso, como sempre.

VIX

Erros

Minha mãe e minha tia resolveram sair para jantar fora naquele sábado, dizendo que era um passeio apenas para as mulheres. Eu não me importei, não queria dividir minha noite com a Luiza. Mesmo por que meus pensamentos eram para o Gabriel, além do mais eu tinha uma pilha de trabalho para corrigir.

Mas minha cama estava bem convidativa...

Deitei nela assim que terminei a última correção. Estava frio, mais frio que a noite anterior e precisei ligar o aquecedor, senti minha pressão baixar e o sono chegar rapidinho quando me enfiei debaixo das cobertas.

Não sei que horas eram, só sei que devia ser de madrugada quando senti alguém mexendo nas cobertas, mas estava muito escuro para ver quem era.

– Mãe?

– Nem que eu queira – respondeu o Marlon, se enfiando e me abraçando pelas costas.

Tentei me virar para ralhar com ele, mas ele me abraçou forte.

– Quando eu perguntei se você tinha sentido saudades – ele ia dizendo e percebi que ele estava completamente nu – queria saber se era de nós assim.

Ele me beijou na nuca e um arrepio me subiu pela espinha. Fiquei de pau duro na hora e pude sentir o seu pulsar atrás de mim.

Sua mão desceu para minha samba-canção e agarrou meu pau com certa força, o que elevou o meu tesão. Ele continuava a beijar meu pescoço, e agora também lambia minha orelha, dava leves mordidas no meu ombro e nas minhas costas.

– Eu estava com saudades disso – ele disse e me virou, ficando em cima de mim. – Vai dizer que você não gosta disso, Vic?

À luz da noite eu o vi sorrir e morder o lábio antes de cair direto na minha boca num beijo cheio de tesão.

– A porta... – eu disse, com medo de que alguém entrasse ali, pois não sabia que horas eram.

– Relaxe, Vic, já está trancada – ele respondeu, num sussurro. – E todos já estão dormindo.

Ele começou a descer, beijando meu pescoço, depois o peito, barriga, umbigo chegando até meu pau. Senti ele lamber minha virilha e precisei me controlar para não gozar, tamanho era o meu tesão. Ele passou a língua nas bolas e subiu, lambendo, até a cabeça. Eu nada via, só podia sentir ele debaixo das cobertas. Pensei que ele ia ficar naquela brincadeira por mais tempo, mas ele parou e ouvi o barulho de plástico sendo rasgado.

Mesmo no escuro senti suas mãos colocando a camisinha e em seguida ele surgiu na minha frente e me beijou novamente, sorrindo como um garoto travesso. Nesse instante eu vi o rosto do Gabriel na minha frente, mas logo o rosto do Marlon voltou e eu me entreguei à fantasia.

Sentei na cama e fiz com que Marlon se encaixasse em mim e meu pau entrou fácil, mas ele estava bem apertadinho.

– Viu? – ele sussurrou, na minha orelha. – To me guardando para você faz tempo...

– Tá delicioso – respondi, abraçando ele pela cintura.

Ele não era pesado, era como estar na academia nos halteres, mas num ritmo muito, mas muito mais rápido. Ele ajudava, mas a maior parte do esforço para manter o ritmo de sobe e desce era meu; e não demorou muito para eu estar ensopado de suor.

Mudamos de posição e eu o deixei de quatro na cama, meti devagar para não correr o risco de fazer barulho e Marlon gemia baixinho, quase como se miasse. Então ele ficou de joelhos na cama e se encostou e mim, isso fez com que a pressão no meu pau aumentasse e usei todo o meu controle para prolongar o sexo um pouco mais.

Ele pegou uma das minhas mãos e a levou até o seu pau e com ela começou a se masturbar... Então eu saí de dentro dele e o fiz deitar na cama.

– Quero gozar olhando para você, priminho! – eu disse.

Ele abriu as pernas novamente e eu meti com mais força, pouco me importando para o barulho agora, continuei a masturbá-lo de modo que ele gozou em seguida e eu depois dele.

A luz cinzenta que entrava da noite deixava o quarto num breu bem claro. As coisas já começavam a formar sombra e supus que o dia amanhecia. Levantei da cama e fui ao banheiro, tirei a camisinha; enrolei-a em papel higiênico e a joguei no lixo. Liguei o chuveiro e entrei no boxe.

Não percebi o Marlon entrar também e assim que entrou ele me abraçou por trás.

– O que foi, Vic? – ele perguntou, beijando minhas costas. – Você nunca foi distante comigo.

– Meio impossível ficar mais próximos que estamos – eu disse, um pouco frio demais.

– Nossa, achei que você ia gostar da surpresa.

– Eu gostei – respondi, interrompendo-o. – Foi bom mesmo, mas estou cansado agora. Preciso dormir um pouco mais.

Terminei de me lavar e saí, me enrolando numa toalha ali perto. Voltei para cama depois de vestir uma cueca limpa e então apaguei.

♠

Acordei no meio da tarde de domingo e Marlon não estava em lugar nenhum do meu quarto, o que dei graças a Deus.

Passei o restante da tarde jogando Play Station no meu quarto. Parecia um moleque, descendo na cozinha só para pegar algo para comer ou beber. Quando passou das oito da noite o Júlio me ligou. Conversamos muito e ele me disse que o resultado do vestibular de inverno de algumas faculdades tinha saído.

– Vou precisar da sua ajuda para organizar uma festa – ele disse – e tem que ser memorável!

– Como assim uma festa? – perguntei.

– O Lobo sempre faz uma festa para os alunos que passam no vestibular – ele respondeu, mas seu tom de voz era mais pervertido. – E eu quero fazer a minha festa e quero que seja A FESTA!

– E quando você pretende fazer essa festa? – perguntei, começando a me animar para coisa.

– Essa sexta – ele respondeu, entusiasmado. – Vai ter reunião com os pais na sexta-feira e você vai poder me ajudar com tudo, e, cara, não vou aceitar um não.

– To dentro, claro!

– Então nos falamos amanhã, beleza?

– Beleza – eu disse – mas chegue mais cedo, preciso te contar umas paradas.

– É sobre o Gabriel?

– Aham!

– Muito bem, conversamos amanhã.

Ele desligou o telefone e quando levantei da poltrona onde estava sentado percebo a Luiza parada na porta.

– Eu adoro uma festa – ela disse, quando eu a encarei. – Principalmente quando tem muitos gatinhos.

– Mas você não foi convidada – eu disse, na maldade, e sorri.

– E nem vou estar aqui mesmo – ela disse. – Vamos embora na quarta.

Ela entrou no quarto e fechou a porta, aparentemente sem nenhuma intenção que eu pudesse repudiar.

– Eu amo Curitiba – ela continuou, sentando-se na minha cama – mas esse frio é foda... Que cheiro estranho... A Giza entra para limpar aqui?

– Provavelmente é o cheiro do chulé do seu irmão – resmunguei, tentando imaginar que cheiro poderia ser: de sexo? De porra? De porra provavelmente.

– É, pode ser... – ela respondeu, levantando-se e vindo à minha direção.

Percebi que não tinha me mexido desde que a vi na porta.

– Todo mundo fala que você é um cara muito educado e não sei o que – ela disse, parando na minha frente; tive que olhar para baixo para encará-la. – Mas o fato é que você não tem sido nada educado comigo.

Ela colocou a mão no meu pau, por cima da calça e deu um apertão.

– Ei, vai com calma – eu disse, afastando a mão dela e não pude deixar de rir quando vi sua cara. – O Bem aqui não pode ser apertado desse jeito.

– Você é hilário – ela disse, também rindo, mas vindo para mais perto de mim. – Eu gosto disso.

– Nossa, eu sempre achei que você me achava ranzinza – rebati, andando para trás.

– Você é, mas era quando éramos crianças.

– Eu cresci.

– E virou um homem! – ela fez uma careta e avançou para cima de mim.

Tentei desviar, mas ela cravou as unhas no meu abdômen e cai na cama. Ela pulou em cima de mim, ainda com as unhas na minha barriga, mas ela desceu a mão e segurou meu pau com força de novo.

– Só largo se você me der um beijo – ela disse, com ar de sapeca. – Eu estou falando sério, não vou ouvir um não.

Beijei-a, mas com um selinho.

Seus olhos faiscaram, mas um barulho no corredor fez com que ela desistisse e saísse de cima de mim.

    – Estou atrapalhando algo? – perguntou o Marlon, olhando da irmã para mim.

    – Não – eu disse – sua irmã estava me falando umas coisas bem engraçadas aqui.

    – A Luiza? – ele perguntou, estreitando os olhos. – Desde quando essa daí tem senso de humor? Você mente muito bem, Vic.

    – É que não vale a pena fazer graça para alguém tão sonso como você, Marlon-mala.

Ele me olhou e sorriu maliciosamente.

♠

Estacionei o carro e saí pelo pátio. Fazia um frio filho da puta e o vento era cortante. Mesmo cheio de blusas, eu me sentia um boneco de gelo, mas para minha sorte, a sala dos professores estava com dois aquecedores ligados. O Júlio já devia ter chego, pois seu material estava sobre uma das mesas longas da sala dos professores. Logo a porta se abriu e ele entrou, vestindo um agasalho da Adidas e uma touca com pompom.

    – Tá um frio lá fora – ele disse. – Tudo bem, cara?

    – Tudo ótimo e você? – perguntei, cordialmente.

    – Poderia estar melhor – ele resmungou. – Esse frio fode...

Ele foi até máquina de café e se serviu de um cappuccino.

    – E então, o que você queria falar comigo? – perguntou, sem rodeios e cheio de curiosidade. – É sobre o Gabriel?

    – É.

    – Eu imaginei que fosse – ele disse e notei que seu ar ficou mais sério, menos brincalhão do que ele realmente é. – Vamos lá, diga o que houve.

    – Bem...

Comecei a contar tudo que estava acontecendo comigo, falei sobre o almoço, sobre o beijo e enfatizei as características da personalidade do Gabriel e as coisas que ele estava fazendo. Falei às coisas que a minha mãe tinha me dito sobre ele e finalmente a minha preocupação com o fato de ele não se aceitar.

    – É, ele é bem intenso mesmo – ele disse Júlio. – Mas é importante você dar um tempo para ele pensar no que está acontecendo. Sua presença está sendo imposta demais para ele e ele pode pirar o cabeção e inconstante do jeito que é, isso acaba não sendo legal.

– Mas ele foi convidado para festa que você vai dar – eu disse.

– Ele fez o vestibular – o Júlio disse – e tirou uma das melhores notas.

Alguns alunos do terceiro ano do Lobo haviam feito os vestibulares de Inverno de Curitiba. Mas fora somente como um teste e para atender a uma "exigência" da escola para poderem-se auto avaliar.

– Então, ele vai estar na festa – eu disse.

– Provavelmente – Júlio me encarou. – O que você está planejando?

Minha mente estava a mil por horas.

– Nada – eu disse, tentando soar naturalmente – é só que eu preciso ter certeza de que ele sente algo por mim, mesmo de cabeça cheia.

– Vitor – disse Júlio – isso pode piorar as coisas... Algumas pessoas não sabem lidar com isso.

– Ele é mais forte do que você pensa.

– Eu não tenho tanta certeza.

– Acho que conheço ele melhor que você, Júlio! – ressaltei, amargurado.

Júlio me olhou, um pouco surpreso pelo o que eu disse.

– Você tem razão – ele disse – afinal eu só dei aula para ele ano passado. Conheci o Gabriel que todo mundo conhece, não o que beijou você.

Vrá!

Ele bebeu mais um gole do cappuccino, enquanto me olhava.

– Então, o que você pensou em fazer? – ele perguntou.

– Pensei de você conseguir fazer com que *nós* fiquemos sozinhos na sua festa.

– Vitor.

– Eu sei, mas é a única oportunidade que eu tenho fora daqui e longe da mãe dele.

Ele se levantou e foi até a máquina de café e se serviu de outro cappuccino.

– Ok! – ele disse, parando em pé, a minha frente. – Eu posso fazer isso por você e farei. Mas quero que você saiba que não concordo, apesar de você dizer que o Gabriel é forte, ainda penso que ele é frágil demais. Além do mais eu que quero ver você metido em problemas.

♠

A semana passou se arrastando e fiz o possível para não impor a minha presença mais do que em sala de aula. Ele também não me procurou e nem por WhatsApp conversamos. Eu peguei o habito de entrar na internet com mais frequência apenas para poder falar com ele, entretanto, mesmo quando ele estava online eu não tinha coragem suficiente para puxar conversa e ele não fazia nada, muito embora nossas trocas de *likes e curtidas* no Instagram fosse intensa.

Era como se ele tivesse passado por cima do que acontecera. Isso me fazia ter mais certeza de que ele era realmente uma pessoa forte.

Na quarta-feira à tarde, o único dia da semana que eu não dava aula a tarde, eu consegui chegar mais cedo em casa e tudo estava silencioso demais. Subi direto para o meu quarto e deitei na cama. Não pude deixar de me sentir mal por ter transado com o Marlon enquanto desejava outra pessoa.

Estava amando outra pessoa, mas algo ainda me dizia que não fora totalmente errado, então tirei isso da cabeça e comecei a pensar somente no Gabriel, excluindo qualquer outra coisa da mente.

Ele tinha se tornado uma fixação minha, uma obsessão quase e eu precisava me conter.

— Em casa? Já? – a voz da Luiza me trouxe para terra. – Eu vim dar tchau...

Me levantei.

— Hum... Eu achei que vocês iam embora a noite.

— Nosso voo sai daqui a três horas – ela disse, olhando no relógio. – Mas então, tchau, né?

— É, tchau! – eu me aproximei para dar um abraço, mas no meio do caminho ela avançou e me beijou.

Não posso negar que não foi bom. Me afastei dela e o Marlon estava parado a porta.

— Não quero atrapalhar – ele disse, me olhando um tanto decepcionado – mas eu preciso pegar minhas coisas.

Ele pegou a mala dele que já estava pronta e saiu, sem me dizer tchau.

— O que deu nele? – ela perguntou, sem entender, ao que eu dei graças a Deus.

— Por que você é sempre assim, Luiza? – eu perguntei, farto.

Ela ergueu os olhos para mim, me avaliando.

— Assim como?

– Tipo, já foi, não foi? – eu disse, deixando a raiva tomar conta. – Foi só um namoro de criança, não vai mais acontecer.

– Para mim nunca foi um namoro de criança – ela rebateu, pouco abalada. – Para mim sempre foi mais que isso.

– Pois para mim foi só uma besteira – respondi. – E não vai acontecer mais nada do tipo entre a gente. Somos primos, Luiza, somos tipo irmãos. O carinho que eu tenho é igual ao que você tem pelo Marlon.

Tia Mariza chamou a Luiza, provavelmente da sala.

– Eu não vou desistir, Vitor – ela disse, fazendo uma careta. – Eu gosto de você e não vou desistir.

Ela saiu do quarto e eu fui atrás dela, mas com a intenção de me despedir de Tia Mariza. E assim que me viu ela sorriu, acolhedoramente.

– Tem certeza que precisa ir, tia? – eu perguntei, descendo da escala. – Poderia ficar mais, vocês todos.

Parei a frente da minha tia e peguei suas mãos e dei um beijo nelas.

– Não, Vic! – ela disse, rindo mais ainda. – Eu bem que queria ficar, mas essas crianças estão perdendo aula. E eu quero muito que pelo menos um dos dois siga você como exemplo.

– Que é isso, tia, assim eu fico com vergonha – respondi, dando-lhe um abraço.

Ela me apertou entre seus braços.

– Você é tão especial, meu sobrinho – ela disse, se afastando e me olhando. – Qualquer pessoa que tiver o seu coração será a pessoa mais feliz do mundo, eu posso ver isso.

Essas palavras ecoaram pela minha cabeça por muito tempo e até hoje lembro delas. Parece bobagem, mas seria um tipo de visão que ela teve? Como filosofo, eu não devia acreditar que algumas coisas transcendem o entendimento racional, que vão além da nossa explicação palpável.

Eu realmente me entrego por completo quando estou amando.

– Vitor, me ajuda com as malas? – perguntou o Marlon.

– Claro! – disse, pegando as malas da minha tia e indo com ele até o taxi que estava em frente de casa.

Estávamos no portão quando ele lançou um olhar para trás.

– Você está apaixonado, Vic? – ele perguntou, subitamente.

A pergunta me pegou de surpresa e eu não soube o que responder.

– Estou vendo que sim – ele disse e então suspirou. – Se eu soubesse Vitor, não teria forçado nada.

– Marlon, eu também quis – respondi.

– Assim como quis o beijo da minha irmã? – ele se virou para mim, os olhos verdes um tanto triste. – Desculpe, eu sei que ela força a barra. Eu só achei... ah, deixe para lá...

– Achou o que, Marlon?

– Eu também gosto de você – ele disse – sinto mais que um carinho de irmão ou de primo... Tudo bem, Vitor, eu ouvi vocês conversando e estou me sentindo mal pelo que ouvi.

Não pude dizer nada, pois tia Mariza, Luiza e minha mãe chegaram ao portão.

– Conversamos por WhatsApp – eu disse para ele.

♠

Ter transado com o Marlon não havia me trazido nada de bom. Na hora, achei que iria me fazer relaxar, me deixar bem comigo mesmo, e realmente fez; o problema foi suportar tudo o que aconteceu depois.

Erros, erros que são enormes, como disse o Sean Penn no filme *I am Sam.*

Na adolescência fazer o tipo de porra-louca pode dar certo, mas pode também trazer alguns problemas mais tarde.

Definitivamente ter me envolvido com meus primos durante a adolescência não foi certo, principalmente com eles.

Porém, agora que eles haviam ido embora, deixei esses pensamentos de lado, não me adiantaria de nada ficar remoendo isso, uma vez que eles estavam a caminho de casa.

No dia seguinte, à noite, fui com o Júlio até sua casa para organizarmos a festa que ele daria na sexta-feira à noite. A Ariane também foi e nós três arrumamos o apartamento do Júlio para receber cerca de vinte adolescentes e mais umas dez pessoas. Assim procuramos convidar pessoas que tivessem uma amizade em comum com todos.

Compramos refrigerantes, cervejas, Smirnoff, espetinhos de carne e salgadinhos.

X

Desejo

Eu cheguei ao Lobo na sexta-feira e fui direto para a sala do terceiro ano. Era cedo e não esperava encontrar ninguém lá, mas encontrei o Gabriel sentado na sua carteira. Ele estava com a cabeça para trás e com o fone de ouvido.

Ele estava ouvindo música e por isso não percebeu quando eu cheguei, foi só quando puxei a cadeira da minha mesa que ele ergueu os olhos para mim.

– Você não devia estar na sala dos professores? – ele perguntou, as sobrancelhas erguidas.

– Geralmente eu vou – respondi, encarando-o – mas hoje eu vim direto para cá, para poder adiantar um pouco da aula, me preparar.

– Se preparar. – ele resmungou, fazendo uma careta.

Lembrei da festa, será que ele já havia sido convidado?

– Você foi convidado para festa do Júlio? – perguntei, tentando agir naturalmente.

Percebi ele me olhando enquanto eu arrumava o meu material sobre a mesa.

– Sim – ele disse, me olhando meio torto, meio desconfiado.

– Está a fim de ir? – perguntei.

– Hummm... – ele disse e um pequeno sorriso surgiu no canto de sua boca. – Você está me convidando para sair?

A pergunta me pegou desprevenido e acabei derrubando uma pilha de papel, o que fez ele rir com vontade.

– É, você está me convidando para sair – ele disse, trolando com a minha cara.

– Sim, estou te convidando – devolvi – mas é a uma festa onde você terá a companhia de vários colegas daqui.

– E a sua também, eu sei – ele disse, ainda rindo.

– É – eu disse e ri também.

Mas de repente ele parou de rir e se aprumou na cadeira.

– Estou interrompendo algo? – perguntou a Carla, parada na porta.

– Claro que não – eu disse, tentando quebrar a tensão que se formou sem eu perceber. – Entre.

– Não quero atrapalhar – ela disse em tom de ironia e ainda assim eu não notei a malícia em seu tom de voz.

O Gabriel levantou da carteira e pegou-a pelo braço, levando-a para fora da sala e quando retornaram – após o sinal tocar – ela estava com cara de choro e o humor do Gabriel havia mudado drasticamente.

Havia muito tempo que eu não notava a presença da Carla em sala de aula. O seu cabelo Chanel havia crescido e estava abaixo dos ombros. A única coisa que ela mantinha era a franja. Ok, ela era linda e combinava perfeitamente como a namorada do Gabriel.

Perceber isso fez com que um leão rugisse dentro de mim.

A aula transcorreu normalmente, exceto que na formação dos grupos de estudos daquele dia, Gabriel e Carla ficaram o mais afastado que puderam um do outro. Quando os grupos de trabalho me entregaram as questões respondidas vi que o Gabriel havia feito a maior parte do trabalho do seu grupo só de meninos.

Quando se é professor, é fácil notar o potencial de seus alunos e para o meu bel-prazer o Gabriel era ótimo nas matérias que eu ensinava para sua turma.

O sinal anunciou o fim da nossa segunda aula e como sempre a turma saiu quase derrubando as carteiras, estava organizando os trabalhos que havia recolhido quando percebi o *post-it* grudado no trabalho do grupo do Gabriel com a sua letra.

Eu aceito o seu convite...

♠

Eram nove horas quando passei no condomínio onde ele morava para pegá-lo. Nunca o vi tão lindo. Vestia jeans esporte fino, camisa azul turquesa com listras e um suéter branco e calçava um All Star – também branco. O cabelo estava bagunçado, como se ele tivesse acabado de sair da cama e o sorriso brilhava.

Mas eu mordi a língua e me contive.

Cumprimentamo-nos quando ele entrou no carro com um tímido abraço e partimos em seguida. Deixei-o escolher o que ouvir e ele colocou pelo Bluetooth Zé Ramalho cantando *Sinônimos*, com Chitãozinho e Xororó.

Não conversamos uma palavra enquanto a música tocava.

O amor é feito de paixões
E quando perde a razão
Não sabe quem vai machucar
Quem ama nunca sente medo
De contar o seu segredo
Sinônimo de amor é amar

A música parou de tocar e ele suspirou.

– Nunca imaginei que você curtisse sertanejo – eu disse, quebrando o silêncio.

– Não gosto – ele respondeu – mas eu curto o Zé Ramalho.

Continuamos conversando sobre música e sobre os seus gostos em geral.

– Você me disse que escreve – eu disse. – O que exatamente você escreve?

Ele sorriu.

– Muitas coisas – ele disse. – Vai desde a poesia a contos e crônicas, ainda não aprendi a escrever algo mais complexo que isso.

– E quando eu vou ler?

– Assim que eu tiver certeza que você é confiável – ele respondeu, piscando um olho.

Entrei direto pela garagem do prédio do Júlio, uma vez que ele tinha me dado o controle do portão. Desci do carro e dei a volta para abrir a porta para ele, um gesto que espontâneo, mas que ele não deixou passar despercebido.

– Olha que cavalheiro você, Vitor – ele disse, com um tom sério e surpreso.

Eu ri, acanhado.

– Você está muito bonito, professor – ele disse, como se comentasse o tempo. – Se arrumou assim para mim?

– Eu acho que sim – respondi.

Ele sorriu e caminhou para os elevadores.

Podia-se ouvir o som da música já nos corredores dos apartamentos, um som leve e tranquilo. Vozes altas ecoaram quando a porta se abriu e entramos no apartamento.

O Gabriel entrou e se perdeu na zoeira de pessoas que circulavam pelo hall-sala do apartamento do Júlio; assim que o localizei, fui até ele.

– Tudo certo para essa noite? – perguntei.

– Tudo – ele disse, com um ar sério e contrariado.

– Obrigado por me ajudar – eu disse.

– Só estou fazendo isso para ter certeza de que vou poder contar com você até se eu matar alguém e precisar esconder o corpo.

Eu o abracei e dei-lhe um beijo na testa.

– Eu te amo, Julinho! – eu disse, me sentindo o cara mais feliz da festa.

A festa não podia durar até muito tarde, uma vez que tinha menores ali e bebidas alcoólicas. A festa tinha hora para começar e hora para acabar, mas claro que apenas o Júlio e a Ariane sabiam disso, e eu, óbvio.

Assim a minha ideia consistia em Júlio mandar todo mundo embora quando desse meia-noite da manhã enquanto eu levaria o Gabriel para o quarto do Júlio. O próprio Júlio e Ariane pegariam o meu carro e iriam para qualquer lugar, deixando assim o apartamento só para mim e para o Gabriel. Mas minha ideia, juro, era apenas para poder conversar com ele, ter uma conversa decisiva sobre aquela nossa situação.

Durante a festa eu circulei impaciente para fazer a social com todos, mas na verdade eu queria era estar o tempo todo com o Gabriel. Era quase meia noite e meia quando o notei sozinho na varanda.

– Posso saber no que você está pensando? – perguntei, entrando na varanda e fechando a porta de vidro.

– Em muitas coisas – ele disse, sem me olhar. – Mas já estou ficando com sono.

Eu não podia deixar ele ficar com sono agora.

– Gostando da festa? – perguntei.

– Foi legal da parte de vocês prepararem isso tudo – ele disse, meio que no automático. – É bom saber que os professores torcem por seus alunos, se importam com o nosso resultado. O pessoal que passou curtiu bastante.

– Mas você tirou uma boa nota – argumentei.

– Mas eu ainda tenho meio ano para estudar no Lobo – ele disse – essa prova não foi uma avaliação minha.

A noite estava linda, era inverno ainda e o Shopping Estação se erguia na frente do prédio, iluminado por luzes azuis.

– Você tem razão – respondi. – Mas isso não tira o seu mérito.

– Acho que eu preciso ir ao banheiro – ele disse, me encarando.

A luz da noite seus olhos verdes brilhavam mais que o normal.

– Você bebeu? – perguntei.

– Eu não bebo, não gosto de álcool – ele respondeu, com desdém. – Onde é o banheiro?

Propositalmente o levei ao banheiro do quarto do Júlio e me pareceu que Deus estava olhando por mim aquela noite. E isso serviu de aviso para que a festa terminasse.

Passamos pelo Júlio e eu balancei a cabeça e ele entendeu o recado. Ele já estava com a chave do meu carro e os documentos estavam no porta-luvas, conforme o combinado.

Entramos no quarto do Júlio e eu me sentei na cama e ele foi ao banheiro, fechou a porta e girou a chave.

Dois minutos depois... três... cinco... dez. Contei nos dedos, ansiosamente até ele sair.

– Você ficou me esperando? – ele perguntou, as sobrancelhas erguidas.

– Fiquei... – respondi.

– Você está nervoso – ele disse e não foi uma pergunta.

– Estou – confirmei.

– Algum motivo especial? – ele perguntou.

– Sim – respondi, me levantando. – Você.

Ele ergueu os olhos para mim e não havia ali nada que eu pudesse identificar, nenhum medo, nenhuma ansiedade, nenhum fantasma, nenhuma ironia: ele estava esperando por mim, acho.

– Eu? – ele perguntou e riu.

– Eu queria que você me ouvisse – eu disse, escolhendo as palavras. – Não fale nada.

Ele confirmou com a cabeça, um gesto angelical, e sentou-se na cama, com as pernas cruzadas na posição de meditação.

– Eu não sei por onde começar – disse, percebendo que estava andando de um lado para o outro. – Você me deixa nervoso, ansioso... um leão ruge dentro da minha barriga toda vez que te vejo...

– Um leão? – ele perguntou, uma expressão de diversão no rosto. – Ruge?

Eu parei de andar e olhei para ele.

– Lá em Guaratuba eu disse que estava apaixonado por você – eu disse, ignorando o comentário sobre o leão – e não eu não menti. Na verdade acho que é bem mais que isso... não, eu tenho certeza de que é mais... Nunca tinha falado tão sério na minha vida e queria saber o que você sente... não quero que seja só tesão, Gaels, quero que... quero... quero...

Eu tinha despejado tudo tão rápido que não tinha certeza do que queria naquele momento.

– Quer? – ele perguntou, a sobrancelha direita erguida.

Eu só fiz olhar para ele, quase entrando em desespero. Não acreditava que tinha ido tão longe.

– Com tantos garotos por aí – ele disse, de vagar, escolhendo as palavras – por que você foi se apaixonar justo por mim?

– Não estou só apaixonado, Gabriel – retorqui. – É mais que isso...

– Eu não perguntei isso – ele disse, levantando-se da cama. – Quero saber por que eu.

– Eu já te disse isso também – respondi. – Não foi minha intenção, as coisas foram acontecendo e de algum jeito a gente foi se aproximando. Fui a extremos com você em apenas um dia. Naquela sexta-feira que te beijei, me senti a criatura mais infeliz do mundo por pensar que você nunca mais iria falar comigo e depois você disse que sentia tesão...

Ele me deu as costas e foi até a janela. Estava ventando agora, pois as cortinas do quarto do Júlio balançavam. Ele afastou as cortinas e encostou a cabeça na janela.

Fui até ele e o abracei por trás, ele não se afastou, pelo contrário, encostou sua cabeça no meu peito, mas continuou olhando para noite.

– Acho que a gente não precisa deixar as coisas mais difíceis – ele disse.

Ele se virou para mim, encostando-se na parede.

– Não é só tesão, Vitor – ele disse. – É algo que eu nem queria sentir.

Fui me aproximando lentamente do seu rosto, queria que ele percebesse o que eu iria fazer. Mas ele segurou meu rosto e me puxou para o beijo mais delicioso da minha vida. Posso lembrar o gosto de Coca-Cola com exatidão, o cheiro cítrico do seu perfume, a macies do seu cabelo, a suavidade da sua pele, seus lábios nos meus, finalmente.

Ele correspondia ao beijo desesperadamente e quase não me deixava respirar direito. Suas mãos se seguravam em meu pescoço... mas de repente ele parou, seu corpo relaxou e seus braços se soltaram de mim, então me afastei.

Ele respirou fundo, avançando para mim e me empurrando para a cama; e então tirou o suéter, depois, um a um foi abrindo os botões da camisa, o jeans escorregou por suas pernas até o chão.

Não sei como, mas ele já estava só de cueca a minha frente. Uma Calvin Klein preta.

Ele veio até mim, abriu o zíper da minha blusa e a tirou e com um tapa na minha mão recusou minha ajuda. Cedi ao seu jogo e ele foi tirando peça por peça de roupa que eu vestia. Primeiro a blusa, depois a camiseta, então o cinto e por último o jeans. Apenas o ajudei tirando o tênis.

Nos beijamos novamente e ele tirou minha cueca, fez ela escorregar pelas minhas pernas. Peguei-o pela cintura e ele enrolou as pernas na minha.

– Não, não – ele disse, de repente e pude sentir um certo medo em sua voz. – Não, Vitor, eu não quero assim.

Ainda dava para se ouvir Maroon 5, *She Will Be Loved*, cantando na sala e o som era abafado.

– Tudo bem – eu disse, entendendo que para ele poderia ser um pouco demais tudo aquilo. – Tudo bem – repeti e beijei seu peito, na altura do coração. – A gente não precisa fazer nada que você não queira.

– Eu quero – ele começou, me interrompendo. – Eu quero sim, acho que você pode ver – ele apontou para o próprio pau, duro feito pedra na cueca.

– A gente não precisa fazer nada do que você não queira – eu disse e sorri para ele.

Sim, eu podia sentir, eu estava deitado sobre ele, de modo que seu pau estava na altura do meu abdômen.

– Então fique comigo – ele disse, aninhando-se em mim.

Cobrimo-nos com a colcha azul marinho e ficamos na cama, trocando carinhos leves e beijos que me fizeram ter certeza que meu amor por ele ia muito mais do que uma vontade louca de fazer sexo.

Se fosse com outro cara, com certeza eu teria insistido e levado aquela noite adiante, teria gozado e teria feito ele gozar. Mas ali, deitado nos meus braços estava alguém que tinha pegado o meu coração.

XI

Razão

Eu peguei no sono com o Gabriel nos meus braços, dormi sentindo o cheiro do seu perfume, pedindo a Deus que o tempo parasse, que os ponteiros de todos os relógios se quebrassem e as horas não fossem mais contadas.

Mas antes de dormir fiz carinho nele, até que seus olhos se fechassem e sua respiração ficasse pesada e uniforme. Assim que percebi que ele dormiu, trouxe seu corpo para mais junto do meu e me perdi nele, até que também dormi.

Quando acordei, o dia estava quase amanhecendo e o Gabriel já não estava mais comigo. Levantei apressado vestindo minha roupa o mais depressa possível e na sala o Júlio e a Ariane dormiam juntos, cada um em uma ponta do sofá.

Eu estava em frente à porta quando o Júlio me chamou.

– Vitor – ele disse – aonde você vai?

Ele estava parado no meio do corredor, vestido apenas de samba-canção.

– Vou atrás do Gabriel – eu disse, as lembranças da noite anterior ainda fervendo na minha mente. – Ele sumiu...

– Ele foi para casa – respondeu Júlio. – Vem, vou passar um café para gente.

Fomos para a cozinha e eu me sentei à mesa, tentando deixar a tensão do momento passar.

– Você o viu indo para casa? – perguntei.

– Eu e Ariane estávamos chegando quando ele se arrumava para sair – ele disse, colocando a cafeteira para funcionar. – Mas agora me conte o que houve.

Eu só fiz sorrir para ele.

– Acho que entendi – ele disse e também sorriu. – Então me conte os detalhes.

– A gente não transou – eu disse, sentindo meu sorriso ir de orelha a orelha.

– Como não? – ele perguntou, espantado. – Você estava peladão lá no quarto e ele estava se vestindo quando chegamos...

– Mas não transamos – afirmei. – Acho que isso teria sido um pouco demais para ele, afinal ele ainda está aceitando isso tudo.

– To chocado! – disse Júlio, abismado.

Contei como fora a noite, como tudo realmente acontecera. Eu estava ainda mais chocado que meu amigo e só quando contei ao Júlio é que me dei conta de que tudo fora real. Fora um momento lindo e todos os detalhes disso ainda estão vivos na minha mente.

Não preciso mudar nada, foi tudo perfeito.

Isso me fazia sentir que o Gabriel era aquela pessoa que meu coração queria fazer feliz. Uma alusão ao que minha tia dissera...

– Nossa...! – resmungou o Júlio. – Isso vai bem mais longe do que eu pensava.

– Hã?

– Acho que o Gabriel gosta de você de verdade, Daniel – ele disse e eu notei que ele usou meu segundo nome. – Você já pensou nas coisas que podem vir por aí?

– Como assim?

– Ele é menor de idade – ele disse. – Você é professor dele. A mãe dele é nossa chefe e mentora. Há um risco bem grande empregado nesse lance de vocês.

– Mas eu nunca...

– Eu sei que você nunca faria mal a ele – ele me interrompeu. – Eu sei que você gosta dele, mas você conhece a Armanda; não chamamos ela de Nazista à toa. Sei muito bem que quando ela sente algo ameaçando um filho, qualquer um deles, ela vira uma leoa.

– Não pretendo machucar o Gabriel – rebati. – Isso é o que eu menos quero.

– É bom que você pense assim, Vitor – ele alertou. – Evite fazer esse menino sofrer porque eu não quero me sentir mal por ter te ajudado.

– Eu prometo...

Ele me olhou torto e eu não continuei minha promessa.

– Vem, me dá um abraço – ele disse, fraternalmente. – Me dê um abraço que eu estou muito feliz por você, apesar de tudo: quero meu quarto limpo também!

– A gente não fez nada – eu disse, rindo e abraçando-o.

– Você estava pelado na minha cama – ele disse – eu vi. Não que você não seja bonito, mas você é meu irmão!

♠

Minha mãe estava no escritório quando eu cheguei em casa. Era pouco mais de 10h da manhã e ela trabalhava em pleno sábado. Não a interrompi porque já estava acostumado com suas rotinas malucas.

Fui para o meu quarto e comecei a tirar a roupa para poder tomar banho, mas percebi que o cheiro do perfume do Gabriel estava nelas. Sorri abobado, ao lembrar da melhor noite da minha vida. Guardei a camiseta no guarda-roupa para não perder o cheiro dele.

— Posso saber o porquê dessa cara de felicidade?

Me virei e vi a minha mãe, encostada a porta.

— Oi, mamãe – eu disse e ela veio na minha direção, abrindo os braços para mim. – É, eu estou feliz.

Abracei ela e a girei no ar.

— Meu Deus, menino – ela disse, surpresa. – Quer machucar minha coluna?!

Coloquei ela no chão novamente e ela me deu um leve tapa no braço.

— Não faça mais isso! – ralhou, sorrindo. – Agora me conte por que toda essa euforia.

— Mãe, mãe, mãe... – eu disse, puxando ela pelas mãos e fazendo ela se sentar comigo na cama. – Eu e o Gaels ficamos ontem à noite.

— Mas, filho... onde? Como?

Expliquei como tudo tinha acontecido, todos os detalhes – excluindo, claro, o fato de que quase transamos, achei importante não comentar tanta intimidade com ela.

Ao final da minha história ela me encarou seriamente.

— Você gosta dele, filho? – ela perguntou e toda a sua seriedade me surpreendeu.

— Mãe, eu acho que estou amando ele.

— Tenha certeza desse sentimento, Vitor Daniel – ela disse. – Muita certeza, a proposito. Porque o amor que esse menino precisa tem que ser desses que são para sempre.

— Não entendi – eu a encarei, confuso. – O que você quer dizer?

— A Armanda que você conhece – ela disse – é mulher do falecido promotor Otavio, conheço-os muito bem. Quando você me disse o nome da Armanda pela primeira vez eu não me toquei quem era ela realmente, uma vez que antes você só a chamava de Nazista; mas agora...

— Mãe, eu nunca...

— Não machuque esse menino, Vitor – ela disse. – A vida da família do Otavio nunca foi feliz.

— Eu quero fazer ele feliz, eu quero...

— Faça, então.

– Mas por que você está me dizendo isso?

– Porque o Otavio foi um homem rude – ela disse, sem rodeios. – Ele amou a família, tenho certeza, mas ele tomou algumas atitudes que se eu não tivesse convivido com ele, não teria acreditado. Ele era um homem muito difícil de se lidar.

– Eu não...

– Você vai entender, mas vou deixar que o próprio Gabriel te conte tudo e eu também não quero te assustar com relação à família dele.

Ela beijou minhas mãos.

– A família do Otavio é conservadora, se construiu com educação militar – ela continuou. – Não espere que eles aceitem você e o Gabriel juntos, um homem na família do Gabriel precisa seguir o ciclo: crescer, se formar em direito, namorar e casar com uma *mulher*, ter filhos com ela e mostrar toda a felicidade para quem quer que veja.

– Que horror: isso machismo!

– Seu pai também era assim, não se esqueça disso – ela se levantou. – Seu pai só mudou e evoluiu quando você se assumiu. – ela estava quase saindo do quarto quando se virou para mim de novo – Mas também se proteja, filho, tente não se machucar.

Fui para o banheiro assim que minha mãe saiu do quarto. Entrei de baixo do chuveiro e tentei não pensar nas coisas que minha mãe havia me dito. Muitas coisas faziam sentido agora. Uma educação militar? Isso explicava o jeito sistemático e metódico que o Gabriel tinha, mas não a sua tristeza, óbvio. Ele podia sorrir e rir com os amigos, podia ser extrovertido até certo ponto, podia impor a sua presença, mas mesmo assim havia uma tristeza muito grande dentro dele.

Sabe-se lá Deus o que acontecera para ele ter ficado assim.

O que me importava agora era que tínhamos um mundo inteiro para nós e eu comecei a prometer a mim mesmo que o faria a pessoa mais feliz do mundo enquanto estivesse comigo, embora eu não tivesse certeza que estaríamos juntos.

Talvez esse seja o problema de imaginar um mundo perfeito na sua própria cabeça, você numa pode ter certeza do quê e quanto vai ser real.

Flashes daquela noite me vinham à cabeça; eu o abraçando e ele encostando a cabeça e no meu peito. *Acho que a gente não precisa deixar as coisas mais difíceis,* ouvi ele repetir isso na minha cabeça, uma prova real e palpável de que ele também me queria.

Sai do banho e havia um SMS não lido no meu celular. Meu coração quase pulou pela boca e o leão na minha barriga rugiu ferozmente quando vi que era dele.

Venha me buscar, depois do almoço, para darmos uma volta.

As horas demoraram para passar.

Mas assim que almocei, peguei as chaves da moto e os documentos e saí, depois de avisar minha mãe aonde ia. Um sol pálido iluminava a tarde gelada e isso era um sinal de que o inverno ainda estava por aqui. Vesti o capacete e parti.

Muitas pessoas estavam no Parque Baragüi, que fica ao lado do condomínio onde o Gabriel morava. O porteiro gentilmente me liberou a passagem quando informei que mansão eu visitaria.

Logo, parei com a moto em frente ao Verre Château e quando porta se abriu, fui recebido por uma hiperativa Golden Retriever que saltitava sem parar ao meu redor, latindo feito uma louca.

Rosa me recebeu e pediu para eu esperar na "sala grande".

Minna, a Golden, me fez companhia durante o tempo que esperei e novamente me dei conta de que estava reparando no gigantesco quadro sobre a lareira dos três filhos da Armanda.

Ali estavam a Alana, o Maurício e o Gabriel; todos sorriam, todos pareciam felizes.

— Você gosta desse quadro? – perguntou o Gabriel, parando do meu lado.

— Eu gosto – respondi e me virei para olhá-lo.

Ele estava vestido todo de branco, uma bata branca em gola V e uma calça, ambos de tecido leve; até achei que ele estava de pijama.

— Não tive tempo de trocar de roupa – ele disse. – Eu estava na Yoga.

— Yoga? – perguntei, surpreso.

— Minha mãe e eu fazemos – ele disse – mas hoje só eu fiz.

— Onde está a Armanda?

— Foi para casa da minha avó – ele sorriu para mim. – Vamos subir?

Confirmei com a cabeça.

— Então você está sozinho? – perguntei, enquanto subíamos o lance de escadas que dava para os quartos, no último andar.

— Sempre – ele respondeu.

Saímos da sala com Minna nos liderando, seu rabo peludo balançando de um lado paro outro.

– Mas hoje você me fará companhia, *professor*.

– E o que você disse para a Roza para explicar minha visita?

– Disse que você veio para uma aula particular.

Supus que ele sorriu, pois ele subia as escadas a minha frente, então não tive como ver sua expressão, mas notei o seu tom de voz zombeteiro.

Chegamos a um corredor que deveria cortar aquele andar todo, mas no final uma porta de duas folhas se abria para uma varanda ou uma laje. Minna esperou Gabriel abrir a porta e latiu ao sair para o ar livre do começo da tarde: ela foi direto para o parapeito e de lá, latia para todo movimento que acontecia no parque.

Mas nós entramos por outra porta.

O quarto dele era realmente grande.

Um guarda roupa de madeira tomava conta de duas paredes e a parede oposta à porta de entrada era inteiramente de vidro e as cortinas eram brancas e beges. A cama era de casal King Size e estava desarrumada. Uma escrivaninha ficava numa outra parede, com o computador, impressora e um aparelho de telefone sem fio. E ao lado de uma porta – que deveria ser o banheiro – uma cômoda com uma TV e um PlayStation, alguns jogos e três controles remotos.

– Fique a vontade – ele me disse e entrou no banheiro.

Quando ele voltou, vestia shorts jeans preto bem curto, uma camiseta gola-polo vermelha e calçava um Mocassim.

– Você está lindo – eu disse, sem pensar.

– Eu sei – ele disse, rindo. – Você está bem *boy*.

Eu sorri.

– Por que você foi embora e não me avisou? – perguntei, me aproximando dele e tocando seu rosto.

– Porque você estava dormindo – ele respondeu, fechando os olhos ao meu toque. – E eu não quis te acordar... Me pareceu *tão* cruel...

– Eu fiquei preocupado – eu disse.

– O Prof.º Júlio chamou um taxi para mim – ele disse, abrindo os olhos e segurando minha mão. – Eu sei me cuidar, não se preocupe.

Nós nos sentamos na cama.

– Eu sei, mas não pude deixar de ficar preocupado – respondi enquanto ele pegava minha mão e a acariciava entre as suas.

Ele ficou em silêncio, segurando minha mão.

– Vitor, nós precisamos conversar – ele disse, com um ar sério.

Eu o estudei por alguns segundos e vi que ele realmente falava sério.

– Sim, precisamos – respondi e nesse momento mil coisas me passaram pela cabeça.

– O que você quer de mim? – ele perguntou.

A princípio, não me veio nada à mente para responder. Eu queria tantas coisas *com* ele.

– Eu quero... – as palavras estavam difíceis. – Eu quero ver você feliz, eu quero ver você sorrir, eu quero te fazer companhia, eu quero ir ao cinema com você e quero sair para jantar depois, eu quero ir para uma balada com você e dançar a noite toda...

– Eu não sei dançar – ele disse, sorrindo.

– Não me importa – eu disse, rindo com ele. – Quero estar com você, Gaels, quero ficar com você do jeito que você quiser...

– Vitor, eu não sei...

Eu o beijei, ele tentou se afastar, mas eu o segurei e mantive minha boca na sua.

Quando eu o soltei ele demorou em abrir os olhos.

– Eu não sei se isso vai dar...

Eu o beijei de novo e com o impulso caímos deitados na cama.

– Acho que não tenho mais desculpas para você – ele disse de olhos fechados e respirou fundo ao abri-los.

– Eu sou insistente – eu disse.

– Eu sei – ele sussurrou e me abraçou e enterrou a cabeço no meu peito.

Seu coração batia rápido e com força.

XII

Inocência

Percebi que ele havia aprendido quase tudo sozinho e por isso todos os seus atos eram de certa forma por pura inocência, mas isso não significa que não exista um lado perverso nele. Gabriel, como todo e bom escorpiano, é uma fênix à lá Jean Grey; existe algo bom dentro dele, mas também existe o lado ruim, porém, sua personalidade depende mais dos outros do que dele mesmo.

Em geral, o Gabriel é o tipo de pessoa gentil, educada e muito reservada, mas é observador e de língua muito afiada e rápida. Ele abre a porta para as pessoas, ele segura o elevador, ele cede lugar na fila do supermercado, ele cumprimenta se lhe cumprimentam, ele sorri se lhe sorrirem. Mas ele também distribui veneno, fala o que pensa, semeia discórdias, é orgulhoso ao extremo e petulante na mesma medida. Espere educação do Gabriel e não mais que isso, pois ele não é uma pessoa que se conquista com sorrisos e sim com gestos.

Nossos dias passaram a ser únicos e eu voltei a minha adolescência.

Minha rotina mudou completamente e a cada dia eu me via mais apaixonado do que nunca por ele. Eu o amo tanto que nunca imaginei existir tanto sentimento dentro de mim.

Passamos o restante do sábado juntos e foi difícil dizer boa noite para ele no final daquele dia. Eu tinha desejado tanto que esse dia acontecesse e quando ele se acabou, eu queria um pouco mais.

Do Verre Chateau fomos ao Park Shopping Baragüi, comemos comida japonesa, passeamos pelas lojas tomando sundae; depois formos a um barzinho chamado Simão.

Foi divertido ver o Gabriel observar tudo atentamente.

– Eu não acredito que você me trouxe aqui, Vitor – ralhou ele, quando viu dois garotos se pegando no maior dos amassos. – Olha para eles...

– O que têm eles?

– Eles estão...

– Se beijando.

– Ah, eu não acredito...

– Gaels, você já me beijou – eu observei.

– É, mas foi diferente.

– Por quê?

– Porque... ah, ora, porque... olha o jeito que eles estão vestidos – ele me olhou, rindo. – Olha o cabelo daquele garoto, é azul!

Eu ri da sua inocência: era sua primeira vez em um barzinho abertamente gay. Eu queria que ele se habituasse e se acostumasse com isso, afinal éramos parte agora da comunidade LGBTQIA+ também.

– Não seja preconceituoso... – eu disse, mas fui interrompido.

– Você por aqui? – disse alguém e eu e o Gaels olhamos para ver quem era.

Era o menino de cabelo azul.

– Posso? – disse o menino, sentando-se.

– Danilo? – perguntei, surpreso.

– Vocês se conhecem? – perguntou Gabriel, olhando do Danilo para mim.

A meia luz do bar eu não o reconheci, mas assim que lembrei do seu rosto, pude focalizá-lo melhor.

– Você não vai nos apresentar? – volveu Danilo, me encarando.

Olhei para o Gabriel e ele devolveu o olhar, curioso e não mais que isso.

– Gaels, este aqui é o Danilo, um amigo meu – eu disse. – Danilo, este aqui é Gaels, meu namorado.

– Namorado? – perguntaram os dois, em uníssono.

Danilo riu e o Gabriel me encarou, piscando os olhos algumas vezes.

– Então eu vou indo nessa – disse Danilo, levantando-se. – Já vi que posso estar atrapalhando algo... foi um prazer, Gaels.

Danilo estendeu a mão e Gabriel olhou dela para os olhos de Danilo.

– É Gabriel – disse, com a voz em acido e recusando-se a apertar a mão do outro.

Pude ver o Danilo engolindo em seco.

– A gente se vê, Vitor – ele disse, finalmente.

Gabriel ficou olhando até ele se afastar.

– Ele está doente, Vitor – ele disse, finalmente. – Quem é ele?

– Doente? – perguntei. – Ele foi o primeiro cara com quem fiquei.

– Perceba como ele está magro, as olheiras – ele se virou para mim. – Ele parece um zumbi.

– Eu mal consegui ver ele – eu argumentei.

– Sou bem observador – respondeu ainda olhando para Danilo que voltara para sua mesa e para seu ficante – e além do mais ele não está bebendo, só fumando, o que significa que ele está tomando remédio. Definitivamente ele está doente.

Ele tomou um gole da sua Coca-Cola.

– Então ele foi seu primeiro namorado? – ele perguntou, voltando sua atenção novamente para mim.

– Não chegamos a ir tão longe – eu disse.

Eu não queria que ele tivesse certeza que houve algo entre eu e aquele Danilo que ele acabara de conhecer. Na verdade, o Danilo que eu conhecera era muito, mas muito diferente desse que o Gaels acabara de ver.

– Mas então *nós* estamos namorando? – ele disse, lançando um olhar acusador para mim. – Desde quando que eu não sei?

Então sorriu.

– Desde agora, se você quiser – eu respondi e lhe dei o meu sorriso mais malicioso.

– Você está falando sério? – ele perguntou, seu sorriso sumiu.

– Estou – eu disse, falando com o coração. – Eu só preciso de uma chance, Gaels, para tentar fazer você a pessoa mais feliz do mundo.

Ele me abraçou, passando seus braços pelo meu pescoço e me puxando para junto dele.

– Prometa que você não vai embora – ele disse, ao meu ouvido. – Prometa que você vai ficar comigo.

– Nossa, Gaels – eu retorqui, puxando-o pela cintura e fazendo-o sentar-se no meu colo – nem que eu quisesse sair da sua vida eu não poderia, pelo menos até o ano acabar.

Ele me beijou e, meu Deus, era a primeira vez que ele fazia isso por vontade própria: seu beijo já tinha até gosto para mim, gosto de Coca-Cola.

Sua boca era macia, carnuda e os lábios estavam gelados o que deixou o beijo mais excitante para mim.

– Isso não significa que eu aceito namorar com você – ele disse, se afastando. – Essa coisa toda de pegar homem é meio estranha para mim, você vai ter que esperar até tudo isso fazer sentido na minha cabeça e ainda tem a Carla.

– Vocês estão juntos? – perguntei e ele voltou a sentar na cadeira ao meu lado.

– Não, não... – ele disse, mas soou meio vago. – Terminamos nas semanas que se passou depois que eu briguei com o Maurício. Mas continuamos a nos ver e minha mãe vive dizendo que é com ela que eu vou casar. Não que isso vá acontecer, mas você precisa entender que eu fiz tudo por primeiro com ela: e eu to falando de tudo mesmo.

Eu segurei suas mãos nas minhas.

– Você tem o tempo que precisar, Gaels – eu disse – porque eu não vou a lugar nenhum, vou te esperar.

– Eu só quero que você não force a barra comigo, tá? – ele disse. – Vamos de vagar, ok? Eu não quero me arrepender depois.

♠

A semana que se passou foi a primeira barreira a se enfrentar, principalmente dentro do Lobo, uma vez que nossa aproximação ficou mais visível; tínhamos que nos conter, pelo menos dentro da escola para que nenhum de nós sofresse qualquer tipo de acusação.

Ele, por sua vez, não ligava tanto para o que os outros poderiam dizer, mas eu me preocupava, sim, e principalmente por ele. Naquela semana, almoçamos todos os dias juntos e em lugares diferentes – lugares que ele fizera questão de escolher.

Novamente passamos o final de semana fazendo um tour por Curitiba, indo de parques em parques e terminando a noite no Bar do Simão para poder namorar sem nos preocuparmos com quem poderia estar olhando.

Essa era uma limitação que ele estava aprendendo. Beijar, andar de mãos dadas... ele estava acostumado a fazer isso com a Carla, mas comigo tinha que ser tudo mais restrito e isso o incomodava; mas me fazia ver que o seu sentimento por mim era complemente verdadeiro.

No segundo final de semana em que estávamos juntos resolvi levá-lo em casa e apresentá-lo formalmente a minha mãe, que como minha melhor amiga e confidente, já estava ansiosa para poder conversar com ele.

A princípio isso o deixou com um pé atrás e foi então que ele percebeu a seriedade do nosso "rolinho" – era essa a definição que ele dava para o que tínhamos: rolinho – e fazê-lo aceitar a ir até minha casa para conhecer minha mãe... bem, ele não é tão persuasivo, entretanto, ele acabou cedendo a minha insistência.

Marquei com ele um jantar no sábado à noite, disse-lhe para que não se preocupasse com minha mãe, uma vez que ela era uma pessoa totalmente tranquila com relação a minha sexualidade e lhe assegurei que ela manteria segredo sobre nós.

Ele chegou a minha casa quando o sol estava se pondo e uma luz alaranjada iluminava a entrada de casa. Quando eu abri a porta e o vi, muito bem vestido por sinal, um calor subiu pelo meu estômago e foi até o peito. Pude sentir o leão dentro da minha barriga ronronar.

Naquela noite, ele calçava um Nike preto e vestia um jeans escuro e uma blusa preta de zíper que se fechava até o seu queixo. O cabelo estava penteado para o lado e ele trazia um pequeno vazo de Bonsai nas mãos.

– Oi! – eu disse, abrindo um sorriso de doer às bochechas.

– Oi! – ele disse e sorriu também.

Eu o puxei e fechei a porta.

– O que é isso? – perguntei, depois de lhe dar um selinho.

– Ah... – ele olhou para o Bonsai. – Minha mãe diz que quando você é convidado para jantar e vai conhecer uma pessoa deve-se levar uma flor.

– Isso é uma planta japonesa – eu disse, rindo.

– É um pé de laranja e as flores são bonitas – ele disse, fazendo uma careta para mim. – Eu gosto, ok? Achei que sua mãe iria gostar.

Minha mãe descia as escadas – que davam para porta de entrada – e pigarreou ao nos ver.

– Não ligue, Gabriel – ela disse. – Meu filho sabe lidar melhor com livros velhos.

– Olá – ele disse, sorrindo para Sra. Daniela de modo tímido. – Tudo bem?

– Estou ótima e feliz em finalmente poder conversar com você – ela disse e o puxou para um abraço. – Eu o visitei no hospital, quando você teve aquela crise alérgica.

– Isso o Vitor não me contou – ele respondeu e me olhou. – Sra. Daniela, eu trouxe esse Bonsai... e acho que não errei, né?

Estávamos entrando na sala de estar quando ele olhou e viu alguns vários vasos de plantas espalhados por ali e outros tantos pendurados no teto.

– Você disse que é um Bonsai de laranja? – disse minha mãe, aceitando o Bonsai e dando um beijo na testa do Gaels. – Que amável da sua parte, Gabriel... Eu adoro plantas!

Não é mentira, ela gosta mesmo.

Sentamos no sofá e minha mãe ligou o som, colocando uma música ambiente. A primeira música foi James Morrison, cantando *I Won't Let You Go*.

Deixei que os dois conversassem, eu apenas – hora e outra – colocava a minha opinião sobre o que eles falavam. Mas a conversa foi praticamente sobre a família do Gaels. Ele ficou surpreso ao saber que minha mãe tinha trabalhado com seu pai.

– Bem – ele disse, certa hora – eu não tive um contato muito próximo com meu pai, eu morei bastante tempo com a minha avó, no interior. Foi só no ano que papai morreu que eu vim morar em Curitiba.

– Seu pai era um homem excepcional – minha mãe disse, com tato.

A conversa se demorou no Sr. Otavio e das poucas vezes que o Gabriel falou sobre o pai, notei duas coisas: magoa e saudade.

Eram quase 19h quando Giza entrou na sala e avisou que o jantar estava pronto.

– Gabriel, podemos comer quando você quiser – disse minha mãe.

– Ah, então vamos – ele disse. – Eu não quero chegar tarde em casa.

Algo me diz que você nem vai..., pensei.

O jantar transcorreu perfeitamente bem e comemos macarrão ao molho branco com champignon, fricassê de frango e purê de batatas.

Gabriel comeu um pouco de cada, coisa mínima, o suficiente para não fazer desfeita e assim que eu terminei pedi licença a minha mãe e levei-o até meu quarto.

– Tudo bem, Vic – ela disse. – Eu vou para casa da sua avó, está bem?

– Tudo – disse. – Dê um beijo na vó por mim...

Dei um beijo nela e o Gabriel também, e em seguida subimos. Assim que entramos liguei o som, ele estava sintonizado na Lumen FM e tocava *Candy*, do Paolo Nutini.

Oh, darling I'll kiss your eyes
And lay you down on your rug
Just give me some candy
After my hug

Ele foi até a janela e abriu as cortinas. A lua estava cheia e meio dourada, rodeada por estrelas. Ele se virou para mim e sorriu docemente.

– Sua mãe é maravilhosa – ele disse.

– Então você aprovou a sua sogra? – eu perguntei, me aproximando.

Eu peguei sua mão e o puxei para um abraço e nesse momento começou tocar *At Last*, com Etta James.

At last my love has come along
My lonely days are over
And life is like a song

Fiz com que ele colocasse os braços em volta do meu pescoço e começamos a dançar, nossos corpos colados.

– Vitor, eu não sei dançar... – ele sussurrou.

– Tudo bem, suba nos meus pés – eu respondi e ele subiu.

Dançamos olhando nos olhos um do outro e ele sorriu quando a música chegou no *smile*, um sorriso doce, meigo e carente.

Um portão se abriu e tive certeza de que minha mãe finalmente tinha saído.

A música parou de tocar e eu o beijei e lembrei-me do gosto da Coca-Cola, caminhei até a cama e quando a senti logo atrás de mim, peguei o Gabriel no colo e o fiz deitar. Tirei minha camiseta e me deitei ao seu lado.

Travis, começou a tocar, cantando *Closer*.

I've had enough, of this parade.
I'm thinking of, the words to say.
We open up, unfinished parts,
Broken up, its so mellow.

Sua boca veio direto na minha e ele me beijou como na noite da festa, com vontade, com desespero, com tesão. Tirei sua blusa e sua camiseta e abri o botão do seu jeans. Beijei seu pescoço, seu peito e sua barriga e fui descendo.

Ele segurava firme nos meus cabelos e antes que eu pudesse prosseguir ele me puxou para cima. Suas mãos correram para o botão do meu jeans e em segundos ele tirou-a junto com a cueca; fiz o mesmo com o seu jeans e com a sua cueca. Era a primeira vez que eu o via totalmente nu, mas ele se encolheu e colocou a mão sobre o pau.

Por causa do clima, demorei para perceber o que estava acontecendo...

– Hey, hey... – eu disse, me sentando ao seu lado e passando meu braço a sua volta. – Você não precisa ter vergonha.

– Não é só isso, Vitor – ele disse, tímido e sua voz virou um sussurro. – Eu estou com medo.

– Eu já te disse, Gaels – respondi. – Não precisamos fazer nada do que você não queira...

Ele levantou da cama, foi até a janela e se abraçou, virou-se para mim, ainda protegendo o pau com uma mão apenas. Ele era lisinho, sem nenhum pelo, seu abdômen era definidinho, mas ele era magro, bem magro. – *Se eu apertar ele muito forte eu talvez o quebre* – pensei comigo.

Levantei da cama também e fui até ele. Eu estava complemente nu – apenas de meia – e estava extremamente excitado. Peguei uma de suas mãos e depois a outra; caminhando para trás o fiz voltar para cama.

Deitamos na cama e eu o deixei ficar por cima de modo que pude senti-lo inteiramente. Ele me beijou novamente, mas agora com mais calma, com mais sentimento e enquanto nós nos beijávamos eu pude curtir seu corpo. Passei minhas mãos por suas costas e fui descendo lentamente para sentir as curvas do seu corpo; cheguei a sua bunda – pequena – e cada uma das nádegas cabia em cada uma das minhas mãos perfeitamente, porém, seus ombros eram largos; ele tinha o porte físico de um nadador.

– Espero que você entenda – ele disse, assim que paramos de nos beijar.

Ele deixou o corpo cair ao lado do meu corpo e ficou com a cabeça no meu peito.

– Claro que entendo – eu respondi – mas para você me fazer esquecer isso, vai ter que dormir comigo essa noite.

Ele riu.

– Só se você trazer o meu café na cama amanhã – ele disse.

Ficamos conversando até tarde da noite e conversamos sobre muitas coisas, ele sempre me perguntando coisas da minha família, querendo saber como era meu relacionamento com meu pai, como foi tudo quando minha mãe descobriu que eu gostava de garotos.

– Posso te contar um segredo? – ele disse.

– Claro! – eu disse e encarei seus olhos. – Você pode me contar o que quiser, meu amor!

Ele sorriu.

– Eu não conheci meu pai muito bem – ele começou, lentamente. – Quando eu voltei a morar com meus pais... bem, era só eu naquela casa, sempre foi. Minha mãe estudava e trabalhava o dia todo e papai morava no trabalho, raramente eu via ele me casa.

Ele fez uma pausa, respirou fundo e continuou.

– Desde que ele morreu, eu venho tendo um sonho, o mesmo sonho sempre – sua voz era quase um sussurro.

– Que sonho?

– É um chalé, no meio de um bosque ou floresta e eu estou procurando alguém, vou a cada parte do chalé, minha vida depende de encontrar alguém... e eu encontro a pessoa, ela está sempre sentada num escritório, há uma parede cheia de livros e uma janela enorme que dá para um mar de tulipas vermelhas... Mas quando eu chego perto da pessoa, à primeira coisa que eu vejo são as mãos; só que se eu olhar para o rosto, eu não consigo ver o rosto e então acordo... mas as mãos que eu vejo são iguais as do meu pai...

– E isso te assusta?

– Eu acho que sim – ele disse. – Eu sempre acordo assustado, com um pouco de náusea e tem vezes que eu tenho medo de dormir por que posso sonhar com isso.

– Credo, Gaels – eu disse, impressionado. – Você já contou isso para mais alguém?

– Não gosto de falar disso.

– Nem com sua mãe?

– Contei para Dra. Carina – ele disse, dando de ombros. – Ela disse que isso pode ser apenas uma representação do meu subconsciente.

– Quem é Dra. Carina?

– É a sócia da minha mãe no consultório – ele respondeu e suspirou. – De qualquer forma é só um sonho.

– Um sonho que te assusta – observei.

– Mas é só um sonho – ele disse, sendo o prepotente Gabriel de sempre.

Ficamos em silêncio por um longo tempo e meu pensamento voou; e claro que o Gabriel estava nele. Ele acabara de me dizer coisas que havia dito apenas para uma médica. Nem sua mãe sabia disso. Me senti tão importante naquele momento que precisei sorrir.

O Gabriel se mexeu e olhei para baixo, percebendo que ele havia cochilado.

115

XIII

Feridas

Ele dormiu abraçado a um travesseiro, mas sua cabeça estava no meu braço e eu fiz o possível para não o acordar ao tirar meu braço daquela posição. Estávamos suados, pois dormimos a noite toda grudados um no outro.

Quando tirei meu braço, ele se mexeu, virou de bruços e continuou a dormir.

Ainda com todo o cuidado para não fazer barulho, fui para o banheiro tomar um banho. Eu tinha acordado mega excitado e precisava extravasar de alguma forma, uma vez que de novo não tinha rolado nada com ele.

Uma parte de mim, a minha melhor parte, entendia o que estava se passando com ele. Era um conflito de sentimentos, é sempre assim a autodescoberta, mas a outra parte, a parte que sempre me levou a fazer coisas que eu nunca quis fazer, me dizia que aquilo não deveria ser assim.

Eu não queria fazer sexo com ele, eu queria fazer amor.

A porta do banheiro se abriu e ele entrou, enrolado no cobertor.

– Será que eu posso tomar banho com você? – ele perguntou, timidamente.

Eu abri a porta do boxe e estendi minha mão para ele e ele, deixando o edredom cair, entrou completamente nu e também excitado. Puxei-o diretamente para junto do meu corpo, abracei ele com força e o beijei com vontade, com toda a minha vontade.

Ele correspondeu e sua mão desceu para o meu pau, senti um tesão imenso quando sua mão começou a massageá-lo com leveza. Precisei até parar o beijo para respirar.

– Se você quiser – ele disse, o cabelo molhado escorrendo pelo rosto – eu paro.

– Não, meu amor – eu disse. – Está ótimo assim.

Continuamos de onde paramos, mas enquanto ele me masturbava, sua mão esquerda vasculhava cada parte do meu corpo e ele não se esqueceu de nada. Foi estranho sentir sua mão passar e apertar minha bunda, mas isso não diminuiu meu tesão, pelo contrário, só fez aumentar e aumentou ainda mais quando ele começou a me masturbar com mais força.

Encostei-me na parece e deixei ele continuar e ele continuou; ele ainda beijava meu peito, passando a língua por todo o meu abdômen e peito... Gozei quando sua língua se demorou no meu mamilo direito, um jato de porra lambuzou sua mão e nossas barrigas.

Ele me abraçou e ficamos assim por um tempo, a água do chuveiro escorrendo pelos nossos corpos, mas eu ainda queria retribuir o que ele acabara de fazer, então, virei seu corpo com carinho, deixando ele ainda encostado ao meu.

O jato do chuveiro caía em seu peito e enquanto eu o masturbava, ele passava as mãos pelas minhas coxas, fazendo um movimento leve com a cintura e esfregando sua bunda no meu pau.

— Não segure — eu disse, em seu ouvido, quando percebi que ele estava retardando o clímax.

Ele gozou também, com um leve gemido e seu corpo relaxou.

Tomamos banho e voltamos para cama, ficamos namorando sob as cobertas, pois o dia estava frio; era um dia feito para você ficar em casa, sem sair da cama. Porém, não demorou muito para ele adormecer novamente.

Quando percebi que ele dormia, levantei e desci para cozinha. Preparei um café da manhã bem gostoso com a ajuda da Giza. Ela fez o café — por que eu sou péssimo para isso — enquanto eu fazia os sanduíches e torradas; cortei dois pedaços grandes de uma torta que minha mãe havia feito na tarde anterior.

Quando eu subi, esperava encontrá-lo ainda dormindo, mas ele já estava acordado e apesar do frio ele estava sentado na janela, olhando para fora distraidamente. Ele vestia uma das minhas camisas sociais e sua cueca branca; parecia que ele estava usando uma camisola. Ele estava engraçado e ao mesmo tempo lindo e sexy daquele jeito.

— Eu conheço essa camisa — eu disse e ele me olhou.

Ele se olhou.

— Ah, desculpe — ele disse, sorrindo. — Eu queria ver a diferença entre nós dois...

— Eu sou bem grandinho — eu disse, rindo. — Agora vem tomar café.

Eu sentei na poltrona e ele sentou-se no braço dela, colocando as pernas sobre meu colo.

— Você faz isso de propósito, não é? — ele perguntou, me dando um beijo no rosto. — Você quer que eu me apaixone por você.

— Eu achei que você já estava apaixonado por mim — eu disse, sorrindo maliciosamente.

— O que você acha?

– Eu acho que você me ama.

– Eu posso mentir muito bem – ele disse, visivelmente me provocando.

Encarei aqueles olhos verdes tão vivos e tão maliciosos, puxei ele e o fiz deitar no meu colo, beijei cada parte do seu rosto, deixando sua boca por último.

– E agora?

– Acho que estou em dúvida... – ele disse, fazendo uma careta.

Beijei ele de novo, fazendo minha língua brincar com a sua.

– E agora?

– Ah, eu não sei...

Não o deixei responder, beijei ele mais uma vez, mas enfiei a minha mão na sua cueca e percebi que ele estava excitado.

– Oh, Deus! – ele sussurrou, de olhos fechados. – Eu estou apaixonado por você como um idiota!

Eu me senti a pessoa mais feliz do mundo ao ouvir aquilo.

♠

A segunda-feira começou normalmente, como sempre.

Minha mãe voltou da casa da minha avó no dia anterior, quase no começo da noite. Conversamos sobre nossas noites tomando café da manhã, antes de sair para trabalhar. Falamos de amor, de amizade, do passado.

– E o que você pretende fazer agora? – ela perguntou, certo momento.

– Não sei ao certo – respondi. – Vou deixar as coisas rolarem, mãe, não quero pressionar nada com o Gabriel, ele me parece o tipo de pessoa que tem seu tempo, que não se deve pressionar.

– Ele é o tipo de pessoa que deve se levar a sério – ela respondeu. – Você já percebeu o quão forte é a personalidade dele? Eu acho que ele deve ser uma muralha, apensar da idade, o tipo de pessoa que não se conquista com palavras.

– Realmente ele não é.

– Filho, você gosta dele, né? – ela perguntou. – Você encontrou a pessoa certa para dizer o *eu te amo*, não é? É ele?

– Eu acho que é, mãe – respondi, pensando nele e sentindo o peito doer até. – Acho que é o Gabriel, sim.

Ela pôs sua mão sobre a minha.

– Então, se ele amar você também – ela disse, protetora – não deixe ele ir embora, porque pode ser difícil reconquistá-lo.

– Por que está dizendo isso?

– Porque não quero ver você sofrer – ela respondeu, sombriamente. – Uma mãe nunca gosta de ver o filho sofrer por qualquer motivo que seja.

Essa conversa me pareceu um tanto profética.

Cheguei ao Lobo e fui recebido no Jardim de Inverno por uma Armanda cuspindo fogo.

– Como foi que meu filho dormiu na sua casa e você não me avisa? – ela perguntou, amarga, assim que me viu. – Eu disse para você vigiar ele e não o levar para qualquer lugar!

– Ele não estava em qualquer lugar – respondi, ofendido. – Ele estava na minha casa, Armanda, comigo, com minha mãe e com o Prefº. Júlio e com a Prof.ª Ariane.

Eu já tinha combinado com o Gabriel, com o Júlio e com a Ariane essa mentira. E não, não me sinto orgulhoso disso.

– Isso não quer dizer que ele pode dormir fora – ela disse, meio constrangida. – Eu só estou dizendo isso porque fiquei preocupada quando cheguei de viagem e não o encontrei em casa.

– Armanda, estou de olho no Gabriel – eu disse, tranquilizando-a. – Estou de olho nele e sou amigo dele como você pediu.

Sou amigo dele – pensei. – Outra mentira. Olhei para o lado e vi uma pessoa que eu não queria ver.

– Bom dia! – disse a Carla, sorrindo para Armanda.

– Carla, tudo bem?! – perguntou a Armanda, indo até a menina e dando-lhe um beijo. – Você não veio com o Gabriel?

– Não, a gente tem se desencontrado nos últimos dias – ela respondeu e olhou para mim.

Seu olhar me causou um arrepio.

– Vitor, eu vou indo porque tem um casal de pais me esperando – disse a Armanda. – Continuamos essa conversa mais tarde, tudo bem?

Confirmei com a cabeça e comecei a andar, indo para sala dos professores.

– Então o Gabriel já está dormindo na sua casa? – perguntou a Carla, andando do meu lado.

– O que? – perguntei, distraído, não havia percebido que ela estava andando comigo.

Ela parou de andar quando chegamos à escada e eu me virei para ver se ela iria repetir a pergunta. Eu queria ter certeza do tom de voz que ela usara: ironia ou maldade?

– O que está rolando entre você e o Gabriel, professor? – ela perguntou, séria.

Outro arrepio e o leão rugiu dentro da minha barriga.

– Somos...

– Só amigos? – ela riu, um riso frio e triste. – Há algo mais que isso e eu acho que não quero acreditar no que já sei, mas diga para mim, *professor*, eu preciso saber.

– Nós estamos namorando – eu respondi com a verdade, uma frustração me invadindo e me amargando.

Ela deu um passo para trás e olhou para o lado, levou as mãos à boca e lagrimas silenciosas escorreram de seus olhos.

– Eu sabia que aquela não era só uma festa – ela disse, a voz embargada. – Lá na casa do professor Júlio, eu vi você levado ele para o quarto... o Prof.º. Júlio sabe?

Ela enxugou o rosto, já molhado de lágrimas

– Meu Deus, o Mau me avisou sobre isso...

– Carla, isso foi depois – eu disse, me aproximando dela, mas ela se afastou.

Me olhou com uma cara de nojo, de aversão.

– Eu preciso falar com ele – ela resmungou e antes que eu pudesse fazer ou dizer qualquer coisa ela saiu correndo.

Eu fiquei parado no lugar, sem me mexer, *Que droga fora aquilo? Por que merda eu fui dizer aquilo?* Bem, eu já tinha dito e era só esperar pelas consequências.

Senti que alguém colocava um peso enorme nos meus ombros e me lembrei das palavras da minha mãe. Elas me atingiram de uma maneira que o leão rugiu acuado dentro da minha barriga.

Era segunda-feira e o Gabriel não iria demorar para chegar.

Ele chegou atrasado, junto com a Carla, ela estava com os olhos vermelhos, mas o capuz da blusa escondia seu rosto. Eu estava falando da filosofia de Martinho Lutero e parei de falar quando meu olhou cruzou com o dele.

Continuamos a aula como se nada tivesse acontecido e quando o sinal tocou, eu juntei meu material e saí da sala. Achei melhor não falar com ele naquele momento, era melhor deixar as coisas se acalmarem.

Aquela manhã se arrastou de um jeito terrível para mim.

Eu estava saindo da sala no último tempo quando recebo um SMS dele, dizendo para encontrar no restaurante em que almoçamos juntos pela primeira vez. Tentei não correr, porque a ansiedade era gigante. Fiz o caminho para a sala dos professores contando os passos lentamente.

O restaurante era perto e por isso fui a pé. Escolhi a mesma mesa do primeiro dia e pedi um Guaraná com gelo e uma rodela de laranja.

Ele chegou um pouco depois; a bolsa transversal verde no ombro, óculos escuros e a blusa preta do uniforme amarrada à cintura.

— Desculpe a demora — ele disse, sentando a minha frente e chamando um garçom com a mão. — Minha mãe me segurou lá no Lobo, queria saber o que houve com a Carla, porque a Clara veio buscá-la.

Eu confirmei com a cabeça, deixando ele falar.

— Tudo bem? — ele perguntou, respirando fundo; percebi que ele estava absorvendo o que acontecera.

— Estou sim e você? – perguntei.

O garçom chegou à mesa ele pediu sua Coca, olhou rapidamente o cardápio e pediu um prato simples – bife, fritas, arroz e feijão – para nós dois.

— Eu estou bem — ele disse, depois que o garçom se afastou. – Desculpe, Vitor, mas por que você foi contar para Carla, *cara*?

Eu sabia que ele iria falar do que houve, seria muita pretensão a minha achar que ele não tocaria no assunto.

— Eu não sei... – admiti, mais frustrado ainda. – Eu estava conversando com a sua mãe e...

— Ela também me contou o que ouviu dessa conversa — ele disse e, como de costume, seu rosto não expressava nenhuma emoção.

— Foi bem por isso que acabei contando — eu disse, afirmando o que ele já sabia.
– Sua mãe ralhou comigo por você ter dormido na minha casa, me ofendi quando ela disse que minha casa era *qualquer lugar*, como se eu tivesse levando você a fazer uma coisa criminosa.

— Também não dá para dizer que o que estamos fazendo é certo — ele observou, parecendo irritado. – Mas você não acha que eu deveria saber disso tudo? E *por que* diabos você foi contar para Carla? Eu sei que uma hora ou outra as pessoas vão acabar desconfiando e até mesmo tendo certeza, mas ela é minha *ex*, essa parte da nossa relação sou eu quem tem que resolver.

O garçom voltou à mesa e nos serviu; ele abriu a lata de Coca com certa pressa, fazendo o líquido vazar. Ele sussurrou um merda, quase inaudivelmente e percebi que ele estava realmente chateado com aquilo tudo.

Ele bateu com a lata na mesa e algumas pessoas olharam para ele.

Mais uma vez ele respirou fundo.

– Eu só não queria que as coisas fossem assim – ele disse, olhando pela janela do restaurante, parecendo amargurado. – Eu tenho a impressão de que sempre pego o caminho mais difícil... com a minha mãe, com a Carla e com você, também!

– Gaels, meu amor... – eu disse, tentando afastar o pensamento de que ele terminaria comigo; segurei sua mão. – Eu não tive a intenção... fui muito infeliz na minha resposta para Carla...

Ele me olhou e apertou minha mão.

– Então vamos deixar uma coisa bem clara agora, Vitor – ele disse – nós não vamos mentir um para o outro, de maneira nenhuma e em nenhuma situação. Eu não quero que isso que a gente tem acabe por falta de confiança, ok?

– Prometo para você! – eu disse.

– E por favor, não me esconda nada – ele disse, com uma voz cansada. – Não me deixe descobrir tudo sozinho.

Pausa.

– Porque eu sempre descubro.

Terminamos de almoçar e nos despedimos em frente ao Lobo, eu ainda tinha mais cinco aulas até a noite.

♠

O Júlio foi embora comigo naquela tarde e no caminho até seu apartamento eu contei o que havia acontecido. Como era de se esperar sua reação não foi difícil de adivinhar. Ele ficou calado depois que terminei de contar.

– Acho que você fez errado, cara – ele disse, por fim, um pouco antes de chegarmos a seu apartamento. – A Carla é apaixonada por ele e eles sempre tiveram um lance, podiam brigar, mas a coisa era meio que séria.

– Você acha que ele pode gostar dela? – perguntei.

– Claro que pode – ele respondeu. – Mas isso não quer dizer que ele não goste de você. Vitor, ele está com você e isso prova que ele está a fim é de você.

– Eu sei disso...

– Pelo que eu sei, os dois, meio que foram criados juntos – acrescentou o Júlio, quando eu estacionava em frente ao seu prédio. – Mas não se preocupe com ele, se preocupe com ela, afinal ela já está sabendo a verdade e ainda deve gostar do Gabriel.

– Eu sei...

– Vou fazer um jantar na sexta – ele disse. – Só para amigos, vem e trás o Gabriel para conhecer a galera.

– Vou conversar com ele – eu disse.

Como de costume, esperei o Gabriel me ligar, ele sempre ligava depois que eu saía da escola. Mas naquele dia ele não ligou, não mandou SMS e estava *off* no WhatsApp, Instagram e Facebook.

XIV

Sublime

Ele também não foi para aula na terça na quarta e nem na quinta-feira; isso me deixou com os nervos a flor da pele. Ele estava me judiando com aquele silêncio. Já era quinta-feira e eu estava saindo do Lobo, no final da tarde, quando meu celular tocou.

– Oi – ele disse. – Tudo bem?

– Amor, você sumiu – eu disse e pareceu que meu coração voltou a bater normalmente, sem o aperto daqueles três dias. – Eu fiquei tão preocupado...

– Desculpe, Vitor – ele disse e sua voz parecia cansada. – Eu viajei para casa da minha avó e me esqueci de te avisar. Ela mora num rancho e ainda não funciona celular.

– Está tudo bem?

– Agora está – ele disse. – Minha avó quase enfartou, mas graças a Deus, já está tudo bem. Mas eu não liguei para falar disso.

– Ah, que bom, Gaels – eu disse. – Mas aconteceu alguma coisa?

– Vem me buscar, Vitor – ele disse. – Vem me buscar e a gente conversa.

Ele me esperava na entrada do condomínio, começava a chover quando eu cheguei então ele correu para o carro assim que me viu. Um vento gelado entrou com ele no carro. Ele vestia uma blusa branca em que o zíper se fechava até o pescoço, o cabelo meio molhado fazia mechas que não paravam de cair em seus olhos.

– Oi – ele disse, passando a mão pelo rosto. – Tudo bem?

– Está – respondi e me aproximei para beijá-lo e trocamos um selinho. – Estou preocupado com você.

– Não precisa – ele disse, friamente. – Estou bem, como você pode ver.

Engoli em seco, fazia muito tempo que ele não me tratava assim.

– Onde você quer ir?

– Qualquer lugar longe daqui – ele disse, um tanto quanto amargo.

Nós não conversamos, eu apenas dirigia. Ele olhava pela janela, enquanto a chuva tamborilava no vidro.

Já havia escurecido quando entrei no Shopping Palladium e estacionei o carro no estacionamento externo.

– Por que paramos aqui? – ele perguntou.

– Por que eu preciso saber o que está havendo – respondi. – Estou preocupado com você, com o que eu fiz e não estou gostando disso.

Ele riu, sarcástico.

– O que você fez – ele repetiu, amargurado.

Ele ainda olhava pela janela, para fora do carro.

– Eu sempre soube que a Carla gostava de mim, mas não que me amava. Ela nunca deu motivos para eu achar isso – ele se virou para mim. – Foi tão ruim conversar com ela, Vitor, você não tem noção de como eu estou me sentindo péssimo.

Não pude dizer nada, ele me pegou desprevenido.

– Ela me disse que estava com a sensação de que não era mulher suficiente – ele continuou. – Meu Deus, ela é maravilhosa, ela é linda... foi com ela que...

Ele virou o rosto para mim.

– Era com ela que eu sempre achei que ia casar – ele disse. – Eu sempre consegui ver a minha família sendo feita ao lado dela e então você chegou e tudo mudou... e... agora...

– Meu amor, eu...

– Por favor, fica quieto que eu não terminei, Vitor! – ele ralhou e passou as mãos no rosto. – Está sendo mais difícil do que eu pensava e eu não estou sabendo lidar com isso. Estou me sentindo horrível, com nojo de mim mesmo... Definitivamente a Carla não merecia isso e nem eu e nem você.

Desviei o olho para o lado de fora do carro, um angustia amorteceu meu coração e um nó se fez na minha garganta.

– Vou entender se você quiser terminar – eu disse e não sei como a minha voz saiu.

– Mas eu não quero terminar – ele disse e percebi que ele estava chorando. – Eu não quero que você saia da minha vida... eu não quero que você vá embora...

Eu me virei para ele e o puxei para meus braços.

– Eu te amo, Gaels! – disse, quase caindo sobre a marcha. – Eu te amo tanto!

Eu não sabia o porquê estava dizendo aquilo, só sabia que era verdade e queria que ele soubesse, enfim, também.

Nos beijamo e dessa vez seu beijo tinha o gosto salgado de suas lágrimas.

Tudo é sempre mais intenso com o Gabriel, acho que isso é por ele ser leonino, apesar de eu não ser muito fã dessas coisas de astrologia. As coisas nunca são só o que devem ser, há sempre um significado maior, um motivo maior e se sua vida fosse um filme, eu chamaria de *drama*.

Continuamos a conversar naquela noite e ele me contou que o seu irmão, o Maurício, estava desconfiado do que havia entre nós. Maurício havia colocado ele na parede e perguntado diretamente o porquê de estarmos tendo uma amizade tão *próxima*.

– Mas é claro que eu disse que você era como um irmão para mim – ele acrescentara. – Isso é uma coisa que eu não acho importante o Maurício saber. Não é da conta dele quem beijo na boca e com quem eu faço sexo.

Eu, por outro lado, evitei deixar transparecer qualquer reação, pois acima de tudo o Maurício era irmão dele e eu não iria permitir que ele fosse contra a família por minha causa. Mesmo eu sabendo que o Maurício não gostava de mim pelo fato de saber que eu era bissexual. Sua visão era machista e preconceituosa e ele fora um dos meus carrascos na escola.

Desde o triste dia em que o pai do Danilo fizera o favor de nos entregar para escola toda na minha adolescência, o Maurício e sua turma de amigos tentaram fazer da minha vida um inferno. Houve momentos em que eu achei que eles iriam conseguir, mas meu espírito sempre se recuperava no final.

E o destino, talvez, seria muito cruel comigo – e com Gabriel também – se mais uma vez o Maurício fosse responsável por qualquer infelicidade que pudesse causar, principalmente porque agora quem tinha roubado meu coração era o irmão dele.

– O Júlio vai fazer uma social amanhã à noite – eu disse, mudando de assunto; tentando desesperadamente quebrar o silêncio que caiu entre nós. – Ele nos convidou para ir, o que você acha?

– Vamos – ele disse, prontamente. – Eu estou precisando me divertir.

– Mesmo?

– Claro, por que não?

– Bem, vai ter outros casais de gays lá, provavelmente.

– Como se eu já não tivesse visto – ele disse, sorrindo para mim.

Ele desviou o olhar.

– Na verdade eu queria passar com você essa noite – ele disse – mas eu tenho que voltar para casa, minha mãe já deve ter notado meu sumiço.

♠

Combinamos que na sexta-feira ele ficaria na escola até eu poder sair e iríamos para minha casa logo em seguida. Porém, insisti que ele contasse a Armanda onde ele estaria e com quem, para que não houvesse nenhum problema posteriormente.

Relutantemente ele fez e na minha frente. Armanda consentiu feliz, mas deu aquela aula sobre cuidado com bebida, com cigarro, com hora de dormir e tudo o mais.

Mas um pouco antes de eu liberar a última turma daquela sexta-feira, a Armanda bateu a porta da minha sala e pediu licença para conversar comigo em particular.

— Aconteceu alguma coisa? – perguntei, assim que saímos no corredor, em frente a sala de aula.

— Não – ela disse, sorrindo. – Graças a Deus está tudo bem, eu só quero conversar sobre esse passeio do meu filho com você esta noite.

— Não é um passeio – eu disse, corrigindo-a. – É um encontro de amigos, vai ser no apartamento do Júlio e a Ariane vai estar lá, também.

Vi nos olhos dela que aquilo a deixava mais relaxada e soube que ela sentia algum receio por ele sair comigo.

— Eu só queria que você não deixasse ele beber – ela disse, cruzando as mãos. – Ficasse de olho para não acontecer...

— Armanda, ele vai estar entre amigos – eu disse, interrompendo-a.

Ele me encarou em silêncio por um instante.

— Está bem – ela disse, por fim. – Eu só estou preocupada por que é a primeira vez que ele sai para uma festa *assim*. É coisa de mãe por não conhecer as pessoas com quem ele vai se encontrar.

— Bem, você tem o meu numero de celular – eu disse. – Qualquer coisa é só ligar.

Intimamente rezei para que ela não ligasse de maneira nenhuma.

Minha mãe tinha acabado de sair quando chegamos à minha casa. Ela precisou sair às pressas para tratar de um pedido de habeas corpus para um figurão de Curitiba.

— Gosto de Direito – ele disse, quando ouviu sobre o *habeas corpus*. – Acho que quero ser advogado.

— Tem mais alguma opção para o vestibular?

— Tenho – ele disse. – Medicina, óbvio. Mas Arquitetura e Psicologia são minhas segundas opções.

— Você fez UP e passou com louvor em Psicologia – observei.

— Mas infelizmente não posso cursar, né?

Como a Giza sabia que horas eu chegava em casa, o café estava pronto e o tomamos com sossego na cozinha, conversando ainda sobre vestibular.

Em seguida subimos e quando entramos no meu quarto e fechei a porta – com a chave – o agarrei pela cintura, beijando seu pescoço inteiro. Ele se virou e me beijou vorazmente, e suas mãos foram para os botões da minha camisa.

– *Tira...* – ele sussurrou, passando dos botões da camisa para o cinto e o jeans.

Fiz o que ele pediu, sem nem pensar no que estava fazendo e tirei a camisa enquanto ele me despia da cintura para baixo.

Assim que fiquei nu na sua frente ele deu um passo para trás e ficou me olhando por um instante, os olhos brilhando, um sorriso maroto nos cantos da boca carnuda.

– Você é lindo – ele disse.

Então tirou a camiseta, a calça, a cueca.

Peguei em sua mão estendida e fomos para o banheiro, ele abriu a porta do boxe e ligou o chuveiro. Entrei logo em seguida e fui logo beijando seu pescoço, seus ombros; ele apoiou as duas mãos na parede, a água escorria por seu corpo e aquela visão me deixou tão excitado que eu poderia gozar ao mínimo toque dele.

O abracei por trás e levei minha mão ao seu pau que já estava duro feito uma pedra. Sua bundinha branquinha encaixou no meu pau perfeitamente e eu fazia um leve movimento de vai e vem, só passando meu pau na sua bunda, enquanto masturbava-o. Mas, de repente, ele segurou a minha mão e virou-se para mim.

– Eu não quero assim – ele disse.

Eu parei, estático.

Por um momento eu achei que iríamos parar só depois. Mas enquanto eu estava ali, pensando naquela situação, ele começou a passar o sabonete por todo o meu corpo e logo aquela frustração deu lugar a um prazer melhor do que qualquer outro possível.

– Eu sei o que você quer – ele disse sério, passando o sabonete com as duas mãos no meu pau. – E eu também quero, mas não sei se vou conseguir.

Levemente ele me masturbava e eu podia sentir a sutileza das suas intenções.

– A gente não precisa...

– O sexo é cinquenta por cento e uma relação, Vitor – ele disse, sorrindo. – E uma relação precisa de sexo.

Eu gozei em suas mãos; ele me abraçou em seguida e ficamos alguns minutos assim, com a água do chuveiro caindo e caindo.

♠

Chegamos ao apartamento do Júlio por volta das 22h e 30min. e a festa já tinha começado. Algumas pessoas já estavam até bêbadas, mas apesar disso o clima era descontraído e animado.

O Gaels logo fez amizade com uma amiga da Ariane e os dois se recolheram num canto e ficaram conversando a noite toda sobre literatura e cinema, um papo muito culto que eu até me surpreendi, pois nunca pensei que ele tinha todo aquele conhecimento.

Eram quase 2h quando um casal de amigos se desentendeu. Rolou uma baixaria daquelas que estragam festas. Como sempre, o barraqueiro da turma, o Luis, brigou com uma amiga da Ariane por causa de uma Smirnoff.

No meio daquela discussão o Gabriel levantou e jogou em cima da mesa uma nota de R$10.

– Não que eu beba – ele disse, ao Luis – mas acho que com isso você consegue comprar duas garrafas.

Virou-se para mim.

– Vamos, Vitor – ele disse, seco. – A festa já acabou.

Luis fez menção de falar alguma coisa, mas o Júlio o interrompeu.

– Lu, ele é filho da Prof.ª Armanda – alertou.

Para o desgosto do Luis ele tinha acabado de queimar o próprio filme, uma vez que ele tinha feito uma entrevista com a Armanda para ocupar o cargo de professor de Artes do Lobo. Se eu bem podia desconfiar, o Gabriel iria com certeza comentar com a mãe o que havia acontecido caso soubesse que o Luis tinha pretensão de trabalhar no Lobo.

– Júlio, acho melhor eu ir – eu disse, vendo o Gabriel já a porta, me esperando.

– Tudo bem – ele disse, muito constrangido, seu olhar era de cortar o coração. – A gente conversa amanhã, Vic.

O Gabriel me esperava com a porta do elevador aberta e sua cara era enfezada.

– Que cara mais sem noção, Vitor! – ele ralhou, assim que a porta se fechou. – Ofender a moça por causa de Smirnoff?

– Eu não ouvi o que ele disse...

– Ele chamou ela de pobre – ele disse, amargo. – Ela estuda na UP! Já viu pobre estudar na UP?

– Amor, relaxe! – eu disse, abraçando-o por trás e beijando-o no rosto. – Vamos comer algo antes de ir para casa?

– Quero pizza! – ele disse. – Eu sei onde tem um *delivery* aqui perto...

O delivery ficava há algumas quadras do Shopping Estação e esperamos cerca de vinte minutos pela pizza até ficar pronta e podermos partir.

Chegamos em casa e entramos sem fazer barulho, indo direto para cozinha. Pegamos copo, pratos e talher e em seguida subimos para o meu quarto.

Estava fria aquela noite e quando deitamos, deitamos de conchinha e ele logo adormeceu, aninhando-se em mim feito uma criança de colo.

Na manhã seguinte eu acordei meio dolorido, pois não havia mudado de posição nenhuma vez durante a noite. Ele resmungou quando tirei meu braço de sob a sua cabeça, mas não acordou.

Olhei no relógio e eram 9h da manhã.

Desci para cozinha levando as louças e talheres sujos e só retornei quando terminei de preparar uma bandeja de café da manhã para nós dois.

Ele ainda dormia quando retornei ao quarto, de uma forma angelical; era aquele sono que você observa a pessoa dormir e sente uma imensa paz, porque a pessoa está em paz...

Coloquei a bandeja na escrivaninha e me deitei ao seu lado e então beijei seus lábios, mas ele não se moveu, beijei de novo e de novo e ainda uma terceira vez, até que ele finalmente abriu os olhos.

– Bom dia, amor! – eu disse e ele sorriu.

– Eu gosto quando você me chama de amor – ele disse, colocando a mão na frente da boca. – Estou com mal hálito... – acrescentou, pulando da cama e indo até a mochila com as suas coisas.

Ele foi até o banheiro e voltou após escovar os dentes. Ele vestia apenas uma cueca preta.

– Pronto! – disse. – Melhor assim...

Ele sentou na cama, com as pernas cruzadas, e tomou do achocolatado que eu trouxe. Tomamos o café rapidamente e afastei a bandeja do café mais uma vez.

Quando me voltei para cama ele estava atrás de mim, em pé e estava sem a cueca.

Sua língua passou pelo lábio inferior de modo provocativo.

– Gabriel – sussurrei.

– Vitor – ele disse e ergueu uma das sobrancelhas.

O gosto do seu beijo era de Nescau agora.

Me deitei na cama e ele subiu em cima de mim, eu também já estava nu e sentia um tesão enorme. Ele começou a beijar meu pescoço, depois foi descendo para o meu peito, mamilos, barriga, umbigo, virilha e achei que ele iria fazer um oral, mas ele voltou a subir.

Mas eu faria oral nele sem problemas e o fiz deitar na cama e comecei a fazer o mesmo caminho que sua boca percorrera no meu corpo. Porém, ele riu, quase gargalhou; um som doce para mim.

– O que foi? – perguntei, atrapalhado.

– Sua barba... – ele disse, mordendo o lábio. – Está fazendo cócegas...

Eu voltei a beijá-lo e percebi que conforme ia descendo minha barba fazia riscos vermelhos em sua pele fina e branca.

Ao chegar lá embaixo, eu comecei a lamber suas bolas e então subi com a língua até a cabeça do seu pau que naquele momento já estava todo babado.

Ele gemia baixinho, soando quase como um ronronar. Seu corpo se contorcia e vibrava, mas eu não parei; ele tentou me afastar e mesmo assim eu continuei até que ele gozou na minha boca.

Era a primeira vez que eu fazia aquilo. Eu tinha feito oral em poucos homens e nunca deixei que nenhum deles gozasse na minha boca. Mas achei que com ele valeria à pena.

Seu corpo relaxou e ele se largou sobre a cama os braços abertos e olhava fixamente para o teto.

– Eu não acredito que você fez aquilo... – ele disse.

– Eu queria saber qual era o seu verdadeiro *sabor* – eu disse, com a primeira coisa que me veio à cabeça.

Deitei-me ao seu lado, ainda excitado.

– E que gosto eu tenho? – ele perguntou, seu olhar ainda fixo no teto.

– Tem gosto de Coca-Cola – eu disse e ele me olhou.

Então riu.

– Em geral me lembro do gosto de uma Coca quando te beijo – eu disse, sendo sincero e abraçando-o com força. – Ah, Gaels, eu gosto tanto de você!

Ele virou as costas para mim de modo que ficamos de conchinha de novo.

– Tá sentindo? – perguntei. – Tá sentindo como eu to a fim de você?

– Podemos continuar, eu acho – ele disse, depois de um momento de silêncio.

Eu não disse nada, pensei que poderia estar forçando algo com ele.

– Mas se você não quiser...

– Eu quero... – ele disse, ansioso e se virou para mim, me encarando com aqueles olhos verdes que pareciam dois enormes sóis. – Eu quero sim, mas estou com medo...

Eu me levantei e fui até o som. Liguei-o.

I need another story
Something to get off my chest
My life gets kind of boring
Need something that I can't confe

OneRepublic cantando *Secrets* preencheu o quarto enquanto eu fui até o guarda-roupa para pegar camisinhas e lubrificante.

Voltei para cama e entreguei os preservativos para ele.

– Escolha... – eu disse, gentilmente.

Ele escolheu uma, ainda com certo receio.

– Quer pôr? – eu perguntei.

Ele rasgou o pacote com os dentes e se aproximou de mim para por a camisinha no meu pau. Cuidadosamente ele vestiu meu pau com a camisinha e depois voltou a deitar e ironicamente Maná, com *Lábios Compartidos* começou a tocar.

Amor mío
Si estoy debajo del vaivén de tus piernas
Si estoy hundido en un vaivén de caderas
Esto es el cielo, es mi cielo.

Passei o KY na sua bunda e me deitei atrás dele, encaixando meu corpo no seu. Ajeitei sua perna mais para cima, fazendo-o ficar quase na posição fetal.

Lentamente fui penetrando meu pau nele, beijando-o a todo instante, para que ele pudesse sentir o meu amor, o meu carinho.

Mesmo com o tesão a flor da pele, não forcei nada, deixei o seu corpo se acostumar, deixei ele se acostumar. Na medida em que a penetração se dava, ele ia se encaixando em mim e então ele segurou a minha mão e entendi que eu podia seguir em frente.

Comecei o vai e vem bem lenta e suavemente, ele não gemia, respirava alto e se masturbava.

Alguns minutos depois eu parei, para evitar de gozar, então, fiz ele deitar com a cintura sobre dois travesseiros e depois penetrei novamente com suas pernas já em volta da minha cintura.

— Eu vou gozar de novo — ele disse, ao meu ouvido, num sussurro.

Aquilo deve ter ativado algo dentro de mim, por que senti o ápice do clímax chegar para mim também. Ele gozou sem estar se masturbando, suas unhas estavam cravadas nas minhas costas e ver ele sentir aquele prazer me fez gozar também.

Estávamos exaustos no final, eu por ir lentamente demais e ele por ser sua primeira vez como passivo.

— Preciso de um banho — ele disse, assim que eu escorreguei ao seu lado, na cama. — Precisamos de um banho, Vitor.

Ele levantou e me estendeu a mão, segurei-a e fomos ao banheiro.

Lá, eu liguei o chuveiro ele me abraçou por trás, pegou o sabonete e passou por todo o meu corpo, quando chegou ao meu pau, começou a me masturbar novamente.

Pela porta aberta do banheiro, Zayn começava a cantar *Dusk Till Dawn*.

Not tryna be indie
Not tryna be cool
Just tryna be in this
Tell me, are you too?

Enquanto me masturbava, ele me beijava nas costas e me dava leves mordidinhas; eu coloquei as duas mãos na parede e fiz um enorme esforço para protelar o clímax, mas ele fazia aquilo com tanta delicadeza e combinado com água do chuveiro caindo nas minhas costas, gozei novamente.

Me virei para ele e encostei o corpo na parede gelada, encarando seus olhos verdes.

— Eu te amo, Gaels — eu disse, com o coração aberto. — Eu te amo muito.

XV

Consequências

Eu havia dito que o amava e ele não disse o mesmo, mas me abraçou bem forte. Ele não era de palavras, era de gestos. Eu já tinha notado isso nele, mas por um nano segundo achei e realmente quis que ele dissesse que me amava.

Só mais tarde fui entender a sua visão sobre amor.

Terminamos o sábado com um jantar em um restaurante japonês, o Taisho Restaurante. O inverno já vinha dando lugar a primavera e o mês de setembro dava lugar para outubro.

As pessoas começavam a deixar as roupas pesadas de lado e passavam a usar coisas mais leves e cores mais animadas. Naquela noite, por exemplo, havia muitas pessoas bonitas e elegantes. Confesso que comer peixe cru nunca foi minha comida predileta, mas o Gaels gostava do restaurante e percebi que era um cliente assíduo do lugar.

Fomos recepcionados por um garçom bonito demais para o meu gosto e intimo demais do Gabriel, deveras não gostei e ele percebeu isso e para o meu desgosto tanto o garçom quanto Gaels trataram-se com demasiada cortesia, demasiada educação, demasiados risos.

– O que foi, Vitor? – ele me perguntou. – Não me vai dizer que está com ciúmes do Beto?

– Você sabe até o nome dele, Gabriel. – respondi, amargo.

– Ele só está fazendo o trabalho dele, Vitor – ele respondeu, seu sorriso sumindo do rosto.

– Desculpe – eu disse, me sentindo ridículo por aquilo. – Eu só não gostei disso... Me sinto no direito de sentir ciúmes de você.

– Não precisa sentir ciúmes – ele disse, sorrindo quando o garçom nos serviu com uma pequena barca de peixe e polvo cru, alface, tomate, picles, sushi e outras coisas que eu nem lembro o nome.

O garçom encheu nossos copos e saiu.

– Realmente você não precisa – ele disse. – Foi com você que eu dormi noite passada e vai ser com você que vou dormir esta noite.

– Eu só tenho medo, Gaels – eu disse – que outra pessoa se aproxime demais de você.

– Se essa pessoa for um homem – ele disse, manejando aqueles palitos de comer perfeitamente – você não precisa ter medo, já me basta você.

– Como assim?

Gabriel baixou os palitos no prato e me olhou seriamente.

– Não tem espaço na minha vida para mais um homem – ele disse. – O primeiro deles foi meu pai, o segundo é o meu irmão... E o último é você.

Um alívio bateu em mim.

– Você me ama? – eu perguntei, com uma vontade de empurrar aquela mesa para o lado e beijá-lo ali mesmo.

Ele olhou para o lado, para mesa do casal hétero que estava ao lado.

– Não tenho certeza disso – ele disse, escolhendo as palavras. – Eu gosto tanto de você que não vejo você fora da minha vida. Não sei se é amor, mas estou procurando saber. Porém, não espere que eu diga *eu te amo* o tempo todo para você, eu não costumo fazer isso, porque levo o amor a sério.

Eu segurei sua mão e ele sorriu para mim.

♠

Chegamos a minha casa eram quase 2h da manhã, havíamos prolongado a noite num barzinho: o James. O lugar era agradável, a música era boa e o clima era delicioso.

Havíamos dançado tanto e não nos desgrudamos a noite inteira.

Subimos as escadas de casa entre beijos ansiosos e mãos sem rumos, fui tirando sua roupa pelo corredor mesmo e na pressa ele acabou rasgando minha camisa, fazendo os botões se perderem...

No quarto, já de cueca, deitamos na cama; eu, por cima dele, beijava-o inteiro; seu cheiro era uma mistura de suor e perfume..

Ele estava superexcitado e literalmente quase arrancou minha cueca do corpo. Num primeiro momento, achei que ele faria como das outras vezes, só me masturbaria, só passaria sua mão no meu corpo, mas sentir sua boca no meu pau foi uma sensação nova.

Uma mistura de ansiedade e tesão tomava conta dele e o prazer que eu sentia era indescritível. Ele tirou a cueca também e em seguida sentou no meu colo.

– Gaels...

– Shhh! – ele sussurrou no meu ouvido. – Eu quero, Vitor!

Me sentei na cama, com ele no meu coloco, as suas pernas em volta da minha cintura.

– Deixa eu pegar a camisinha... – sussurrei de volta.

– Não – ele disse, num sussurro tremulo. – Eu quero você assim.

Ele colocou os braços em volta do meu pescoço e me abraçou forte; pude sentir seu coração batendo rápido e com força dentro do peito.

– Vou colocar, Gaels – eu disse, baixinho.

– Uhum... – ele sussurrou.

Eu fui aos céus.

Ele era apertadinho e fomos com toda a calma do mundo, tínhamos a noite pela frente. Quando finalmente meu pau entrou nele, ele me abraçou forte, bem forte; sua respiração era rápida, ofegante.

Eu o segurava pela cintura e o ajudava no vai e vem do sexo; seu pau fazia pressão na minha barriga e estava duro como mármore. Seu beijo ainda me lembrava nossos outros beijos, sempre com gosto de Coca-Cola.

Gemendo baixinho, ele deitou a cabeça no meu ombro.

Usando toda a força que eu tinha, deitei seu corpo na cama fazendo com que suas pernas não deixassem minha cintura. Continuei dentro dele... A sensação do clímax se aproximando, era intensificada pelos olhares que trocamos, pelos beijos carinhosos, pelos toques.

Ele gemeu um pouco mais alto quando gozou, lambuzando a nós dois e assim eu também gozei, sentindo-me o cara mais feliz do mundo; eu estava exausto, mas extremamente feliz. Eu estava pingando suor, minha pele estava quente e vermelha; eu conseguia sentir meu rosto arder de calor.

Dormi agarrado ao Gabriel, sem ver que horas eram, sem me preocupar com roupa, com o cheiro de sexo ou com qualquer outra coisa.

Acordei na manhã seguinte com o som ainda ligado, com o volume bem baixinho. Natalie Imbruglia cantava *Wrong Impression*.

I didn't want to leave you there
Calling out (yeah)
Wasn't trying to pull you

Levantei já com a lembrança da noite anterior. Sorri para mim mesmo, feito um idiota, mas me dei conta que estava sozinho na cama.

Fui ao banheiro e estava vazio, coloquei uma cueca e saí pela casa a sua procura.

Estava tudo silencioso no andar de baixo, eu mesmo quebrava o silêncio. A mesa estava posta já com o café da manhã. Havia de tudo, sanduíches, torradas, biscoitos, cuca de goiaba e banana, ovos com bacon e duas jarras de suco.

Saí para a área de serviço e o Gaels estava lá, sentado na mureta que divide a lavanderia com o jardim. Seus cabelos estavam molhados e ele vestia, novamente, uma camisa minha e uma cueca.

Ele se virou para mim e eu me aproximei.

— Eu tive um sonho – ele disse. – Eu sonhei que você me deixava.

Tomamos o café da manhã em silêncio. Havia demorado até que ele se acalmasse e entendesse que eu não iria deixá-lo, que eu só iria embora se ele me pedisse e talvez nem assim.

— Desculpe – ele disse, choramingando nos meus braços. – É só que me pareceu tão real, tão verdadeiro.

— Mesmo se você pedisse – eu disse, beijando-lhe a testa – eu não iria embora, eu não vou desistir tão fácil de você.

Quando sentamos a mesa para tomar o café, ele ficou em silêncio e esperou que eu terminasse de comer, então, se levantou e sentou-se no meu colo.

— Você me ama, então? – ele perguntou, passando os braços pelo meu pescoço.

— Amo, Gabriel – respondi. – Amo tanto que chega doer.

Ele me beijou.

— Eu também amo você, Vitor Daniel – ele disse, o rosto colado ao meu.

♠

Gabriel viajou na quinta-feira seguinte para casa da avó, o que nos faria perder totalmente o contato por todo o tempo que ele ficasse por lá.

Na sexta-feira me dei ao luxo de curtir um pouco com meus amigos e começamos a noite no apartamento do Júlio bebendo cerveja e caipirinha.

Assim que cheguei ao apartamento, percebi uma figura nova ali, porém, já conhecida para mim. Ali estava o Matheus o mesmo garoto que havia levado umas bifas do Gabriel há bom tempo atrás.

– Oi, professor! – ele disse, sorrindo para mim.

– Matheus! – eu disse surpreso.

– Nossa, por que a surpresa? – ele perguntou, passando a mão nos cabelos loiros platinados.

– É que faz tanto tempo...

– Meus pais acharam melhor eu mudar de escola – ele disse, triste. – To estudando perto de casa e a tarde.

Júlio passou por mim e me entregou uma *Stella Artois*.

– Lamento, mas espero que você esteja feliz na nova escola – eu disse, abrindo a *Stella* e bebericando.

– O Loyolla não tem a *classe* do Lobo, mas estou bem – ele disse, forçando um sorriso. – Sinto falta mais dos amigos.

– Mas você não fala com ninguém do Lobo?

– Falo, falo sim – ele disse – mas a Carla rompeu comigo desde aquela briga com o Gabriel e nós éramos melhores amigos.

A Ariane chegou ao apartamento, com mais cerveja e outras bebidas. Não eram nem 21h ainda e eu já estava alegrinho demais e minha conversa com o Matheus tinha evoluído para um estagio mais intimo.

– Você não parece *ser* gay – ele me disse, quando eu disse a ele que curtia homens.

– Eu sou bi – expliquei.

– Mesmo assim... – ele bebeu da caipira de morando. – Posso perguntar uma coisa?

– O que quiser...

– O que rola entre você e o Gabriel?

Parei a meio gole da minha dose de *Johnnie Walker*.

– Por que a pergunta? – retruquei, um pouco agressivo.

– Já vi vocês dois juntos umas três vezes.

– Estamos juntos – eu disse, sorrindo abobado para ele.

– Então eu tinha razão.

– Não acho que tenha – eu interrompi seu raciocínio. – Ele me disse que fui o primeiro cara com quem rolou algo e não tenho motivos para desconfiar dele.

– Ele é bem convincente, *professor* – ironizou ele. – Mas ele escolheu bem, muito bem por sinal.

Eu o encarei e seus olhos negros estavam cheios de malícia.

Pouco tempo depois embarcamos em dois carros para o barzinho chamado James.

O James é um bar de estilo alternativo, em geral agrada todo o tipo de pessoa e é frequentado por héteros, gays e simpatizantes. Foi por muito tempo um *point* dos antigos *emos*, hoje extintos, e já foi considerado o melhor bar-entretenimento de Curitiba.

Eu dancei muito, me diverti muito naquela noite.

Em certo momento percebi o Júlio e a Ariane aos beijos num canto, mas ali nada era reservado, pois o lugar era pequeno. Ao meu redor estavam pessoas conhecidas e desconhecidas, todos estavam tomados pelo frenesi do momento. Todos dançavam, sem se preocupar com nada.

Pessoas se beijavam, outras eram beijadas e ainda outras buscavam beijar, claro.

O Matheus passou a mão pelo meu peito, enquanto dançava e foi até o chão, com sua mão chegando ao botão do meu jeans. Ele levantou, rápido como desceu, e deu uma volta em mim, sua mão passeando pela minha cintura e na segunda volta ele me abraçou por trás, me *encoxando*. Deu para sentir seu pau duro na minha bunda.

Ele me virou de frente para ele e me deu um beijo, enfiando sua língua na minha garganta. Seu rosto estava quente, seus braços vagavam pelo meu corpo sem controle.

♠

Eu abri os olhos e ao meu lado estava o Matheus, totalmente nu, totalmente à vontade na minha cama. Um ligeiro pânico começou a tomar conta de mim, mas precisei ignorar, eu poderia estar bêbado ainda.

Dormi de novo e só me lembro dos pesadelos.

Quando eu acordei novamente Matheus ainda dormia profundamente nos meus braços, me afastei sem nenhum cuidado e ele acordou. Eu me levantei zonzo, a cabeça ainda rodando e fui para o banheiro.

Pelo menos deu tempo de chegar lá, pois assim que abri a porta meu estomago revirou e minha se encheu de vomito.

Tomei um banho meio morno, meio frio e já estava me enxugando quando escuto um barulho estranho no quarto e então a voz que eu não queria ouvir naquele momento.

– *Matheus* – disse a voz, num sussurro, mas que eu pude ouvir.

Me enrolei na toalha e saí e parado no arco da porta do meu quarto estava o Gabriel, olhando do Matheus vestido apenas de cueca e camisa – a minha camisa – para mim.

Meu Deus, o que eu fiz? – pensei, a ficha caindo por completo.

O Gabriel fez menção de sair, mas o Matheus deu um salto por cima do monte de roupa que estava no chão e o segurou pelo braço. Não vi de onde surgiu, só ouvi o pesado e grosso livro d'As Crônicas de Nárnia com a capa do leão Aslan estalando na cara do Matheus e ele caindo para trás, o nariz sangrando.

– Não encosta em mim! – disse o Gabriel.

Ele ergueu os olhos para mim e vi a decepção que ele senti através daqueles olhos verdes que já brilharam bem diante dos meus olhos.

Corri atrás dele quando ele saiu pela porta, meu coração estava aos saltos; consegui alcançá-lo antes que ele chegasse a porta e também levei uma livrada, vi estrelas amarelas com o olho direito, mas quando o segurei, não larguei mais.

– Me solta, Vitor Daniel! – ele disse, num choro raivoso. – ME SOLTA!

Abracei-o em meio aos seus vários golpes com o livro e quando ele cansou, ele me abraçou forte, chorando aos soluços e escorregamos até o chão.

Ficamos um tempo em que seu choro me corroía a alma, encostados a porta.

– Por que você fez isso, Daniel? – ele perguntou, num desespero que deveria ser meu. – Eu amo você, seu idiota, por quê?

Alguns minutos depois eu o soltei e ele se afastou ligeiro, ele estava só esperando a oportunidade para poder se afastar, e então sua mão estalou no meu rosto. Fiz menção de abrir a boca e outro tapa e outro quando avancei nele.

Sua mão era pesada, mas eu mereci cada bofetada.

– Você é um idiota, Vitor Daniel! – ele disse, juntando o livro ao meu lado e ficando em pé.

Eu me levantei também, ficando em frente à porta, para que ele não saísse.

– Saia da minha frente – ele disse, limpando as lágrimas, seu tom de voz calmo era assustador. – Me deixe ir embora.

Eu balancei a cabeça, chorando também.

– Gaels, não! – eu disse, querendo explicar, tentando achar algo que o convencesse.

Tentei me aproximar, mas ele se afastou.

– Não piore tudo, Daniel – ele disse. – Me deixe ir embora.

Percebi que era o melhor a fazer e me afastei da porta e quando ele agarrou o trinco e abriu a porta, tive certeza que um pedaço de mim estava indo com ele.

Mas ele se virou para mim e por um momento, por um bendito momento achei que ele ficaria.

– Não me procure mais, Vitor Daniel – ele disse e saiu.

A porta se fechou com um *clic* e eu desabei a chorar.

Segunda parte:

Gabriel

I

Pedro

O portão estava aberto e por isso eu entrei; a porta de entrada da casa estava destrancada e quando percebi, o silêncio reinava absoluto. Eu havia comprado um livro de presente, pois sabia que o Vitor Daniel era fã – assim como eu – de histórias de fantasia. O livro era pesado, mas arrumei-o sob o braço e subi para o seu quarto. Já do corredor escutei o som do chuveiro desligando e quando me aproximei do quarto a porta já estava entreaberta. Vi movimento e abri a porta na tentativa de fazer uma surpresa, mas senti o gosto amargo da decepção com o que eu via: a surpresa era minha.

Relembrar algumas coisas dói e esquecer, às vezes, não é perdoar; é apenas deixar de lado uma lembrança ruim. Mas ter viajado não ajudou muito, apenas amenizou a dor de sentir tudo aquilo que eu senti. Naqueles dias eu me senti tão forte como poderia sentir, achei que nenhuma tormenta poderia me afetar; porque eu estava com o Vitor Daniel e tinha certeza que nada, nada mesmo poderia destruir a minha felicidade.

Ledo engano.

Entretanto, a pior parte da traição é ter certeza que metade das coisas que você viveu com a pessoa que você gosta pode ter sido uma mentira. Mentira de fato não fora, mas a sensação de sentir isso pode destruir você, se você não tiver força de espírito.

O primeiro passo para fazer com que tudo ficasse bem foi sair de Curitiba e respirar outros ares; ver outras pessoas, sentir outras sensações. Foi em cinco de novembro que cheguei a Buenos Aires e fui recebido pelo irmão mais novo da minha mãe, o tio Pedro.

Tio Pedro era um rapaz de vinte e oito anos e o filho adotado da minha avó. Era um típico rapaz que cresceu no interior, mas se encantou com a cidade grande. De todos os filhos de vovó, era o mais bonito e o mais descolado, o mais divertido, o mais cabeça aberta para as coisas novas. Ele era moreno, da pele dourada, dos cabelos negros cacheados e dos olhos âmbares e cílios grandes, algo que todas as mulheres comentavam e desejavam por algum motivo.

Estava um calor horrível em Buenos Aires, só que tudo era meio cinzento para mim, talvez porque a vida estava sendo decepcionante. Meu tio colocou a minha mala no porta-malas do carro e me deu um abraço bem forte antes de embarcarmos.

– Estou te achando um pouco abatido, Gaels – ele disse, assim que apertamos os cintos. – Está acontecendo algo? Algo que com seu irmão ou com sua mãe?

– Está tudo bem, tio – respondi, tentando afastar as lembranças. – Eu só precisava sair de Curitiba um pouco – respirei fundo. – Aconteceram coisas que eu não estava preparado para enfrentar ou entender.

– Eu sou seu amigo antes de tudo, Gabriel – ele disse, colocando a mão no meu rosto. – Não quero que nada te faça mal.

Carinhosamente eu afastei sua mão do meu rosto e a beijei. Se alguém nos visse naquela situação, poderiam pensar que existisse algo mais entre nós, tamanho nossa conexão, mas esse carinho entre nós era e sempre será algo de família, que só nós dois iríamos entender como tio e sobrinho já que tio Pedro sempre foi minha referencia paterna.

– Eu sei, tio, eu sei – respondi. – Eu só estou precisando de um pouco de paz antes de voltar para casa.

– Mas se você quiser ficar aqui... – ele disse, dando partida no carro. – Tenho certeza que a Amanda não vai ligar, até acho que ela adoraria ter você morando com a gente!

– Eu iria adorar! – eu disse, tentando imaginar um recomeço. – Mas vocês nem casaram ainda, acho que vocês deveriam pensar nisso antes. Está tudo pronto para a festa já?

– Quase tudo – ele disse, sorrindo. – Mas a Antônia está me deixando louco, já odeio aquela mulher!

– Antônia é a sua sogra, né?

– Infelizmente!

Eu ri.

– Ela não pode ser tão horrível assim!

– Espere para ver, Gaels.

O edifício em que o tio Pedro estava morando com a noiva ficava na Avenida de Maio, próximo ao famosíssimo Café Tortoni, gentilmente chamado assim para esconder seu passado boêmio e um tanto pervertido.

Foi lar da Associação Literária de Buenos Aires e por isso transformado em café para assumir uma característica mais apresentável diante dos novos turistas a partir dos anos de 1970. Resumindo, antes de se tornar um café, o Tortoni era uma bodega, um bar, ou mais que isso.

Mas foi o primeiro lugar que visitei naquela viagem.

Quando entramos em casa o sol estava se pondo, mas o clima estava absurdamente abafado. Não havia ninguém em casa e por isso tio Pedro resolveu me levar para comer algo na rua. Caminhamos cerca de dez minutos na movimentada Avenida de Maio até chegarmos ao Tortoni.

— A Amanda adora esse lugar, é uma das paixões dela vir aqui — ele disse, visivelmente apaixonado pelo lugar. — E eu gosto muito dos churros. Vem, vamos sentar! Você tem que vê-los dançando tango e tomar um chocolate frio e comer churros.

Sentamos em uma mesa encostada a uma parede, próximo ao pequeno palco onde estava uma banda, começando a tocar um tango. No espaço em frente ao palco alguns casais ensaiavam alguns passos.

— Você teve sorte — disse o tio Pedro, divertindo-se mais do que eu. — Eles geralmente começam os ensaios mais tarde.

— É tudo feito assim, com o café aberto? – perguntei.

— E é nisso que está à graça — ele respondeu, apontando para um casal que acabara de errar o passo.

O casal riu-se, se abraçou e a mulher beijou a ponta do nariz do companheiro.

Aquilo apertou meu coração, alguns meses atrás eu tinha dançado com o Vitor. Tudo bem, eu tinha subido em seus pés enquanto ele nos conduzia, mas ver o casal feliz naquela pequena pista amargurou meu coração naquela noite.

— Vem, vamos! — disse tio Pedro, levantando-se e abotoando o colete que vestia. – Eu sempre quis dançar tango.

— Tio, eu não sei dançar...

— Bom, nem eu... – ele disse, rindo. – Mas se for preciso, pedimos ajuda para o casal, eles sempre ensinam!

Ele me puxou e quase me levou arrastado para o espaço em frente ao palco onde estava a banda.

— Qualquer coisa — ele disse, sério – a gente dança um *sertanejo* e finge que está tudo bem, ok?

Eu ri.

A banda, animada por nos ver ali tentando dançar recomeçou a tocar.

– *Esto será divertido!* – disse um dos músicos, assim que a nota entrou e a música soou pelo Tortoni novamente.

Tio Pedro me conduziu pelo salão, tentando imitar os passos do casal que fazia seu ensaio como se fosse a noite de apresentação; embora eu estivesse me divertindo mais com a descontração do local e com o carinho dos músicos.

– *Baila, baila, los niños* – disse o violinista da banda. – *Tenemos también que ser feliz esta noche!*

Rodeamos um pouco para longe da banda, cruzando com o casal. Quando passamos por eles, meu olhar cruzou com o da dançarina e ela piscou e seus lábios desenharam a frase *¡que hermoso!*.

– Eles devem achar que somos um casal – sussurrou o tio Pedro em meu ouvido e depois riu.

– Somos um casal de tio e sobrinho – observei.

Continuamos a rodear pelo espaço totalmente fora do ritmo do verdadeiro tango; na verdade, estávamos apenas girando e girando e girando até que acabei deitando a cabeça em seu peito e sem querer me vi chorando.

– Eu sabia que você não estava bem – disse tio Pedro, parando de conduzir. – Vem, vamos para casa. Vou querer saber o que houve e você vai me contar tudo, Gabriel, beleza?

O calor do dia havia dado lugar a uma noite fresca e com uma brisa suave; o cheiro de chuva começava a invadir a cidade.

Caminhamos em silêncio até o apartamento e tio Pedro me amparava enquanto eu soluçava e contava os paralelepípedos da calçada. Uma chuva leve começou a cair durante o caminho; logo avistei o prédio, uma construção alta em meio aos prédios de lojas, cafés, *take aways*.

Entramos no prédio e meu tio me enrolou em sua jaqueta jeans e entramos no elevador sob os olhares curiosos dos dois porteiros.

O elevador pareceu levar anos para subir até o terceiro andar.

Quando entramos meu tio rumou para a cozinha e eu sentei no sofá, tirei o tênis e me encolhi nas almofadas macias e cheirosas; pelas janelas abertas entravam uma brisa forte e gelada; o céu tingia-se de negro, dando ao azul uma tonalidade elétrica.

– Tome, beba isso – disse meu tio, entregando-me uma caneca de chá.

Ele sentou-se aos meus pés e me fez esticar as pernas em seu colo.

– E então – pressionou meu tio – vou precisar esperar muito?

– Independente do que eu disser – comecei – você promete que não vai me julgar, que não vai brigar comigo, que não vai me virar a cara e...

– Gabriel?!

Novamente eu estava chorando, mas me assustei quando ele disse meu nome.

– Eu nunca vou virar a cara para você – meu tio me olhava fixamente. – Eu jamais faria isso.

Eu respirei fundo e comecei a minha história. Contei como tudo acontecera, como a confusão de sentimento se deu na minha cabeça, como a superei, como me envolvi com o Vitor, como ultrapassei todas as barreiras preconceituosa que eu achava que eram muralhas e por fim, como vi tudo o que eu fiz ser levado embora pelo vento da traição.

– Lembra quando você me disse o que sentia pelo Christian? – perguntei. – O meu amor pelo Vitor é igual ao amor que você sentiu pelo Christian, tio, e é igual ao amor que eu, também, senti pela Carla. Eu fiz coisas pelo Vitor que eu achei que jamais faria... Eu fiz sexo com ele sentindo prazer só de vê-lo sentir prazer.

"Você acha, tio, que eu queria? Eu não queria, eu nunca quis me envolver com um homem; eu nunca quis, eu nunca imaginei isso. Eu sempre achei que a Carla era..."

Tio Pedro colocou a mão no meu rosto, entendendo o que eu estava sentindo.

– O que foi que ele fez, tio? – perguntei, em meios aos soluços, em meio ao meu choro infantil e ao drama que eu estava ajudando a construir ao meu redor. – Ele me traiu, ele transou com o primeiro idiota que apareceu...

– Ele errou...

– E errou muito feio! – interrompei, com rancor. – E se eu não tivesse pego os dois? Ele iria enfiar o pau dele em mim e tudo estaria bem de novo? Eu senti nojo de mim, ainda sinto, para ser sincero; eu não acredito que ele fez isso comigo.

– Gaels...

– Ele disse que me amava – interrompi, novamente, sem perceber que estava gritando – e eu disse isso para ele também!

II

Joshua

Depois daquela conversa eu não toquei mais no assunto, no meu coração eu desejava esquecer até o nome do Vitor Daniel; fiz força para isso, implorei a Deus para que toda a dor passasse. Eu não queria viver aquela tormenta sem chegar a um fim, a um dia de sol.

Apesar de ser tratado como um filho pelo meu tio, percebi que minha presença estava incomodando a mãe da minha futura tia; obviamente era ciúmes, uma vez que para todos os lugares aonde eles iam, eu acabava indo junto e a Antônia não.

E conforme os dias foram passando, o casamento dos meus tios foi se aproximando e entendi porque o meu tio detestava aquela mulher: Antônia Della Vecchia era um demônio.

Só podia ser.

Faltava uma semana para o casamento do meu tio e quase todos os preparativos já estavam prontos, só alguns pequenos detalhes precisavam ser corrigidos, mas nada desgastante. Todos estavam felizes e eu também, claro, mas diferentemente de todos, fiz questão de não me envolver nos preparativos do casamento.

Afastado desse clima de preparação, eu me isolei nos livros que havia trazido e que comprei, nos passeios turísticos pela cidade, na ânsia de fazer novos amigos para tampar o vazio que eu sentia.

Assim, meu melhor amigo em Buenos Aires foi Joshua Lefort, inglês criado na França filho de um belga com uma atriz de teatro de Essex, mas um aspirante a Che Guevara. Estudante de História pela Universidade de Buenos Aires. Vinte e cinco anos. Loiro. Cabelos cacheados. Olhos verdes. Estatura mediana. Ombros largos. Praticante de ciclismo e polo-aquático.

Era uma tarde de domingo quando a campainha tocou e eu abri a porta. A minha frente estava Joshua, sorrindo sapecamente.

– ¡Hola! – ele disse, num castelhano bem carregado de inglês.

– ¡Hola! – respondi, olhando para as mãos dele.

Joshua estava segurando dois pares de *rollers*.

– Quer dar uma volta? – ele perguntou, me estendendo um dos pares.

Avisei a Amanda aonde estava indo e então saímos com o pensamento de passear na Plaza del Mayo e calçamos os *rollers* na portaria do prédio.

— Josh, eu não sei andar nisso... – eu disse, ainda sentado no sofá da portaria.

— Eu te ensino – ele disse, vindo até mim já com os seus *rollers* nos pés.

— Eu vou cair...

— Então eu vou te segurar! – ele me interrompeu e eu ergui os olhos para ele.

Os cachos dos seus cabelos castanhos brilharam dourados naquele momento, assim como seus olhos azuis; seu sorriso de dentes brancos e perfeitos me deu segurança para levantar, ainda que me apoiasse nele.

— Não é difícil... – ele disse, me segurando pela cintura.

Fomos até a Plaza de Mayo assim, com ele me segurando pela cintura, andando devagar, falando bobagens, rindo à toa.

O dia estava agradável, o sol não estava tão forte e havia nuvens brancas e cinzas no céu. Uma brisa gelada afastava o calor. Muitos turistas passeavam pela praça com suas maquinas fotográficas e celulares, outros tomavam sorvete ou apenas caminhavam; geralmente apontando o dedo para a Casa Rosada ou para o Museu Presidencial.

Pareceu não demorar, mas a noite estava chegando e com ela uma garoa fina e morna. O cheiro de chuva aliviou minha respiração e Josh comprou água para nós enquanto voltávamos para casa, andando normalmente agora.

Eu estava descalço, levando o par de *rollers* no ombro.

— É bom ver você sorrir, Gabe – ele disse, passando seu braço pela minha cintura, me dando um meio abraço.

— Eu estava precisando mesmo – respondi.

— Tem certeza que não quer me contar o que houve? – ele perguntou, como vinha fazendo desde que criamos certa intimidade.

— Acho melhor não mexer na ferida – respondi. – Deixa cicatrizar e então, quem sabe, eu te conto.

— Você sofre por amor – ele sussurrou, como se pensasse alto.

— Quando o rancor é maior que o perdão não existe mais amor – respondi, desejando que fosse verdade.

Caminhamos em silêncio enquanto voltávamos para o apartamento, mas antes de chegarmos pareceu que o céu iria cair, visto que a chuva aumentou. Eu continuei caminhando até perceber que o Joshua tinha ficado para trás, sob um toldo.

Voltei até onde ele estava, já tiritando de frio. Alguns carros passavam pela avenida em movimento, aumentando o nosso banho enquanto estávamos parados ali.

– *¡Vamos!* – eu disse, mas ele me puxou para junto do seu corpo num abraço apertado.

– *Tengo que hacer eso* – respondeu ele, me deixando surpreso.

Ele me envolveu com os braços e caminhamos juntos até em casa. Estávamos em silêncio; meu coração estava apertado e eu sabia o porquê.

Paramos em frente à porta do apartamento do meu tio e Joshua me deu um beijo na testa e mais um abraço forte. Nos separamos e eu entrei, mas mal fechei a porta atrás de mim a campainha tocou duas, três vezes. Quando voltei a abrir a porta, Joshua estava parado na minha frente e nos encaramos por alguns segundos até que ele avançou sobre mim, me pegando com tanta ansiedade e vontade que não deu tempo de reagir.

Seu beijo foi intenso, sua barba arranhava meu rosto, sua língua brincava com a minha e suas mãos me seguravam com força, mas assim como começou, o beijo terminou: inesperadamente.

Joshua me deu as costas e entrou no seu apartamento, que ficava em frente ao do meu tio e por alguns minutos eu continuei onde estava.

Fechei a porta e parada atrás de mim estava a Antônia.

– Está aí uma novidade! – disse ela, quase rindo de felicidade, como se fosse ela quem tivesse sido beijada.

Senti meu coração vir à garganta e quase me sufocar.

– Você nunca viu um beijo? – perguntei, usando o tom mais frio que poderia.

– Não, assim, ao vivo – ela respondeu, fechando a cara. – E se eu fosse você, teria mais respeito, mocinho.

Resolvi não dar ouvidos e antes que ela pudesse fazer qualquer ameaça, passei por ela e caminhei para o meu quarto.

Tirei a roupa molhada e fui para o banheiro tomar um banho. Estava quase tirando a toalha quando a porta se abriu e a Antônia entrou, fechando a porta e girando a chave.

– Nenhum dos meus filhos me deixou falando sozinha – ela disse, apontando seu dedo gordo para mim. – E não é por que você é filho de um juiz, que está morto, diga-se de passagem, que você pode tratar as pessoas assim!

Ela já estava meio histérica já e eu só fiz apertar a toalha em volta de mim.

– Assim como, Antônia? – perguntei.

– Assim, como se tivesse um rei na barriga – ela respondeu, alto demais para o meu gosto.

– Eu não tenho um rei na barriga – respondi, enojado. – E se tivesse, com certeza você iria se curvar, como fez desde que cheguei aqui, puxando o meu saco. A verdade, é que eu tenho a educação necessária para te tratar sem faltar com respeito, porque você é mais velha, sogra do meu tio e mãe da minha futura tia, que é uma pessoa maravilhosa, coisa que você não é...

– Mas que falta de educa...

– E sim, é uma tremenda falta de educação a minha jogar tudo isso na sua cara, sua velha chata e insuportável! – me virei e liguei o registro do chuveiro. – Ah, *meu* Deus, como é bom descontar a raiva em alguém que merece. Você não está se importando com a felicidade da sua filha, está interessada nos bons frutos que esse casamento vai te trazer; toda a minha família sabe disso e já que estamos faltando com a educação um para com outro, acho bom você saber que a sua presença forçada aqui está causando um desgaste para o meu tio e para a sua filha; portanto, não espere muito mais depois do casamento, junte as suas coisas e volte para sua casa, caso contrário não espere um futuro para o meu tio e para sua filha.

– Sua mãe vai saber dessa petulância...

– Claro que vai, eu mesmo vou contar para ela – respondi. – Agora, com licença, porque eu preciso tomar banho.

Com um gesto impaciente apontei para a porta.

♠

Obviamente não contei para a minha mãe o que acontecera, eu teria que contar muito mais do que a minha *petulância*. Acho que se ela soubesse... é engraçado, porque minha mãe como psicopedagoga deveria entender que, como mãe também, qualquer um dos filhos dela estava sujeito a ser da *pá virada*.

A homo e a bissexualidade não são uma coisa de escolha, ambas são e pronto, acabou. Ela mesmo já tinha comentado isso varias e varias vezes.

Se eu chegasse à minha mãe e revelasse isso... enfim, não era uma coisa para se cogitar. Minha mãe compreendia isso – e muito bem, por sinal – nos filhos dos outros, nos pacientes que ela atendia em seu consultório e nos seus alunos do Instituto Lobo de Educação.

Mas dentro de casa ela não era a DOUTORA Armanda e nem a PROFESSORA Armanda, ela era a MAMÃE Armanda. Dentro de casa minha mãe era uma Armanda viúva, evangélica e com preceitos tradicionais e religiosos que se sobrepunham a Armanda psicóloga e professora.

De fato eu não poderia ser bissexual, muito menos homossexual.

A porta do quarto se abriu e Pedro entrou. Estava vestindo com jeans, camisa e um blazer marrom. Seu perfume tinha cheiro de homem, de *daddy*.

– A Antônia disse que você passou a tarde fora – ele disse, depois de um abraço. – Se divertiu?

– Tomei chuva – respondi, sorrindo – mas me diverti, sim.

– Ela me disse também que sua companhia foi bem agradável – olhei para meu tio e vi que ele sorria maliciosamente. – Posso saber quem é essa sua companhia agradável?

– Ah, o Josh! – eu disse. – Seu vizinho. Temos saído com frequência para andar de roller ou bike. – *A verdade, nada melhor que a verdade agora*, pensei. – A proposito, você bem que me avisou sobre o quão detestável sua sogra pode ser. Ela tem feito alguns comentários sobre minha amizade com o seu vizinho.

Tio Pedro não sorria mais.

– Gabriel, confesso que até eu achei que fosse verdade.

– Pois não deveria – retorqui, um tanto amargo. – Não que ele não tenha tentado, tio, mas acho que eu não quero me envolver com outro homem.

Tio Pedro fez uma careta.

– Muito bem – ele disse – mas saiba que eu gosto do Joshua, ele é um cara esforçado, inteligente, tem uma família bem estruturada e que sabe de suas escolhas, decisões e o aceita do jeito que ele é.

– Por que está me dizendo isso? – perguntei e ri com sarcasmo. – Não estou pensando em contar nada do que vivi com o Vitor Daniel para mamãe. Ela faria da vida dele um tormento e da minha um inferno.

– Não quero que você se entregue para Armanda – ele respondeu, respirando fundo. – Eu quero que você seja feliz, que você fique feliz agora e amanhã e depois e sempre, Gabriel. Me dói ver você sorrir sem estar feliz e não diga que está feliz; eu sei que não está, eu posso sentir.

– Não, você não sabe – eu devolvi, sentindo a irritação chegar de novo. – Você não sabe nada, aliás.

Tio Pedro me abraçou.

— Se eu não sei, por que você está chorando? – ele me interrompeu. – Quando a gente não quer que as pessoas saibam, a gente esconde, guarda como se fosse segredo, um segredo só nosso.

Alguém bateu na porta e entrou.

— Gabriel, você tem visitas... – disse Amanda, entrando e passando os braços pela cintura do meu tio. – O que houve, Gaels?

Me afastei de ambos, enxugando os olhos.

— Não houve nada, não houve nada e não vai mais haver. – respondi, tentando fingir que não tinha chorado. – Quem está aí?

Eu estava decidido a não chorar mais, chorar não iria consertar a minha vida e nem o meu coração.

— O Josh – ela respondeu, olhando para mim e depois para meu tio. – Ele disse que vocês vão ao cinema.

— Vamos, vamos sim! – respondi, mesmo não tendo combinado nada.

♠

Eu não lembro muito bem do filme que assistimos. Era argentino e hoje tenho certeza de que o Josh escolheu exatamente esse filme com outras intenções, embora eu não tenha percebido e até mesmo dado bola para as suas investidas durante a sessão.

Saímos da sala antes de o filme terminar.

Joshua dirigiu por todo o centro de Buenos Aires antes de pararmos num restaurante pequeno próximo à Basílica de La Piedad.

— Eu me excedi com você – ele disse, assim que sentamos numa mesa afastada. – Sei que não deveria, você não está passando por um momento bom.

— Realmente não estou nos meus melhores dias – eu disse – mas isso não me impede de conhecer outras pessoas.

— Mas se você quiser eu paro...

— Parar com o quê? – perguntei, distraído.

— De tentar conquistar você – ele disse, me encarando com seus olhos agora azul-mar.

Não respondi e terminamos o jantar conversando sobre coisas bobas e finalmente eu esqueci que havia dor em mim. Aquela altura eu já estava excitado com a possibilidade de beijá-lo novamente; as horas tinham passado de tal forma que nenhum de nós percebeu.

Chegamos ao prédio e fomos para o elevador e ali mesmo Joshua me beijou, sem aquela pegada do primeiro beijo; dessa vez foi um beijo terno, doce. Seus lábios tinham a calmaria que eu estava buscando e desde que tudo tinha acontecido, senti que finalmente as coisas estavam bem.

A porta se abriu e ele me carregou para o seu apartamento naquele frenesi, entre abraços apertados, beijos sem fôlegos e mãos bobas.

No caminho para o quarto fomos livrando-nos de todas as peças de roupas, elas eram inúteis e quando dei por mim, já estava deitado numa cama de casal de lençóis e edredons brancos..

Tudo tinha um cheiro peculiar, doce e almiscarado.

Josh percorreu meu corpo com a boca e foi descendo, senti um arrepio triplo quando sua língua passou pela minha virilha. Olhei para baixo e o cabelo encaracolado do Joshua estava liso.

    – Josh... – chamei.

    – ¡Hola, cariño! – respondeu o Vitor.

Saltei da cama ao ver o rosto do Vitor na minha frente, mas assim que pisquei, o rosto do Joshua me encarava.

    – ¿Qué es? – perguntou Joshua, levantando-se e vindo até mim. – ¿Está todo bien?

    – Yo... Yo... – respondi, com a consciência pesada. – Supongo que no estoy bien, Josh!

III

João

Os dias estavam passando depressa demais para mim, mesmo eu pedindo a Deus para o que o tempo parasse. Aliás, os dias *deveriam* estar passando lentamente, esse era o trato, mas não estavam.

Fato.

Havia três dias, três detestáveis dias que eu não saia de casa, tendo somente a Antônia como companhia. Eu não tinha mais coragem de sair de casa desde a noite que passara com o Joshua e desde então meu telefone não parava mais de tocar.

Era só ele quem ligava, exceto por duas ligações da minha mãe e uma do Vitor Daniel.

Quando vi esta ligação, no começo daquela manhã, fiquei tentando a atender, nem que fosse só para ouvir a voz dele, porém, eu não tive coragem.

Eu desejei que ele ligasse de novo, mas o telefone ficou mudo durante todo o resto do dia. Fechei os olhos e flashes da noite com Joshua me vieram à cabeça; tínhamos transado, só que no meu coração eu fazia amor com o Vitor.

– Chorando de novo? – indagou uma voz desdenhosa.

Eu continuei com os olhos fechados, as lagrimas escorriam quentes pelo meu rosto.

– O seu namoradinho terminou com você, foi? – indagou a Antônia, venenosa.

Eu continuei ignorando-a. Há alguns dias eu já desistira até de ser educado.

– Sabe, fico pensando no que a sua mãe diria se descobrisse...

Eu respirei fundo e me levantei do sofá e no caminho para o quarto a Antônia me segurou pelo braço.

– ...e eu não terminei de falar, garoto! – ela disse, cravando suas unhas em mim.

– Sua mãe devia ter ensinado...

– Tire as suas mãos de mim, sua velha nojenta! – eu disse, controlando a raiva.

Seus dedos enrugados soltaram-se do meu braço.

– Eu estou suportando você, Antônia – continuei, cuspindo cada palavra – e tenho por obrigação ser educado, mesmo você sendo desprezível, mas se você me encostar um dedo de novo eu soco a sua cara!

Por um momento, senti prazer em encará-la.

Meu celular tocou assim que cheguei ao quarto, meu coração disparou com a possibilidade, mas era o meu tio.

– Oi, tio! – eu disse.

– Gabriel, estou passando aí para te pegar – ele disse. – Vamos provar nossos smokings. Fique pronto!

Olhei para o espelho e logo de cara desaprovei o modelo do smoking. O modelo era preto e somente a flor da lapela era de um tom diferente, de um tom anil; lembrava muito a um botão de uma tulipa. Entretanto, tio Pedro estava maravilhoso, o corte do smoking parecia ter sido feito exatamente para ele.

– Gaels, estamos muito fodas! – ele disse, olhando no espelho a sua frente. – Fodas e gostosos!

Seus dedos correram para os botões e os fecharam, ele girou o corpo e fitou as costas.

– Minha bunda ficou até *ressaltado* – ele observou. – O que você acha?

– Aham... – respondi, sem olhar para ele.

Tio Pedro virou-se para mim, as mãos na cintura.

– O que você tem, Gabriel? – ele perguntou, num tom que lembrava minha mãe.

Finamente eu ri. *Como ele poderia ser tão parecido com minha mãe mesmo ele sendo adotado?*

– É o tal do Vitor, não é? – ele perguntou. – Acho que vou querer falar com ele, sabe?

– Por quê?

– Por que eu não aguento mais ver você com essa cara de *cu*!

Ele caminhou até mim e me abraçou e eu enterrei a cara no seu peito.

– É sério, Gaels... – ele disse, ainda abraçado comigo. – Eu quero muito que você fique bem. Esse Gabriel que está aqui não é o meu Gaels.

– Vocês estão lindos! – disse uma voz e pelo espelho eu vi a Amanda.

Ela sorria alegremente, mas ao seu lado estava a Antônia.

– É, é lindo ver esse carinho de vocês! – observou a Antônia, me encarando.

Tio Pedro não notou, nem a Amanda, ambos estavam trocando beijinhos quando a Antônia alfinetou.

– Como ficou o vestido, amor? – indagou meu tio, sorrindo.

– Ficou perfeito – Amanda disse, aos pulinhos. – Claro, precisa de uns ajustes, mas ficou perfeito.

– Ah, vou trocar de roupa e já vamos – disse meu tio. – Amor, escolha um lugar para irmos jantar, ok?

Eu já tinha trocado de roupa e estava voltando do provador quando peguei a Antônia conversando aos sussurros com a Amanda; parei na esquina da antessala sem saber se me afastava ou se ficava para ouvir.

– Claro que eu sei! – respondeu a Amanda, ríspida. – Mas o que você está dizendo é maldoso demais, mãe.

– Ah, não é, não! – ralhou Antônia, sarcástica. – O garoto tá de namorico com o inglesinho e acho que você devia abrir esses seus olhos. Esse carinho do Pedro com o Gabriel não é *normal* e pode muito bem ser algo a mais!

– Você está ficando louca? – sussurrou Amanda, com acidez. – Não existe isso e eu vou te dizer o porquê...

Tio Pedro parou ao meu lado e balançou a cabeça, sua expressão era de desapontamento.

– Não, Amanda – ele disse, aproximando-se da noiva e da sogra. – Deixe que eu respondo esse por que.

Eu fiquei onde estava, na esquina da antessala da alfaiataria. Temi pelo que meu tio fosse dizer.

– Existe sim algo de diferente entre eu e o Gabriel, Antônia – a voz do meu tio estava fria, despida de qualquer emoção; um tom de voz que muito lembrava a minha mãe. – É algo que você parece não ter conhecido. Existe amor, carinho, amizade, *cumplicidade*. Lamento muito que você possa ver maldade nisso, porque eu não vejo problema nenhum em dizer *eu te amo* para o meu sobrinho ou um dar um beijo e um abraço nele na frente de desconhecidos. Mas se você ainda dúvida, por favor, pergunte a sua filha se alguma vez eu faltei para ela, se alguma vez eu não a satisfiz ou se não fui homem suficiente. Não que isso seja um problema de masculinidade ou virilidade. E me desaponta muito saber que a minha sogra, a mãe da mulher que eu amo, quem eu tanto admirei um dia, possa ter esses pensamentos. Isso faz com que você perca todo o carinho comigo, mas por favor, não me deixe perder o respeito, nós vamos ter que conviver por um bom tempo ainda.

Por um momento o silêncio reinou entre os três e até o *tic-tac* do relógio na parede parecia assustador. Resolvi entrar na sala de prova e quebrar o gelo.

– Vamos, então?! – perguntei, no tom mais descontraído possível.

A tensão ainda demorou a se desfazer e fomos para casa, mudando os planos totalmente. Durante o caminho, meu tio ficou em silêncio, mesmo a Amanda tentando manter um clima legal.

Quando chegamos em casa meu tio se trancou no quarto e logo depois a Amanda o seguiu. Eu, no entanto, peguei o livro que estava lendo – To Kill a Mockingbird – e fui para a varanda, mas em seguida minha mãe ligou. Foi bom ouvir a voz dela, eu estava com saudades, claro. Ela iria embarcar com a minha avó num voo da manhã seguinte para Buenos Aires, o resto da família viria em dois voos mais tarde.

Assim que desliguei o celular, percebi que o tempo tinha voado. Já havia três semanas que eu estava ali e em mais três dias meu tio estaria subindo ao altar.

O interfone tocou e me tirou dos devaneios; a Antônia o atendeu para em seguida correr para a porta e ficou ali até a campainha tocar. Fiz um esforço para não rir quando ela esperou que, quem quer que fosse, tocasse a campainha duas vezes para então atender a porta.

Quando a porta se abriu, uma mulher parecida com a Amanda entrou e logo atrás dela vinha um garoto, mais ou menos da minha idade.

Meu tio e a Amanda entraram na sala já aos sorrisos.

– Alice! – disse Amanda, sorrindo.

– Oi, tia! – chamou o garoto.

– João! – exclamou Amanda, puxando o garoto para um abraço. – Como você cresceu!

– Estou mais alto que você agora! – ele respondeu, rindo.

Tio Pedro cumprimentou os recém-chegados com o mesmo carinho que me cumprimentara quando eu cheguei; porém, sem a intimidade que era só nossa.

– João, venha aqui – disse meu tio – quero que você conheça o meu sobrinho.

A cadeira em que estava sentando ficava próximo a porta da varanda e eu podia ver – sem nenhum esforço – toda a movimentação da sala-de-estar que não era pequena.

– Gaels – disse meu tio, entrando na varanda com João a sua frente – quero te apresentar o sobrinho da Amanda... Esse aqui é o João.

Pousei o livro na mesinha de centro a minha frente e levantei, estendi a minha mão, mas o João me puxou para um abraço.

– Prazer, Gaels! – ele disse. – Posso te chamar de Gaels, né?

– *Uhum...* – respondi, um pouco surpreso pelo abraço.

– Bom, vou deixar vocês conversando – disse meu tio. – Quero que vocês se deem bem, viu?

Aquele silêncio constrangedor pairou entre nós assim que meu tio voltou para a sala. Voltei a me sentar para ler meu livro e João fez o mesmo, sentando-se a minha frente.

Na mesa de centro estava um tabuleiro de xadrez com uma partida recém começada.

– Sabe jogar? – ele perguntou, pegando um bispo branco e me olhando em desafio.

Ele olhou para o bispo.

– São de pedra? – perguntou, curioso.

– São de mármore branco e preto – respondi, baixando o livro e olhando para ele. – Ganhei de aniversário.

– Xeque-mate! – eu disse, derrubando o rei dele com minha rainha.

João me olhou, fazendo uma careta.

– Como você conseguiu? – ele perguntou, num tom mimado. – Acho que você roubou, eu nunca perdi tão feio.

– Dizem que sou bom nisso – eu disse, me encostando na cadeira.

– Você deve ser desses um desses *nerds* – retorquiu João, rindo. – Pelo menos você tem cara...

Me encostei na cadeira enquanto o João organizava o tabuleiro mais uma vez. Pude vê-lo melhor então, seus olhos eram cor de café, pele bronzeada, cabelos negros e curtos e espetados, um sorriso fácil e bonito; seus ombros eram largos e ele devia ser alguns dedos mais alto que eu.

Ele terminou de arrumar as peças no tabuleiro e me olhou, encostando-se na cadeira; sorriu parecendo divertir-se.

– Bem, eu achei que você iria me reconhecer – ele disse, sorrindo. – Mas acho que não, né?

Eu o olhei com mais atenção.

– Estudamos juntos no ano passado – ele continuou, corando um pouco. – Perdi nos cinquenta metros rasos para você também.

– Ah, claro... – eu disse, reconhecendo-o. – Você também estava no Festival.

– Mas esse eu ganhei! – ele disse, como se vibrasse.

– Você cantou *Fico Assim Sem Você* só com um violão – eu disse. – Foi lindo...

Parei de falar quando a Amanda surgiu.

– Meninos, nós vamos dar uma saída – ela disse. – Querem vir?

– Eu vou ficar – respondi; não queria passar o resto do dia com a Antônia.

– Acho que vou ficar também – disse João, olhando para a tia e sorrindo.

Cinco minutos depois todos tinham saído, meu tio carregando duas malas de viagem e a Antônia estava com uma cara que assustaria o próprio diabo.

– Aonde eles vão? – perguntei, sem esperar resposta.

– Vão buscar as minhas coisas, acho – ele respondeu, para a minha surpresa. – Minha avó vai ficar com a minha mãe no hotel e eu aqui.

Demorei para absorver aquela novidade.

– É, a minha avó é uma pessoa muito desagradável, eu sei – João sorria, mas seu tom de voz era triste. – Não me entenda mal, eu a amor e ela faz o melhor purê de batatas do mundo. Só que ela tem esse jeito estranho de implicar e se meter na vida de todo mundo.

– Sou suspeito para falar – observei – a minha mãe também não é muito agradável, você sabe.

– Não acho – ele me interrompeu. – A Prof.ª Armanda sempre me tratou bem...

– Sinta-se feliz por isso.

Ficamos em silêncio por um instante.

– Posso fazer uma pergunta? – ele disse, finalmente.

Afirmei com a cabeça.

– Por que você parou de ir para escola? – indagou ele, referindo-se ao meu sumiço do Lobo no final do ano letivo.

Meu coração apertou e eu lembrei – sem querer lembrar – daquele dia na casa do Vitor Daniel. Pareceu um flashback, pois as lembranças eram frescas.

Eu queria não ter chorado, não queria que ele visse que minhas lágrimas foram por ele. Achei que com o tapa na sua cara eu iria me sentir bem, mas foi pior; ver a marca dos meus dedos no seu rosto doeu tanto quanto ver o Matheus vestido de cueca e com uma camisa que eu também vestira.

– *Gaels?* – indagou João, me tirando dos meus devaneios.

– Desculpe, João – olhei para ele. – O que foi que você disse?

– Perguntei por que você parou de ir para escola – ele disse, me olhando com mais atenção.

– Eu fiquei doente – menti, sem me preocupar em ser convincente.

– Sua doença tem haver com o Prof.º Vitor?

Um nó se fez na minha garganta.

– Ok! – ele disse, sorrindo. – Eu conto um segredo e você me conta outro.

Pensei na proposta.

– Ok!

– Sou gay – ele disse, sem rodeios, morrendo nos lábios.

♠

Abri os olhos e vi o teto branco – àquela hora, tudo estava cinzento, assim como meu sonho. Senti meus dedos doloridos de tanto segurar o edredom com força. Abri e fechei os mão, movimentando-a para que o sangue voltasse a correr por ela. Senti o suor gelado escorrer pelo meu rosto.

Eu estava encharcado e as cobertas se agarravam no meu corpo de maneira sufocante. Atirei as cobertas para um lado e levantei, peguei uma toalha no guarda roupa e fui para o banheiro.

A casa estava em um profundo silêncio aquela hora da madrugada.

Fiz o mínimo de barulho possível até chegar ao banheiro. Liguei o registro da banheira e a água começou a fluir em silêncio.

Tirei a roupa com calma, porém, a porta se abriu no momento em que eu estava pronto para entrar na banheira. Fiquei parado por um instante, mas resolvi fingir que a porta não se abrira.

– Ah... desculpe...! – disse a voz do João, as minhas costas.

– Tudo bem – respondi, já dentro d'água. – Não há nada *aqui* que você não tenha *aí*.

– Você... hum... se importa... se eu mijar?

– Fique a vontade!

Ele foi até o vazo e de relance notei que estava apenas de cueca, mas fechei os olhos e encostei minha cabeça na toalha e me lembrei do meu sonho.

Eu havia saído do Verre Chateau no meio da noite e no lugar da calçada e da grama bem aparada eu me vi diante de um muro alto de uma cerca-viva gigantesca. Alguém me chamava, alguém me chamava sentindo dor. Tentei escalar e pular o muro de ramos, mas eu nunca conseguia chegar ao topo enquanto uma voz me chamava, pedindo por socorro.

Segui a voz pelo lado direito e encontrei um portal de raízes entrelaçadas. Passei por ele e percebi que estava num labirinto onde as paredes tinham muitos metros de altura. E bem ao fundo, no lugar em que deveria estar a fonte da Mansão Botelho, estava um bangalô em chamas. Tentei pular a cerca viva, mas quando toquei os ramos eles cresceram e se agarraram em mim com força, tentando me puxar para dentro da cerca, só que a voz continua a me chamar.

Com um puxão, me livrei dos galhos e comecei a correr, tentando não tocar na cerca viva. Deveria ser visgo, *visgo do diabo*. Estava escuro também e do chão saía uma nevoa fantasmagórica, mas eu só podia correr e correr, sempre com os mesmos caminhos, direita ou esquerda.

A voz continuava a me chamar, com mais urgência, com mais medo agora.

O labirinto terminou de repente e na minha frente estava o bangalô queimado, o cheiro do fogo era de ferro, metalico. Comecei a caminhar até o bangalô – ou até o que restava dele –, mas algo me dizia para não ir.

Não havia sobrado muito do bangalô, as colunas ainda estavam em brasa e o piso rachado. Então o vento soprou mais forte e as brasas das colunas se apagaram.

Parado ao lado de uma coluna estava um homem, alto e esguio, vestido com um sobretudo preto e aos seus pés, quase no meio do piso rachado do bangalô estava o corpo do Vitor Daniel.

Assim que o vi, percebi que ele estava morto; corri para ele, mas a voz que me chamava soou com mais clareza. Olhei para o homem de negro e o vi erguer uma das mãos para a coluna em brasa ao seu lado.

Sua mão era magra, os dedos eram finos e nodosos, as veias faziam ondulações sobre a pele e com um choque assustador percebi que aquele homem era meu pai.

– Ele já está morto – disse. – Ou vai morrer logo.

Abri os olhos quando senti o distúrbio da água: João havia colocado os pés dentro da banheira e se sentara na beirada.

– Você é muito esquivo, Gabriel – ele disse, num sussurro.

– E você é muito folgado – devolvi, fechando os olhos novamente.

– Você me deve um segredo – ele continuou, ignorando meu comentário. – Eu te contei um...

– Você não deveria estar aqui – eu disse, tentando mudar de assunto. – Sua tia pode aparecer...

– Minha tia e o seu tio saíram com a minha mãe e o meu pai – ele disse. – Estamos sozinhos...

– Eu não os vi saindo.

– É que você é tipo velho, né? – ele disse, rindo. – Dorme com as galinhas.

– Aonde eles foram? – perguntei, ignorando o comentário.

– Não sei.

– Então você quer ouvir um segredo? – perguntei, me aprumando.

João balançou a cabeça.

– Então me conte como ficaram as coisas no Lobo – pedi, dando-lhe o meu sorriso mais ingênuo.

– Você quer saber do Lobo mesmo ou do Prof.º. Vitor?

– Ambos.

– O Lobo continua como sempre esteve – ele disse – exceto pelo fato de que você não foi ao Baile de Novembro. Todo mundo sentiu falta do Gabriel, sabe como é, aquele povo baba em você por ser filho o da Prof.ª Armanda.

– Uhum...

– Quanto ao Prof.º Vitor... – João ergueu uma sobrancelha, parecendo escolher as palavras. – Bem, ele mudou muito, ele está meio depressivo, eu acho, e segundo as más línguas, ele está mal por sua causa.

– Não sei porque...

– Ah, mas deveria – ele disse, me interrompendo – e algo me diz que no fundo você sabe. O Prof.º Vitor é gay, ou bi, não sei; mas o fato é que todos já tinham notado a *intimidade* de vocês dois.

Silêncio.

Eu avaliei mais uma vez se poderia contar algo para o João.

– Sim, a minha amizade com o Vitor Daniel era *intima* – eu disse. – Na verdade, fomos muito mais que amigos ou aluno e professor.

– Então...

– Nós estávamos namorando – eu disse, sem nenhum medo, mas senti meu rosto corar. – Só que não demos certo e esse é o meu segredo.

– Nunca achei que você curtisse também – respondeu ele, surpreso, depois de um momento. – Cara, eu sempre achei que você ia casar com a Carla.

– Eu também achei – respondi, com uma dor no peito por ela; fazia muito tempo que já não nos falávamos mais. – Mas então o Vitor Daniel apareceu...

– E por que vocês terminaram? – ele quis saber.

Eu não queria falar daquilo, não queria que os outros soubessem.

– A água está ficando fria já – eu disse. – Você me alcança a toalha?

♠

Minha mãe chegou na manhã seguinte, quase no começo da tarde e na ida para o aeroporto, tio Pedro passou no apart-hotel onde a Alice, o marido e a Antônia estavam hospedadas para entregar uns documentos para a irmã da Amanda analisar, uma vez que ela era advogada. A visita não foi tão desagradável assim, a Alice era um amor de pessoa, embora a sua mãe fosse um demônio e seus olhares para mim, sempre um misto de ódio e veneno.

Minha mãe alugou um carro na volta para casa, recusando-se a ficar com o carro da Amanda enquanto estivesse em Buenos Aires.

– Eu não tirei essa Carteira Internacional para usar com carro dos outros! – ela esbravejou, encerrando a conversa com meu tio.

Assim, na volta, acompanhei a minha mãe num carro que ela alugou por uma semana, enquanto vovó foi com tio Pedro para casa.

– Eu trouxe os presentes de natal que suas madrinhas mandaram – disse mamãe, logo que entramos no carro. – Ah, o Vitor também mandou um!

– O Prof.º Vitor? – perguntei surpreso.

– O presente era meu – ela explicou. – Ele me deu uma bolsa, mas eu já tinha comprado uma igualzinha, então pedi para ele trocar por algo para você.

Não respondi, me demorei pensando no que ele teria escolhido e uma curiosidade tomou conta de mim, porém, precisei me conter.

– Mas então – disse mamãe, quebrando o silêncio – como está sendo suas férias?

– Agora estão sendo boas – eu disse, e comecei a contar tudo.

Contei desde a minha amizade com o Joshua – exceto, claro, minha noite com ele – até as minhas discussões com a Antônia e seus motivos.

– Mas não quero que você fale com ela – pedi. – Eu iria me sentir muito mal com você me defendendo. Por favor, finja como se nada tivesse acontecido.

– E por que eu faria isso? – ela disse, num tom indignado. – Você é meu filho!

– Eu já discuti com ela – eu disse – e o tio Pedro também. A Antônia já se mudou para o *apart* onde a Alice está hospedada.

– Alice é a mãe do João Luis?

– É... – respondi. – Sabia que eu estudei com ele ano passado?

– Aham... – ela respondeu, fazendo uma curva. – Foi o Pedro que pediu para vocês ficarem na mesma turma, mas pelo jeito você nem notou o garoto.

– Não mesmo – eu disse, rindo. – Nem me lembrava dele...

– O que é uma pena – ela disse – porque eu achei que vocês se dariam bem!

– Mas nós estamos nos dando bem – expliquei. – Ficamos até tarde, essa noite, conversando.

– O Pedro me disse que ele é um menino muito doce – observou minha mãe. – Parece que puxou a Amanda.

– Ah, chegamos! – eu disse, quando vi o carro do tio Pedro dar sinal para que minha mãe entrasse na garagem do prédio.

– Mudando de assunto... – ela disse, girando o volante. – Você não fez as pazes com a Carla ainda?

– Não tem como fazer as pazes, mãe – eu disse, sem pensar. – Pelo menos não como ela quer.

– Como assim?

– Eu não vejo mais a Carla como a minha namorada – respondi e ela estacionou o carro.

O restante da minha família chegou em Buenos Aires no começo da noite. Então a festa começou. Tio Pedro e seus irmãos cuidaram da carne e minha mãe com as minhas tias do restante da comida.

Os primos mais novos corriam para lá e para cá dentro do apartamento e a única pessoa que tinha a minha idade ali era o João. Encontrei-o sentado na varanda, um copo de whisky a mão. Ele me pareceu triste e aborrecido por algum motivo eu não sabia; mas ele sorriu quando me sentei na cadeira a sua frente.

– Todos se divertem – eu disse, tirando o copo das suas mãos – menos você?

– Eu estava me divertindo – ele respondeu e apontou para o copo que eu tomara dele. – Mas você chegou e estragou com a brincadeira, Gaels!

– Posso ser mais agradável que uma dose de *Johnnie Walker*, João Luis – eu disse, mas logo que ele ergueu os olhos para mim, percebi que o que eu disse soou pretensioso demais.

Nós nos encaramos.

– Eu gosto de você – ele disse. – Gosto mesmo. Todo mundo diz o quanto você é muito metido, arrogante, mas eu não vejo isso, eu vejo você de verdade, o real Gabriel.

Senti meu rosto corar.

– Vovó disse para eu não ser seu amigo – ele continuou, seus olhos fixos no copo de whisky. – Falou que viu você e o vizinho juntos... – ele apontou com a cabeça a porta. – Mal sabe ela o que eu já fiz com o filho do vizinho dela.

Ele suspirou e gargalhou, amargurado.

– Meu Deus, eu comi o Rapha na cama dela e ela nem sabe!

A porta da varanda se abriu e tia Amanda entrou, nos chamando para comer, finalmente.

Minha família é, em boa parte, evangélica. Dos sete filhos da minha avó, três deles são de igrejas pentecostais; minha mãe, a mais velha dos irmãos; tio Luis – pastor – e tia Fran. Os outros filhos não vão a nenhuma igreja em especial, mas sempre caminharam no meio evangélico.

Assim quando chegamos à mesa, minha mãe fez a leitura da Bíblia e tio Luis fez uma breve oração de agradecimento; e esse jantar se deu entre risos, piadas e muitas brincadeiras com tio Pedro.

Logo depois do jantar, as mulheres foram para o quarto da noiva e os homens para a varanda, jogar xadrez, fumar charuto e tomar licor – pelo menos aqueles que não eram evangélicos de fato.

Eu e o João ficamos na sala tentando achar algo na televisão que fosse atrativo, mas não tivemos sucesso.

– Vamos dar uma volta? – eu disse, ficando em pé.

– E ir aonde? – perguntou o João, meio sonolento já.

– Não sei... – eu disse. – Na piscina, está calor mesmo!

Saímos do apartamento as escondias, pois já era tarde, e chegamos à piscina correndo. A água parecia um tapete azul turquesa; não havia vento.

João parou a beira da piscina e ficou ali, observando a água quieta e lisa. Eu parei ao lado dele, só de cueca já, percebi que ele me olhou surpreso, mas gostou do viu... e eu gostei do seu olhar em mim.

Na verdade, eu quis que ele olhasse. Então mergulhei.

– Você não vem? – perguntei, quando emergi.

Ele sorriu e começou a tirar a roupa; eu só podia olhar. João tinha o corpo de um nadador, ombros largos, cintura fina e pernas magras; o abdômen era dividido em seis gominhos iguais. Sua cueca era boxe de cor preta. Fiquei excitado quando vi o volume dele e submergi para que a minha cueca branca não me entregasse mais do que devia.

A água estava morna e João passou por baixo de mim; segurei em seus ombros, batendo os pés enquanto ele continuava o mergulho.

Emergimos e ele se virou para mim, as mãos me segurando pela cintura com força e malicia. Minha perna direita roçou de leve em seu pau e pude notar que ele estava duro.

Mergulhei de costas, sentindo suas mãos passarem pelas minhas pernas sem que ele quisesse me soltar. Ele mergulhou atrás de mim, me segurando pelo pé e me levando ao fundo da piscina. Fomos afundando, afundando, de modo que ele me abraçou e eu pude sentir sua boca no meu pescoço, suas mãos na minha bunda e seu pau fazendo pressão contra o meu.

Assim que senti o fundo da piscina nas minhas costas, João me largou e voltou para a superfície. Quando emergi a sua frente, ele avançou em mim e nossas bocas se encontraram. Eu não resisti e não tentei afastá-lo, eu queria sentir o seu beijo, sentir o gosto da sua boca, mas ainda faltava algo; o algo que não tinha no beijo do Joshua também.

Me afastei dele subitamente, nadei para a beira da piscina e sai d'água, mas João me alcançou ainda na entrada do prédio.

– Não fuja! – ele disse, num sussurro.

Tentei abrir a porta, mas ele segurou-a e voltou a fechá-la, batendo-a com força. Então ele avançou em mim novamente, uma das mãos na minha nuca e a outra na minha cintura. Outro beijo e a mesma sensação de que faltava algo...

Não, era uma sensação de vazio.

Um desejo de que fosse o Vitor Daniel me beijando.

– NÃO! – eu disse, empurrando o João para longe quando ele enfiou uma de suas mãos na minha cueca. – João, eu não posso!

167

– Por que não? – ele perguntou.

Tirei a mão dele da porta.

– Por que eu não quero – respondi.

Vesti minha roupa enquanto o elevador subia e comecei a chorar logo que cheguei em frente a porta do apartamento. Mas me controlei por que pensei que ainda haveria alguém na sala, entretanto, todos já tinham se recolhido; Alice, o marido e a Antônia tinham voltado para o apart-hotel; tio Luis e o resto de sua família foram para o hotel, onde estavam hospedados.

O sofá da sala estava todo ocupado pelos meus três primos e uma conversa vinha do quarto em que o João estava dormindo. Abri a porta e minha mãe, minha avó, tia Ana e Tia Fran estavam deitadas, dividindo uma cama de casal e um colchão no chão.

– Gabriel? – chamou minha mãe.

– Achei que eu iria dormir com você, mãe – eu disse.

– E onde o João iria dormir?

– Comigo? – perguntei, lembrando do que acabara de acontecer na piscina.

– É mais tranquilo para vocês, filho – disse mamãe.

– Tudo bem, mãe – eu disse – eu não me importo.

Mentira, eu me importava.

– Onde você estava? – perguntou minha avó.

– Na piscina, com o João – respondi – mas já estou indo dormir.

– Boa noite, filho – disse minha mãe. – Dorme com Deus!

Dei boa noite para minhas tias e minha avó e fui para o quarto, peguei uma toalha para tomar banho e depois que troquei de roupa deitei na cama, esquecendo-me que a cama era de casal e eu teria que a dividir com o João.

Eu estava quase pegando no sono quando o João deitou do meu lado da cama. Seu corpo inteiro estava gelado e não me importei quando suas mãos me puxaram para mais perto de si.

Ele beijou meu pescoço e sua mão esquerda desceu para dentro do meu pijama. Àquela hora eu já estava mais uma vez excitado por causa dos seus beijos no meu pescoço.

Sua mão brincou comigo tanto quanto sua língua e quando ele começou a me masturbar de verdade, eu saltei da cama.

– O que foi? – ele perguntou, sussurro.

– Eu não quero fazer isso, João! – eu sussurrei de volta.

– Tem certeza? – ele volveu, sentando na cama; o que fez com que seu pau intumescido marcasse a cueca. – Você parecia estar gostando...

– Há uma diferença entre gostar e *querer* fazer sexo!

Avancei para ele e o empurrei na cama, ele caiu para trás e ficou deitado, olhando para o teto.

– Eu não acredito que você vai me deixar na mão assim! – ele disse, ficando em pé quando peguei meu travesseiro e o edredom.

– Assim como? – perguntei, acido. – De pau duro?

– É!

– Já ouviu falar em *punheta*? – perguntei, tentando deixar a raiva de lado.

Saí do quarto e fui dormir com meus primos na sala.

Antônia

Minha avó estava na cozinha terminando de preparar o café da manhã. Vovó Julia estava um pouco magra demais e talvez mais curvada. Era o peso da idade, mas fora isso, ela era sempre a mesma pessoa, sempre.

– Oh, Gabriel – disse ela, quando me viu. – Você já acordou!?

– Bom dia, vovó! – eu disse.

– Quer tomar o teu café? – ela me disse e me deu um beijo na testa.

– Não, eu espero todo mundo.

– A vó trouxe queijo e doce de leite para você – ela disse, amavelmente. – E vou fazer o arroz-doce depois.

– Com canela, vó – eu disse. – Eu gosto com muita canela...

Vovó sentou na cadeira a minha frente com uma cuia de chimarrão e uma chaleira de água quente.

– Quando é que vou ver você sorrir de verdade de novo? – ela perguntou, de repente, para a minha surpresa.

– Credo, vó, eu estou sorrindo de verdade!

– Eu sei que está – ela volveu – mas quero saber quando eu vou ver você sorrir por estar feliz.

– Eu estou feliz – eu disse, mais surpreso ainda.

– Você pode ter erguido essa muralha, Gabriel – ela disse, enchendo a cuia com água quente – mas não para mim, meu filho.

Nossa conversa foi interrompida pela minha mãe e minhas tias que entraram na cozinha falando e rindo alto.

Já estávamos tomando café quando o João e meus primos, Pedro e Eduarda, sentaram-se na mesa.

– Vocês deviam colocar o Pepe e a Duda para dormir no quarto comigo e com o João.

João ergueu um olhar surpreso para mim.

– Foram eles que pediram – disse tia Fran. – Eles ficaram até tarde vendo filme, ou tentando, pelo menos.

– É – disse João, ainda me olhando. – Tem lugar sobrando no quarto, tia!

– Depois a gente vê isso – comentou tia Ana. – Eduarda vá tomar banho e se arrumar se quiser ir fazer compras comigo e com as suas tias.

– *Eu vou junto!* – gritou Pepe.

– Então vá tomar banho também! – berrou tia Ana. – Tua mãe vai ficar brava se ela chegar e você não tiver tomado banho.

Duda e Pepe saíram da cozinha aos gritos.

– E vocês dois – perguntou minha mãe – o que vão fazer?

– Eu vou para a piscina! – respondi, distraído.

– Eu vou com o Gabriel – disse João. – Não tenho o que fazer por aqui.

– Vocês podem ir com a gente – disse minha tia. – Vamos fazer compras com *los portenhos*!

João riu do jeito de tia Ana.

– Ah, não – eu devolvi, rindo também. – Já é ruim fazer compras com mulher, imagine com vocês?! Não, obrigado, prefiro ficar na piscina mesmo.

– Gabriel, o casamento é às 19h – disse minha mãe, levantando-se – Você precisa estar pronto até as 18h em ponto!

– Sim, senhora! – eu disse, ficando em pé também.

Minha mãe, minhas tias e meus primos saíram meia hora depois; e logo que todos saíram corri para o quarto para ver o presente que o Vitor Daniel havia mandado. Peguei a caixa preta de laço vermelho e me sentei na cama.

Dentro da caixa tinha um leão de pelúcia perfumado com o cheiro do seu perfume e no fundo da caixa estavam mais três coisas: um DVD do filme Chocolate – com o Johnny Depp e Juliette Binoche –, um chaveiro – que era metade de um coração –, e por último, uma caixa com uma correntinha cujo pingente era um arroz com a palavra VIDA gravada de um lado e do outro as minhas iniciais; entre o que estava escrito, havia um coração.

De todo os presentes que ele me mandara, a corrente com o pingente de arroz foi o que eu mais gostei. Pulei da cama e fui até minha mochila, achei meu celular e liguei-o. Havia dias que eu não mexia nele.

Meu celular estava com mais de cem mensagens não lidas e mais de setenta ligações perdidas e tudo isso pertencia ao Vitor Daniel e ao Joshua.

Gaels, por favor, não suma assim...

Meu amor, fale comigo, eu não estou suportando seu silêncio!

Eu sei que errei, eu sei que jamais deveria... Ah, Gaels, meu Gaels, eu sinto tanto a sua falta!

Nessa hora eu já estava discando o numero dele e antes de apertar o *call* do celular eu desisti. Não, eu não podia ceder desse jeito. Eu tinha feito uma promessa, para mim mesmo e eu não faltaria com a minha palavra.

– *As pessoas se esquecem do valor da palavra dada* – disse mamãe, na minha cabeça, uma lembrança de um sermão. – *Por isso cumpra com suas promessas, por menores que elas sejam!*

Voltei a abrir o celular.

Dói muito esse seu silêncio.

Eu amo tanto você, Gabriel... não me deixe assim, não finja que nada aconteceu!

Li a última mensagem com uma dor enorme no peito, mas apaguei todas elas, deixando apenas aquela em que ele falava que meu silêncio doía muito. Então deitei na cama abraçando o leão de pelúcia e engoli o choro.

Passei a tarde toda na piscina com o João e claro que ele fez mais uma investida, sempre com uma mão boba para cima de mim, mas ele parou quando o Joshua chegou e minha atenção ficou inteiramente voltada para ele.

Joshua, por sua vez, estava chateado comigo e finalmente pudemos conversar sobre o que acontecera entre nós.

– Só quero saber por que você não se da uma chance – ele me disse, certo momento. – Você precisa sorrir, ser feliz, Gabriel!

– E quem disse que não estou sorrindo ou feliz? – retruquei, *sorrindo*. – Mas a coisa é mais complicada do que parece. Você sabe, eu contei tudo para você.

– Você diz que já superou – ele respondeu – mas eu não vejo isso e as coisas que você faz só confirmam minhas dúvidas. Acho que você só vai conseguir resolver isso quando sentar e conversar com esse cara.

Aquilo me afetou de algum jeito, mas precisei ignorar e então subimos – nós três – para nos preparar para o casamento e às 18h eu já estava pronto. Meu irmão e minha cunhada – que haviam chegado horas antes – também já estavam prontos.

Todos os homens da família do tio Pedro, assim como os seus amigos, estavam vestidos com smokings e eu fui um dos padrinhos dele junto com minha mãe, Maurício fez par com tia Ana e tia Fran com tio Luis.

Os padrinhos da Amanda eram estranhos para mim, não os conheci e não fomos apresentados.

A cerimônia e a festa foram realizadas numa enorme e bela casa de festas e o tio Luis, como pastor foi responsável pela celebração religiosa. Em seguida uma senhora casou-os no civil, tornando-os – também – cidadãos de Buenos Aires.

Mas a melhor parte desse casamento estava na festa.

Como padrinho do casamento, tive que valsar com a Amanda e um pequeno estresse se deu com meu irmão quando me recusei a dançar com a Antônia.

– Dance você, com essa velha, se quiser! – eu disse, quando ele me dava o seu sermão sobre *etiqueta*.

E foi o que ele fez, ao que eu dei graças a Deus.

Nesse momento eu aceitei o convite da minha mãe e valsamos também, mas sinceramente, não era um valsar de verdade, eu só rodava pelo salão segurando a mão de quem estava comigo. Eu nunca soube dançar mesmo e não fiz questão de aprender.

Duas horas depois foi servido o jantar, o bolo foi cortado finalmente e eu estava sentando sozinho à uma mesa quando meu irmão se sentou do meu lado. Sua cara sim era de azedar leite, algo muito parecido com a expressão da minha mãe quando estava zangada.

– Quero falar com você – ele disse.

– Adianta se eu pedir para você deixar isso para amanhã? – perguntei, suspirando, mas ele me encarou. – Diga, o que houve?

– Quem é Joshua? – ele perguntou, colocando o prato de bolo na mesa; seus olhos verdes não se desviaram dos meus e eu soube que ele já sabia a resposta; a resposta verdadeira.

Ele limpou a boca com um guardanapo.

– Joshua é o vizinho do tio...

– E por que diabos a Antônia vem me dizer que ele é seu namorado? – ele me interrompeu e sua voz era uma navalha afiada de raiva.

– A Antônia é uma mentirosa – eu disse, calmamente.

– Uma mentirosa que pelo jeito sabe mais da verdade do que você pode imaginar – ele disse, controlando-se para não estourar. – É muito engraçado ela vir com uma *mentira* dessas quando eu já desconfiava.

– Desconfiava de que?

– De *você* e do Vitor Daniel!

Eu apenas o encarei.

– Seu querido professor é *bicha*, Gabriel! – ele disse, num sussurro enojado. – E eu nunca imaginei que você poderia ser até o motorista do banco vir para cima de mim com uma piadinha sobre você estar no shopping com o *namorado*. Aí, eu vou ao shopping com a minha mulher e adivinha quem nós vemos? Meu irmão e o maldito do professor, que é gay.

Eu podia ouvir os risos, a música e todo o resto da festa, mas eu só conseguia ver o rosto do meu irmão a minha frente.

– Eu nunca, nunca senti tanta vergonha de você – ele continuou. – Talvez tenha sido nojo também, não sei.

Não fiquei ali para continuar ouvindo aquilo. Era demais para mim. Eu já podia sentir as lágrimas escorrendo pelo meu rosto enquanto caminhava para fora do salão. Maurício não precisava ter falado aquilo para mim e uma raiva me chacoalhou quando as pessoas começaram a me olhar.

E eu sempre odiei quando elas me olhavam.

Perto da porta, sentada com a minha avó estava a Antônia, a Alice e o marido dela. Assim que a Antônia me viu começou a rir, um riso escondido, um riso vingativo.

A raiva que eu estava sentindo era tanta que eu só percebi quando já estava já indo quase na frente dela; peguei a primeira coisa que vi sobre a mesa: uma travessa de prata com restos de arroz ao créme e foi imensurável o prazer de sentir a travessa amassar com a pancada na testa da Antônia.

Arroz voou para todos os lados e os ocupantes da mesa ficaram em pé e o restante do salão ficou em silêncio, a risada, a conversa, a alegria cessou.

Ergui a travessa mais uma vez e acertei novamente a Antônia, ela tentou levantar-se da cadeira e acabou caindo de joelhos. Ela começou a engatinhar pelo salão, berrando para me afastarem dela, mas eu estava segurando-a por uma alça do vestido roxo que ela usava, entretanto, alguém me pegou pela cintura e me ergueu no ar.

– SUA VELHA NOJENTA, EU DISSE QUE SOCARIA VOCÊ! – eu berrei, gargalhando. – AGORA VOCÊ TEM MOTIVOS PARA FALAR DE MIM!

Ela sentou-se no chão, com o penteado desfeito, a cara amassada, a maquiagem misturada ao arroz com creme.

– EU ODEIO VOCÊ! – berrei, quando a vi daquele jeito. – EU ODEIO VOCÊ!

Arremessei à travessa – que já tinha um formato em V – e a acertei na barriga mais uma vez. Gargalhei de novo. Aos meus ouvidos, eu estava sendo cruel demais. Mas continuei gargalhando.

– Ele está sangrando! – disse a minha mãe, em algum lugar.

– Deve ser da Antônia – disse uma das minhas tias.

Passei as minhas mãos pelo rosto, ainda gargalhando, e quando vi minhas mãos, tinha sangue nelas. O gosto de ferrugem invadiu minha boca e o ódio que eu estava sentindo deu lugar ao terror.

Alguém me puxou e me tirou do salão e me fez sentar numa cadeira do lado de fora, mas eu estava sangrando *mesmo*. Minha mãe sentou do meu lado com uma toalha e começou a limpar o sangue. Ela falava comigo, mas eu não conseguia entender nenhuma palavra.

– *Por que* você fez aquilo, Gabriel? – perguntou o Maurício, surgindo na minha frente, me segurando pelos ombros e me chacoalhando.

Eu voltei a rir. Era como se eu estivesse lá, mas minha mente estivesse em outro lugar.

– Solte o seu irmão, Maurício! – disse minha mãe, empurrando-o para longe de mim.

Ele encarou-a, surpreso.

– O seu irmão está em choque – disse minha mãe. – Agora vá pegar minha bolsa, vou levar ele para casa.

– Você não vai...

– Vou levar o meu filho para casa, Maurício – ela disse, ficando em pé, como quem não admite ser contrariada. – Ele está precisando de mim e vou conversar com ele assim que ele se acalmar.

– Mas você precisa me ouvir.

– Vou ouvir o Gabriel primeiro – ela disse, com acidez. – *Agora vá pegar* a minha bolsa. E eu não estou *pedindo*.

Entramos no carro e me lembro muito pouco depois disso, apenas das luzes dos postes, do céu estrelado e da lua redonda e pálida.

V

Danilo

Minha mãe bateu na porta e entrou.

– Posso entrar? – ela perguntou.

Eu balancei a cabeça e ela entrou, vindo se sentar comigo no chão, na frente da enorme janela de vidro que dava para o Parque Baragüi. Havia um sol lindo, dando um banho no parque. Pessoas andavam para lá e para cá, com crianças, com cachorros. Minna latiu e foi de encontro a minha mãe.

– Achei que você estaria dormindo – disse mamãe, olhando para o movimento do parque também. – A Roza fez panqueca americana.

– Não estou com fome – respondi, encostando a cabeça na janela.

Me levantei, mas senti uma tontura repentina e meus olhos escureceram por um segundo. Quando voltei a piscar, minha mãe estava me segurando. Ela me fez sentar na cama e então interfonou para a cozinha.

Dez minutos depois e Roza surgiu com uma bandeja e minha mãe me obrigou a tomar dois comprimidos antes de começar a comer. Descobri que realmente estava com fome, mas quando Roza desceu com a bandeja, eu corri para o banheiro para vomitar.

Eu sabia o que estava acontecendo e pela primeira vez tive medo que todos soubessem da verdade. Eu não queria que apontassem o dedo para mim ou que cochichassem sobre mim sobre meu caso amoroso com o Vitor Daniel. Eu não queria que meus amigos se afastassem de mim. Eu não queria começar uma guerra com a minha família onde eu sabia que todo mundo sairia ferido.

Olhei no espelho do banheiro e vi um Gabriel diferente daquele que todo mundo conhecia. Meu cabelo estava diferente, com um efeito palha e queimado nas pontas. Meus olhos estavam acinzentados, sem o brilho que tinham antes, e, também tinha as olheiras, as acnes.

Liguei a torneira e abaixei a cabeça para lavar o rosto; levei a água com as mãos até o rosto e fechei os olhos, mas quando voltei a abri-los a água que descia pelo ralo estava rosada. Voltei a olhar para o espelho, mas novamente me sentir tonto e meus olhos escureceram.

♠

O Dr. Hans Klein estava tirando um termômetro debaixo do meu braço quando acordei. Tentei levantar, mas minha cabeça estava pesada e havia uma agulha no meu braço direito.

– Não levante, Gabriel – disse Dr. Klein, com bondade.

Voltei a deitar e o cheiro típico de hospital me embrulhou o estômago.

– Cadê a minha mãe? – perguntei.

– Foi ao refeitório – ele disse, sorrindo.

– Quanto tempo faz que estou aqui?

– Você chegou ontem de manhã – ele respondeu e eu olhei para a janela.

Era uma noite de lua cheia e nuvens escuras se formavam aqui e ali.

– E por que estou aqui? – perguntei, ainda olhando para a janela.

– Você vomitou sangue – ele disse, como quem comenta o tempo. – Você também está com um principio de anemia, vai ficar no soro alguns dias – ele se sentou na cama. – Há quando tempo você está fazendo isso?

Olhei para ele com vergonha e não tive coragem de responder.

– Tem alguma coisa que você queira me dizer? – indagou Dr. Klein.

– Não – respondi.

– Pode me contar – ele disse – pela ética da minha profissão eu devo guardar segredo.

– Doutor – eu disse, finalmente – não existe nada de errado comigo, eu só não me sinto tão forte quanto antes.

– Entendo – ele disse, depois de um breve silêncio. – Todas as muralhas têm suas rachaduras, filho, mas de qualquer maneira vou encaminhar você a um psiquiatra.

– Por que?

– Porque você está bulimico – ele disse, calmamente – e a Bulimia é uma doença que abre portas para outras. Eu não sou especialista, mas isso me assusta porque você é bipolar e não está fazendo acompanhamento.

– Bipolar?

– Acredito – ele respondeu – que a sua Bulimia foi por causa da Bipolaridade ou o contrário.

– Você já disse isso para a minha mãe? – indaguei, tentando imaginar o que ela diria.

– Já...

– E o que ela respondeu?

– Te repreendo, em nome de Jesus! – ele disse, envergonhado, numa imitação desdenhosa da minha mãe.

– Ela disse só isso? – perguntei, rindo.

– Bem, no fim ela entendeu – ela suspirou. – Mas você vai fazer a primeira consulta com a Dra. Carina.

A porta do quarto se abriu e minha mãe entrou com algumas sacolas de mercado. Dr. Klein cumprimentou-a com um abraço, visto a amizade que os dois tinham.

– Gabriel, eu volto mais tarde para conversarmos – ele disse e saiu, deixando-me à sós com mamãe.

Ela tirou da sacola uma lata de Farinha Láctea, uma caixa de leite, uma tigela e uma colher. Ela misturou o leite e a farinha na tigela com a colher e me entregou.

– Tudo bem, filho? – ela perguntou, me dando um beijo na testa.

– To com a cabeça pesada – eu disse – mas estou bem.

– Deve ser dos remédios – ela disse, sentando-se do meu lado e segurando minha mão. – Nós podemos conversar, Gabriel?

– Sobre o que? – perguntei.

– Sobre o que tem acontecido com você ultimamente – ela disse, com cautela.

– E o que você quer saber? – perguntei, com um desconforto no peito.

– Primeiro, por que você terminou com a Carla? – ela indagou, com calma.

– Eu... – comecei, mas precisei escolher as palavras. – Eu achei que amava a Carla e acho que posso até ter amado em algum momento, mas hoje eu só a vejo como uma amiga e não mais que isso.

– A sua viagem para Buenos Aires teve algo haver com o Prof.º Vitor?

Eu me endireitei na cama e a encarei.

– Por que haveria de ter? – devolvi, fingindo não entender a pergunta.

– Não sei – ela disse e respirou fundo. – Seu irmão me disse que poderia ter.

– Foi por mim mesmo – eu disse. – Foi para fugir daquela escola, desse Prof.º Vitor e de todos os outros – olhei para a janela. – Fugir dos meus amigos ou pelo menos dos que se dizem meus amigos.

Silêncio.

– E por que você bateu na Antônia? Por que essa raiva toda dela?

Analisei a pergunta e resolvi contar parte da verdade.

– Ela falou para o Maurício – contei, revirando os olhos – que eu estava namorando com o vizinho do tio Pedro.

Minha mãe ergueu uma sobrancelha e se empertigou toda.

– E o Maurício me viu algumas vezes com o Prof.º Vitor no shopping, perto do trabalho dele – respirei fundo. – Meu querido irmão juntou uma coisa com a outra – fiz uma pausa. – O Mau disse que tinha nojo de mim, mamãe.

– Ele disse isso na festa?

Confirmei com a cabeça

– E quando a Antônia viu que ele já tinha conversado comigo ela riu, riu da minha cara...

– Mas por que ela iria fazer uma maldade dessas com você?

– Eu não sei – eu disse, já querendo terminar com aquela conversa. – Mas como você sabe, nós dois já tínhamos discutido antes. Tio Pedro também e ele acabou mandando a Antônia embora da casa dele.

– Aí ele trouxe o sobrinho – disse minha mãe, compreendendo. – A Antônia deve ter achado que foi por sua causa e tomou essa troca como um desaforo.

Mamãe levantou e foi até a janela, abriu-a e então voltou para perto de mim.

– Eu conversei com a Amanda – ela disse, sem rodeios – e ela me disse que convenceu a Antônia a não registrar nenhuma queixa contra você. Ela me pediu desculpas também e disse que está preocupada com tudo o que houve. Ela sabe como a mãe é e está envergonhada.

Me sentei na cama e mamãe ajeitou os travesseiros atrás de mim.

– Dr. Klein me disse que você precisa fazer acompanhamento – ela disse, me encarando. – Há algum tempo ele já tinha me dito que você poderia ser bipolar, mas eu não prestei atenção nele e nem em você – ela passou a mão na minha testa, ainda me encarando. – Meu Deus, o Senhor sabe que eu precisei abrir mão de muitas coisas para poder continuar, o Senhor conhece o meu coração.

Mamãe beijou minha testa.

– Filho, eu quero – ela continuou, com a voz embargada – que você me desculpe por tudo isso, a mamãe fez tudo o que fez porque ama você assim como ama os seus irmãos. Preciso muito que você entenda que eu sempre dei o meu melhor por vocês.

O celular da Prof.ª Armanda tocou, interrompendo-a.

– Alo?!

Silêncio.

– Ai, Débora, eu esqueci – ela disse. – Segure as pontas por mim que eu estou indo.

Minha mãe desligou o telefone e me deu um beijo demorado.

– Eu vou ao Lobo – ela disse – mas volto logo. Quer alguma coisa da rua?

– Meu livro – eu disse. – É o Harry Potter de capa verde e está no banco de trás do carro.

– Eu mando alguém trazer para você.

Mamãe saiu do quarto e eu liguei a TV. Estava passando Avatar, A Lenda de Aang no Nickelodeon, mas mal a porta havia se fechado, uma enfermeira entrou com uma bandeja.

– Ah, não... – gemi. – Eu não vou comer isso.

Ela sorriu.

– Sério, minha mãe trouxe Farinha Láctea – eu disse.

– Mesmo assim você precisa comer isso aqui – ela respondeu, rindo. – E também quero saber se você é o Gabriel, filho da sócia da Dra. Carina.

– Eu mesmo – respondi, desconfiado já. – Por quê?

– Tem um paciente que gostaria muito de falar com você – ela disse, ansiosa. – É importante para ele.

– Quem é esse paciente?

– Danilo – ela disse. – Danilo Schneider.

Fitei-a por um instante.

– Desculpe – eu disse. – Não consigo lembrar.

– Posso trazê-lo aqui? – ela perguntou. – Para vocês conversarem?

– Sim, claro.

A enfermeira saiu rapidinho da sala e voltou quase que imediatamente e junto com ela estava um rapaz, sentado numa cadeira de rodas com soro e um tubo de oxigênio. Me assustei quando o vi e achei que a enfermeira deveria ter me avisado para não ficar impressionado com o estado dele.

Ao se levantar da cadeira de rodas, ele se agarrou aos braços da enfermeira e ela passou-lhe o soro para se apoiar. O tubo de oxigênio – preso a cadeira de rodas – fazia um ruído alto, mas sua respiração era lenta, pesada e ruidosa. O pijama que ele vestia parecia ser o dobro do seu tamanho, de tão magro que ele estava.

Ele pigarreou, arrumou o pijama no corpo e volto a se agarrar ao soro.

— Olá, Gabriel — ele disse, finalmente, o som do oxigênio chiando pela sua voz. — Você se lembra de mim?

Olhei para o seu rosto magro, cansado e descarnado com mais atenção.

— Eu me lembro de você! — eu disse. — Claro, você é o menino do cabelo azul...

— Larissa, você pode espera lá fora, por favor? — ele disse, sem olhar para ela. — Eu vou ficar bem.

Larissa hesitou, mas acabou saindo do quarto.

— Sou eu mesmo, Gabriel — ele disse. — O menino que tinha o cabelo azul. Também sou o primeiro namorado do Vitor Daniel.

Eu abri a boca para falar, mas descobri que não tinha o que dizer.

— Soube que vocês dois terminaram — ele disse, e não foi uma pergunta.

— Sim, terminamos — concordei.

— Vitor me contou — ele disse, fechando os olhos e por um instante achei que ele iria cair. — Respirar dói, mas estou bem — ele disse, calmamente. — Na verdade, últimamente tudo dói, principalmente a minha consciência.

Danilo deu dois passos para frente e se apoiou na cama, fiz menção de ajudá-lo, mas ele recusou com um gesto delicado.

— Eu estou morrendo, Gabriel — ele disse. — Eu sei disso, eu posso sentir a morte perto de mim e confesso que vai ser um alivio. Não vou mais sentir dor.

— Você não deveria pensar assim — eu consegui dizer, finalmente.

— Eu não deveria ter feito muitas coisas — ele devolveu, inspirando profundamente — mas pensar em morrer é só o que me acalma, é só o que me não me deixa entrar em desespero — ele sorriu, triste. — Bem, eu não vim aqui para falar de mim e fazer você sentir pena de um moribundo. Eu vim aqui para fazer com que você não cometa os mesmos erros que eu.

— Como assim?

— Não quero que você deixe o Vitor Daniel sair da sua vida — ele disse. — Eu lamento muito não ter tido forças para lutar pelo amor dele. Acho que tudo teria sido diferente se eu tivesse enfrentado minha família... eu provavelmente não estaria morrendo agora.

— Danilo, o Vitor me traiu! — eu disse, já não querendo mais ouvir aquela conversa. — E ninguém me contou, eu mesmo vi!

– E você já ouviu falar de perdão? – ele perguntou, depois de uma leve pausa que me encarou profundamente. – Eu sei o que ele fez e também estaria cheio de raiva no seu lugar, mas sei também que o amor do Vitor Daniel por você é bem maior do que ele mesmo.

– Como você sabe?

– Ele veio me visitar ontem – ele disse, uma lagrima escorrendo pelo seu rosto. – Ele me perdoou por tudo o que aconteceu entre nós e ele falou tanto de você.

Ele trouxe o soro mais para perto e o esforço me pareceu enorme.

– Gabriel, se você não puder perdoá-lo – ele continuou, com a voz embargada – é provável que você nunca mais vá encontrar um amor como o dele. Você poderá ficar com outras pessoas, mas todas elas serão pessoas vazias e no fim você também ficará vazio.

Novamente ele puxou o soro mais para perto do corpo e a manga do seu pijama esticou-se, de modo que pude ver seus braços em volto em curativos manchados de sangue.

– Não deixe ele ir embora da sua vida, Gabriel! – ele disse, voltando-se a se sentar na cadeira de rodas. – Não deixe!

– Por que você veio me falar isso tudo? – perguntei, sentindo uma lagrima escorrer pelo rosto também.

– Por que um dia eu deixei o Vitor Daniel ir – ele disse – e depois que ele foi, fiquei vazio; depois que ele foi, descobri que o amor de verdade só acontece uma vez na vida.

Apertei a campainha ao lado da minha cama quando percebi que ele iria precisar de ajuda para andar com a cadeira de rodas e logo a Larissa entrou no quarto, com meu livro nas mãos. Ela me entregou o livro com um sorriso e voltou-se para ajudar o Danilo a sair do quarto.

Quando a porta em fim se fechou e eu fiquei sozinho, pude olhar para dentro de mim, para o meu coração e ver que tudo estava mais claro agora. As palavras do Danilo faziam sentido para mim, pois tanto o Joshua como o João Luis tinham sido pessoas vazias onde eu não pude sentir nenhum sentimento por eles além de tesão.

Naquele momento, percebi que eu já tinha perdoado o Vitor Daniel e sua traição, eu só não queria mais ficar com ele, ver ele, lembrar dele; eu não queria mais sentir falta dele. Desejei do fundo do meu coração não o amar mais, desejei ter a minha vida de volta e pronto.

♠

Durante todos os sete dias que fiquei internado, recebi muitas visitas. As minhas madrinhas foram as primeiras e cada uma trouxe um presente. Júlio e Ariane também vieram e me pareceu que eram um casal – ou pelo menos estavam agindo como um.

Meus amigos também vieram, mas a enfermeira de plantão não os deixou entrar por causa da bagunça que poderiam fazer e na véspera da minha alta, recebi um buque de rosas brancas. Havia um cartão com aquela caligrafia em letras de forma e que eu achava linda.

Eu peço a Deus para você ficar bem.
Amo você...

O cheiro do perfume do Vitor Daniel estava naquele pedaço de papel e foi ai que tive a ideia de visitar o Danilo. Arranquei a agulha do soro do meu braço, troquei de pijama e peguei o buquê de flores.

Encontrei a enfermeira plantonista no corredor e fiz ela me dizer o quarto onde o Danilo estava. Ela me disse e saí correndo.

Corri pelo corredor notando como meus passos ecoavam pelo lugar. O cheiro era agourento. Cheguei ao quarto onde a enfermeira tinha tido que o Danilo estava, mas o que encontrei foram duas mulheres limpando o quarto. Meus olhos pararam no colchão da cama que estava sujo de sangue e mais algumas coisas que e eu não quis pensar o que era.

– Cadê o rapaz que estava nesse quarto? – perguntei.

As duas mulheres se olharam.

– Sinto muito, filho – disse uma delas. – Ele morreu...

– Foi o melhor que podia ter acontecido – disse a outra, quando eu já estava voltando. – AIDS é uma doença terrível.

Eu estava chocado.

Voltei ao quarto e minha mãe estava ali, arrumando minhas coisas numa mochila. Ela sorriu quando entrei, mas não disse nada.

– Nós vamos para casa, mãe?

– O Dr. Klein disse que se você está bem para correr pelo hospital, já está bem para ir para casa.

– A senhora conhecia algum Danilo Schneider? – perguntei, ainda chocado com a morte do rapaz.

– Schneider? – ela volveu. – O teu irmão vivia brigando com um Schneider na escola... por que você está com essas flores?

– Recebi um pouco antes de você voltar – menti. – Fui saber quem mandou, não tinha nome no cartão.

– E o que dizia o cartão?

– *Fique bem*. Mas acho que entregaram no quarto errado.

– Então troque de roupa – disse mamãe – enquanto vou acertar a conta... podemos ir ao shopping depois, o que acha?

Ergui os olhos para ela, surpreso pelo convite, pois não me lembrava de alguma vez já ter ido ao shopping com minha mãe.

– Só se a gente passar em casa – eu disse, me sentindo feliz de repente. – Quero tirar esse cheiro de hospital do corpo.

– Está bem – ela disse, pegando a bolsa. – Vou ter que passar em casa mesmo para pegar dinheiro. Agora vou lá acertar sua hospedagem aqui.

Minha mãe voltou alguns minutos depois, segurando três envelopes com os resultados dos exames que eu havia feito.

– Gabriel – ela disse – como é nome do rapaz que você disse? Schneider, era isso?

– Danilo Schneider.

– Filho, eu me formei com a mãe dele... – ela disse, sentando-se na poltrona perto da porta visivelmente surpresa. – Meu Deus, ele morreu de AIDS.

– Ele veio até meu quarto – eu disse, sem pensar – uns dias atrás.

Minha mãe ficou em pé.

– Fazer o que aqui?

– Bem, parece que ele e o Prof.º Vitor foram namorados há um tempo – dei de ombros, como quem pouco se importa do assunto e menti mais uma vez. – Quando ele soube que eu estava aqui veio pedir notícias dele.

♠

Nós estávamos no McDonalds quando o celular da minha mãe tocou. Havíamos tido um começo de noite muito bom. Fomos ao cinema, passamos uma hora na livraria, fizemos compras de roupa, calçados. Comprei alguns jogos de PlayStation, filmes para a minha coleção, dois livros da Agatha Christie e Os Contos de Beedle, o Bardo da JK Rowling.

Estávamos no caixa de uma loja quando ouço meu nome.

– Daniela? – disse minha mãe, surpresa.

Olhei para trás e a mãe do Vitor Daniel sorriu carinhosamente para mim.

– Gabriel! – disse a mãe do Vitor. – Oi, Prof.ª Armanda!

As duas se cumprimentaram com um abraço e um beijo no rosto.

– Filho, a mamãe fez magistério com a Dra. Daniela – disse minha mãe. Faz tanto tempo já, né, doutora?

– Pois é, tem bastante tempo... – disse a mãe do Vitor, piscando para mim. – Tenho saudades daquele tempo, professora.

– Mas e o Vitor, onde está? – perguntou minha mãe.

– Está na praça de alimentação – respondeu a Dra. Daniela, ainda sorrindo para mim. – Querem se juntar a nós para uma pizza?

Minha mãe me olhou e de repente senti meu coração pular para a garganta.

– Ah, não... – respondeu, minha mãe. – Fica para próxima, nós já comemos McDonalds.

– Que pena! – volveu a Dra. Daniela. – Mas me deixem ir, o meu filho já deve estar preocupado comigo.

– E nós já vamos para casa – mamãe de repente sorriu ainda mais.

– Ah, vou deixar meu cartão com você, assim podemos marcar algo.

– Nossa, vai ser um prazer! – disse mamãe, com entusiasmo.

Porém, a Dra. Daniela havia entregado o cartão para mim e tinha algo no seu tom de voz que fez minha intuição apitar: ela queria falar era comigo.

Quando já estávamos dentro do carro, minha mãe perguntou de onde eu conhecia a Dra. Daniela de Andrade e não vi alternativa senão mentir.

Terceira mentira do dia.

– Lembra da festa que eu fui ao apartamento do Prof.º Júlio? – perguntei. – Então, antes de irmos para festa, o Vitor passou em casa e a Dra. Daniela estava lá. Enquanto o Vitor subiu para o quarto trocar de roupa, ela fez sala para mim.

– Mudando de assunto – ela disse – você já fez sua inscrição dos vestibulares da UEPG e da Unicentro?

– Não – respondi – e eu nem sabia que estavam abertas...

– Eu sei que você não quer – disse minha mãe, como eu sabia que iria dizer – mas pelo menos pense em administração ou em psicologia ou em direito. Pense nos negócios que seu pai deixou, no meu consultório e no Lobo.

– Mãe...

– A sua irmã está na França – ela disse, me ignorando – e não quer saber de nós – *não quer saber de vocês*, pensei, *Lana fala sempre comigo*. – E o seu irmão não vai dar conta sozinho. Quero que você pense nisso, quero que você passe em um vestibular desses cursos, mas se então você não gostar, você pode fazer o que quiser.

– Como se vocês fossem deixar... – eu disse, num pensamento alto.

Minha mãe me lançou um olhar mortífero e nossa noite de mãe e filho terminou ali. Chegamos em casa em silêncio e cada um foi para o seu quarto – em silêncio.

Quando terminei de guardar todas as coisas que compramos, sentei na minha escrivaninha e liguei o computador. Era tarde já e os holofotes do Varre Chânteau foram apagados. Minna latiu em algum lugar do jardim e minutos depois ela estava arranhando a porta do meu quarto para entrar.

Como de costume, ela entrou, farejou o quarto inteiro e foi se deitar nas almofadas em frente à parede de vidro que dava para o Parque Baragüi.

Fiz as inscrições para os vestibulares da UEPG e da Unicentro: Psicologia na primeira e Letras Literatura Inglesa na segunda.

Eu já estava quando saindo quando meu laptop avisou que eu tinha recebido uma mensagem no WhatsApp.

No mesmo instante outra janelinha subiu.

Vitor Daniel, diz:
Eu sei que...

Devo ler ou não? – pensei.

Vitor, diz:
Eu sei que você está aí... fale comigo... =/
Gabriel, diz:

Que?

Vitor, diz:

Primeiro, quero saber como você está? Estive preocupado

Gabriel, diz:

Não que isso seja da sua conta, mas estou bem, muito bem por sinal.

Vitor, diz:

Gaels, não fale assim comigo, por favor, estou sofrendo por tudo o que fiz.

Gabriel, diz:

Está sofrendo porque quer, Vitor Daniel, eu já esqueci TUDO o que houve.

Vitor, diz:

Não acho que você esqueceu tudo assim, você não pode ter me esquecido assim.

Gabriel, diz:

Tem razão, você acabou de me lembrar de tudo, TUDO MESMO. E eu acho que não quero mais falar com você. Boa noite!

Saí do WhatsApp com tanta raiva que na pressa de desligar o computador, arranquei o *plug* da tomada com força.

– Por que, Vitor Daniel, por quê? – me perguntei. – Por que eu ainda te amo?

Minna latiu e voltou a latir.

Talvez Minna estivesse me dando a resposta, só que infelizmente eu não entendia *cachorrês*.

VI

Vitor Daniel

Alguns dias depois saiu o resultado da UFPR, mas eu não passei. Acabei empatando com um candidato de trinta e três anos e pelas regras ele ficaria com a vaga por ser mais velho. Teria sido legal fazer Direito, eu sempre gostei da profissão do meu pai, mas pelo menos eu já tinha uma vaga garantida na UP, na UniCuritiba e na PUC nos cursos de Medicina, Direito e Arquitetura, respectivamente.

Mas isso não me deixou desanimado, eu não queria estudar, pelo menos por aqueles dias; eu não estava sentindo vontade de estar em uma sala de aula e acho que qualquer um no meu lugar sentiria o mesmo depois de ter passado o que eu passei. Entretanto, comecei a trabalhar com a minha mãe no Lobo e no consultório.

Mamãe e Maurício me convenceram de que isso iria me ajudar e me fazer bem.

O ano letivo do Lobo começaria apenas depois do Carnaval, mas os professores retornavam ao trabalho sempre depois do dia 15 de janeiro, só que ao topar trabalhar com a minha mãe no Lobo, eu me esqueci que seria inevitável me encontrar com o Vitor Daniel em algum momento. E eu só me dei conta desse detalhe quando entrei no Lobo – agora como funcionário – e o vi chegando com sua habitual mochila de couro marrom.

Pensei em me esconder, em correr para casa, mas ainda assim um dia eu teria que me encontrar com ele – de um jeito ou de outro. Então respirei fundo, coloquei meu melhor sorriso no rosto e comecei a fingir que nada, realmente nada tinha acontecido.

Minha mãe parou no quiosque no Jardim de Inverno para comprar café, de modo que Vitor fez seu caminho sem nos ver. Ele estava vestido de jeans, camiseta gola-polo rosa – que marcavam seus músculos – e tênis. Seu cabelo estava mais comprido e a barba por fazer. De longe eu pude sentir o cheiro do seu perfume ou o simples fato de vê-lo me trouxe a lembrança do *Ferrari Black*.

Um arrepio passou pelas minhas costas e subiu para a nuca e meu estômago pareceu ter trocado de lugar com os pulmões.

– Gabriel – disse mamãe, me tirando dos meus devaneios – você vai ficar com a Kelly e o Tom na secretaria, eles vão te ensinar tudo o que acontece por lá, mas antes quero que você venha comigo para uma reunião com todos os professores.

– Por quê? – perguntei.

– Bem, porque eu acho importante você saber como Lobo funciona por inteiro – ela disse, voltando-se para mim. – Talvez um dia você seja responsável por tudo isso aqui.

Entramos na sala dos professores e o auê se desfez com o bom dia da minha mãe. Cada professor e professora tomou o seu lugar na longa mesa e minha mãe sentou-se na ponta, me oferecendo o lugar ao seu lado.

– Tenho dois recados importantes – ela disse, depois dos cumprimentos. – O primeiro é que o Gabriel vai começar a estagiar aqui no Lobo e no meu consultório. Vou deixá-lo a par de tudo e na minha ausência algumas coisas deverão ser tratadas com ele, mas claro que isso não significa que ele manda alguma coisa – minha mãe riu.

E os professores riram também, de alivio presumi.

Pela primeira vez olhei para todos os professores e no final da mesa estava o professor Vitor Daniel, me olhando com um sorriso tímido, mas encorajador.

– O segundo recado – continuou mamãe – é sobre as apostilas didáticas...

A reunião continuou naquele assunto por mais alguns minutos e por todo o tempo, Vitor Daniel me encarou.

– Vitor – disse mamãe – você e a Ariane ficaram de me entregar o Planejamento Pedagógico essa semana. Está tudo ok?

– Ah... eu... Acho que até sábado...

– Para sábado é muito tempo – volveu a Profª. Débora. – Precisamos disso para quarta, no máximo.

– Bem, o Gabriel está aqui para isso – disse minha mãe. – Ele vai te ajudar, Vitor, no que você precisar. E a Ariane, cadê?

– Ela não veio hoje – disse Vitor, desanimado. – O avião dela está atrasado desde sábado.

– Mesmo assim, você e o Gabriel podem ir finalizando...

– Mãe, mas eu vou para o consultório... – olhei para o relógio – daqui a meia hora.

Mamãe me olhou por um instante, pensativa.

– Acho que hoje você pode ficar por aqui – ela disse, finalmente, para o meu desgosto.

Após isso cada professor se juntou aos seus colegas de área para finalizar o tal planejamento pedagógico. Levantei da cadeira e fui ao banheiro e logo que entrei, a porta se abriu, mas não olhei para trás para ver quem era.

Quando saí do boxe, Vitor Daniel estava encostado na pia de granito, de braços cruzados. Sua barba por fazer lhe dava um ar de homem feito, de homem maduro e sem medo nenhum, me aproximei, lavei as mãos e sequei-as com toalhas de papel.

– Você está decidido a me ignorar mesmo? – ele perguntou, quando o encarei.

– Estou – respondi, confirmando com a cabeça – mas infelizmente minha mãe insiste em me colocar ao seu lado.

– Você está sendo cruel comigo – ele disse e o meu sangue ferveu.

Dei um passo na sua direção.

– E o que você fez comigo foi o que, Daniel? – indaguei, entre dentes, e apontando o dedo para ele.

– Você disse que tinha esquecido.

– Mas você me fez relembrar de tudo – eu devolvi – e agora lembre você que perdoar nem sempre significa esquecer.

Ele sorriu.

– E qual é a graça? – perguntei, ofendido.

– Você me ama – ele disse. – Me ama tanto que não consegue me querer.

– Não seja ridículo!

– Você me ama tanto quanto eu te amo.

Abri a boca para responder, mas achei melhor não continuar aquela conversa, simplesmente dei as costas a ele e saí. Graças a Deus a sala dos professores já estava vazia quando voltei do banheiro, provavelmente os outros professores foram procurar lugares mais calmos para trabalhar.

– Você pode ir para o consultório da sua mãe – disse o Vitor, voltando para a sala também. – Eu já terminei o planejamento de história, falta só o de filosofia, mas eu posso terminar sozinho.

Não esperei ele terminar, peguei o notebook da minha mãe, minha mochila e saí.

Fiquei o restante do tempo com a Kelly e o Tom na secretaria, como minha mãe disse que seria. Tom me ensinou a usar o sistema da escola para cadastro de dados escolares e a Kelly o sistema operacional de matrículas.

Como minha mãe estava no consultório à tarde, precisei ir para casa sozinho, mas antes parei no Café Paris para fazer um lanche. Porém, mal me sentei à mesa e à minha frente estava o Vitor Daniel.

– Você está me perseguindo? – perguntei, boquiaberto.

– Não exatamente – ele disse, rindo. – Eu diria que estou cuidando do que é meu!

– E eu sou seu? – perguntei. – Desde quando?

– Desde que você disse que me amava.

♠

Eu sempre imaginei que uma consulta com um psiquiatra seria como nos filmes: o medico sentado em uma poltrona ao lado de uma iluminaria meia luz enquanto o paciente deitava naqueles divãs de couro e ficava ali falando dos problemas e mais problemas.

Diferentemente disso, a sala da Dra. Carina era bem simples. Havia a mesa dela e próximo à porta um ambiente de estar: sofá, tapete sírio, mesa de centro com alguns enfeites. A sala era bem iluminada, com uma parede de vidro que fazia tudo lembrar do escritório da minha mãe em casa.

Começamos a conversa já no ambiente de estar, uma conversa descontraída e aparentemente sem pretensão para chegar a lugar nenhum, mas claro que isso era o que eu achava. Porém, eu percebi em que caminho estava quando subitamente Dra. Carina me perguntou se eu estava namorando.

– O que minha vida amorosa tem com a minha saúde? – perguntei, encarando os olhos miúdos da Dra. Carina a minha frente?

– Tem tudo – ela disse, calmamente. – E pelas coisas que você já me contou, desconfio que o seu problema não seja nem com a Carla e sim com outra pessoa.

Devolvi a xícara de chá à bandeja e fiquei em pé.

– Desculpe, Carina – eu disse – mas não quero falar sobre isso com ninguém. Esse detalhe da minha vida pertence a mim e somente a mim.

– Gabriel, eu estou tentando ajudá-lo.

– Acho que nosso tempo terminou – respondi. – Mas se é tão importante para minha mãe saber, eu digo: não, eu não estou namorando e também não estou vomitando depois de cada refeição.

Eu já estava quase à porta quando ela me chamou. Virei-me e a encarei de novo.

– Sente-se – ela disse, num tom de voz bem próximo ao da minha mãe.

Mas eu não me mexi.

– Sua mãe me disse – ela acrescentou – que isso poderia ser bem difícil.

– Ah, ela disse?

– Mas não tem nada mais difícil para mim do que manha e birra – ela me mandou sentar novamente, indicando o sofá com a cabeça. – Sente-se, *agora*!

Eu não vi alternativa senão obedecer – mesmo que de má vontade.

– Sabe qual é o maior dos seus problemas, Gabriel? – ela perguntou, de volta no seu tom de voz calmo, mas ela mesmo respondeu a pergunta. – Seu problema é exatamente esse, manha demais, birra demais, mimo demais, amor demais.

Percebi que minha boca estava aberta.

– Sabe como lidar com isso quando as pessoas cedem diante disso? – ela perguntou e novamente não esperou minha resposta. – Com rejeição. Você rejeita todos aqueles que tentam se aproximar de você e tenho até um palpite de que a bulimia estaria sendo uma forma de você rejeitar a você mesmo por algo que aconteceu com você e mais alguém.

Silêncio.

– E então, você vai me dizer que *eu* estou errada como eu sei que você vai ou vai me contar o que realmente *há* de errado?

Eu respirei fundo.

– *Você está errada*, Dra. Carina – eu disse, me levantei e sai daquele consultório.

♠

Já era noite quando cheguei em casa. Minna me esperava na portaria do condomínio, sentada nas pernas traseiras e parecendo uma estatua viva. Quando me viu, abanou o rabo, pulou e latiu e me farejou com curiosidade, parecendo um aspirador de pó.

– Ela está aqui desde que você saiu – disse José, o porteiro. – Você tem uma cachorra muito inteligente, senhor.

Minna latiu, como se soubesse do que o porteiro falava.

Eu e ela fizemos o caminho para casa sem pressa nenhuma, caminhando um do lado do outro. O pelo dela era suave como uma pluma e ela era a única criatura que conseguia me trazer paz em qualquer circunstância.

Estávamos a uma mansão para chegar em casa quando Minna parou de repente, as orelhas e o rabo erguidos, seu dorso se eriçou e ela começou a rosnar.

Ela deu dois passos a frente, mas voltou para perto de mim, ainda rosnando.

– O que foi? – perguntei e ela me encarou e voltou a olhar para um lugar qualquer.

Minna latiu, rosnando enquanto um barulho vinha das sebes da Mansão dos Oliveira – nossos vizinhos.

– Segura ela, Gabriel! – disse uma voz que eu não reconheci de imediato.

A luz pálida dos canhões de luz do Varre surgiu um Vitor Daniel sujo de musgo e folhas de árvore.

– Vitor Daniel? – perguntei, incrédulo.

Minna latiu de novo.

– Segura ela, pô!

– Minna, *siège*! – eu disse, ao que ela se sentou, ainda atenta.

Me aproximei do Vitor.

– Você está bem? – perguntei, quando ele fez uma careta de dor.

– Acho que torci o pé... – ele arquejou, tentando andar.

– Você pulou o muro? – perguntei, tentando não rir.

Ele limitou-se a me olhar feio.

– Esse muro tem mais de três metros.

– Eu caí da árvore, está bem? – ele disse, contrariado.

A luz da sala dos Oliveiras se ascendeu e eu fui até o Vitor e fiz ele se apoiar em mim para podermos sair das vistas dos vizinhos. O problema era que ele era mais pesado e mais alto, mas fomos para minha casa e o fiz sentar na sala de estar.

– Vou buscar gelo – eu disse, quando ele se sentou numa poltrona perto da porta que dava para o jardim e piscina.

Fui para a cozinha e na geladeira havia um bilhete da minha mãe avisando que ela havia descido para o rancho da minha avó com Roza, Maurício e Bia – minha cunhada.

Voltei para a sala com o gelo e uma *nécessaire* de curativos, mas Vitor Daniel já estava no jardim, sentado nas escadas que davam para a piscina. Ao lado dele estava Minna, sentada nos quartos traseiros. A noite estrelada brilhava, refletida no tapete de água da piscina.

Sentei na escada também, deixando a Minna entre nós dois. Passei a bolsa de gelo para ele, e, quando ele esticou o braço, vi que ele sangrava.

– Ainda bem que eu trouxe curativos – eu disse.

Minna latiu e disparou para o jardim escuro.

– Sua casa é muito bonita – ele disse e se aproximou de mim. – Você pode fazer o curativo?

Vitor Daniel fez umas caretas enquanto eu limpava o machucado e era engraçado ver tamanho homem choramingar por um arranhão.

– Você poderia ser mais gentil comigo – disse ele, quando eu grudei o band-aid no corte. – Eu já estou todo dolorido, obrigado!

– Se você não invadisse o condomínio dos outros – devolvi – eu não precisaria ser gentil e você não precisaria de curativos.

– Ah, qual é, Gabriel? – ele disse, sorrindo. – Você não precisa me tratar assim.

– Acho que você já pode ir para casa – eu disse, ficando em pé.

– Não vou – ele disse, ficando em pé também. – Não sem você me perdoar.

– Nem se você...

– Nem se eu ficasse de joelhos? – ele me interrompeu e para minha surpresa ele se ajoelhou mesmo, me abraçando pela cintura. – Por favor, Gaels!

– Vitor Daniel – ralhei – não seja ridículo!

– Por favor, Gaels, por favor... por favor... por favor...

Eu me afastei dele, irritado.

– Agora posso pensar se perdoo, Vitor Daniel – eu disse. – Mas, por favor, vá embora.

Daniel se levantou, seus olhos estavam vermelhos e ele avançou em mim. Quando me dei conta, sua boca já estava na minha, e, suas mãos envoltas da minha cintura. Suas lágrimas se misturaram com o beijo e o gosto foi de saudade.

Ele se afastou e eu demorei para voltar a terra. Abri os olhos e Daniel sorria para mim.

Mas o barulho do pé-de-ouvido foi mais alto do que imaginei e uma mancha de três dedos meus se fez em seu rosto. Precisei sustentar seu olhar ofendido por um segundo, até que ele avançou para mim novamente e por um segundo achei que ele iria revidar, mas ao invés disso ele me beijou de novo.

Tentei me afastar, me soltar, mas definitivamente ele era mais forte. Vitor Daniel segurou meus braços com uma mão só e com a outra ele segurou meu rosto.

– Eu mereço cada bifa, Gabriel – ele disse – e vou merecer todas as outras porque eu amo você e sei que errei, mas é por isso que estou aqui e não quero que você seja saudade para mim!

Não encontrei palavras para responder.

– Olhe bem para mim – ele disse, num sussurro rouco. – Olhe para mim, Gabriel, e diga que você quer eu vá embora!

Uma parte de mim queria que ele fosse, de verdade, mas tinha a outra parte.

– ANDA... – ele disse, entre dentes. – DIZ!

Eu engoli a vontade de chorar, a vontade de mandar ele ir se ferrar, a vontade de o beijá novamente, só que foi ele quem tomou a atitude.

Mais um beijo e ainda outro e então ele me pegou no colo. Entramos em casa e ele me deitou no tapete, no centro da sala – ao lado da mesinha de centro – e tirou minha roupa, peça por peça. Percebi que eu já estava excitado desde que ele me beijara pela primeira vez.

Ele começou a tirar a roupa também: camiseta, calça...

O que eu via? Eu via um rosto de garoto-homem, olhos que sempre sorriam, lábios grossos e vermelhos, um nariz arrebitado tão seu. Seus ombros largos foram meus paraísos, donde muitas vezes deitei a cabeça em seu peito para ouvir seu coração bater e ainda outras tantas vezes passei meus dedos pelo seu abdômen para sentir as ondas...

Daniel ficou completamente nu e deitou em cima de mim. Pude sentir como ele realmente estava, algo que me deixava com mais tesão ainda. Ele passou a mão pelo meu corpo, quase sem encostar em mim. A sensação disso me deixava perto do êxtase.

Seus beijos vasculharam cada parte da minha alma.

Senti o clímax chegar e Daniel deve ter notado também, pois sua mão finalmente me tocou, trazendo o prazer que meu corpo queria.

Daniel dedilhou os dedos pelo meu peito, enquanto eu ainda saboreava a sensação.

– Dan...

– Shhh! – ele disse, me dando um selinho. – Eu estou bem...

– Como?

– Só por estar com você.

Ele beijou meu peito, os dois mamilos e sorriu ao me ver com a correntinha com pingente de arroz.

– O que eu preciso fazer para você me perdoar? – ele perguntou, sorrindo.

Em seu rosto ainda havia a marca de um dos meus dedos.

– Você precisa ir embora, Daniel – respondi e seu sorriso sumiu. – Você precisa me dar um tempo.

– Gaels...

– Você bagunçou minha vida demais – interrompi-o. – E eu tenho o direito a isso.

Daniel se levantou e mais uma vez observei seu corpo, mas de repente, uma sensação de medo apertou meu coração

– Quando vou ver você de novo? – ele perguntou e sua voz estava dura.

– Segunda – respondi. – No Lobo.

Ele se vestiu e limpou a barriga melecada com a camiseta.

– Você pode... hum... jogar no lixo?

– Peguei a camiseta e o acompanhei até a porta – depois de me vestir também.

– Você veio como? – perguntei.

– Minha moto está na portaria – ele respondeu.

– Você não pode ir para casa assim – eu disse.

– Assim como?

– Sem camisa – respondi. – Espere, eu tenho uma camiseta que deve servir em você.

Vitor Daniel vestiu minha camiseta do Atlético e se olhou no espelho que havia ao lado da porta de entrada. Ficou um pouco apertada, mas daria para ele chegar em casa.

– Está com o seu perfume – ele disse.

– É que eu a usei no jogo antes de ontem – eu disse. – Mas não está suja.

– Está com o seu cheiro.

Silêncio.

– Vou para casa, então – ele disse.

Meu coração estava pedindo para ele ficar, para que ele não me deixasse. Eu estava sozinho mesmo e tinha medo de estar só. Mas não consegui dizer para que ficasse.

– Ok – respondi. – Tchau!

♠

Minha mãe estava sentada a mesa com a Gazeta do Povo aberta – provavelmente na seção de educação. Me sentei a sua direita, como de costume, e ela baixou o jornal.

– Achei que você ia dormir a manhã toda – ela disse. – Está pronto?

– Bom dia, mãe – eu disse, já de mau humor. – Vou ficar pronto depois de tomar café.

Roza entrou na cozinha.

– Gabriel – ela disse, balançando uma camiseta – isso aqui é seu?

– Não – eu disse – é do Mau.

Outra mentira.

– Posso mandar entregar isso para ele? – ela perguntou.

– Não – eu disse, tentando não engasgar. – Vou ficar com ela para mim.

Roza abriu a boca para falar alguma coisa, mas meu celular tocou, interrompendo a conversa.

– Alô? – eu disse, após ver que o número era desconhecido.

– *Se sua mãe estiver por perto diga sim* – respondeu uma voz de mulher.

– Sim...? – respondi, hesitante.

– *Então não diga com quem você está conversando* – disse a mulher. – *Sou eu, Gabriel, a Daniela, mãe do Vitor.*

– Sim – eu disse.

Minha mãe me encarou.

– Com quem você está falando? – ela perguntou, num sussurro.

Abanei a mão e sai para área de serviço.

– E o que eu posso fazer por você? – perguntei.

– *Me encontre no Café Paris* – ela disse. – *Nós precisamos conversar.*

– Que horas?

– *Às 12h30* – ela disse. – *Pode ser?*

– Pode...

– *Só não comente com ninguém* – ela disse. – *Nem mesmo com o Vitor, ok?*

– Ok!

Minha manhã de trabalho começou pelo consultório da minha mãe, porém, trabalhar ali, seria uma constante estadia no divã da Dra. Carina. Eu havia me recusado a continuar com as consultas semanais com ela e quando a medicação que ela prescreveu alterou meu organismo – sono e apetite principalmente – joguei toda a medicação na privada do meu banheiro e dei descarga.

Estar trabalhando ali seria uma constante sessão de terapia.

A manhã se arrastou e parecia que as horas estavam passando de cinco em cinco minutos até o meio dia, quando corri para o Lobo.

Almocei com uma das minhas madrinhas, no refeitório do Lobo, sob os olhares cuidadosos do Vitor Daniel e quando estava saindo do refeitório ele me cercou.

– Posso saber aonde você vai? – ele perguntou, me segurando pelo braço.

– Solta meu braço, por favor – eu disse, erguendo os olhos para ele. – E não é da sua conta aonde vou.

Olhei no relógio.

– Não que eu deva te dizer – acrescentei – mas vou dar um pulo no consultório.

– Fazer o que lá? – ele perguntou, parecendo divertir-se com aquela situação.

– Você é meio masoquista, né? – eu disse. – Só pode ser, incrível como você gosta...

– Como eu gosto de você? – ele me interrompeu, num sussurro. – Claro que gosto, gosto tanto que dói, Gabriel.

– Você não vai desistir?

– Não depois da noite de ontem.

– Eu preciso ir, professor – eu disse, quando percebi que o Júlio estava se aproximando. – Com licença.

♠

A Daniela estava sentada em uma mesa próxima a uma janela de vidro. Ela estava vestida com um terninho de Tweed e um cachecol preto adornava seu pescoço. Nas mãos, apenas dois anéis: um grande anel de ouro, com um desenho de baixo relevo de uma coruja empoleirada nos ramos de uma árvore. O outro anel era uma aliança dourada, tão fina quanto o outro anel era grosso.

– Por um momento eu achei que você não viria – ela disse, ao me cumprimentar com um abraço e um beijo. – Como você está?

– Estou bem – respondi. – E você?

– Também estou bem – ela disse – mas estou preocupada.

Ela relanceou um olhar astuto para mim.

– Preocupada com o quê? – indaguei, mas sabia que a pergunta deveria ter sido diferente.

– Estou preocupada com meu filho.

Agora ela me encarava diretamente.

– Sra. Daniela...

– Pode me chamar apenas de Daniela, Gabriel – ela me interrompeu.

– Daniela – eu disse – eu já conversei com o Daniel.

– Eu sei disso tudo, filho – ela me interrompeu, de novo. – Vitor Daniel não esconde nada de mim e é por isso que estou aqui.

O garçom chegou com dois cappuccinos, nos serviu e se afastou.

– Vitor Daniel, me disse que vocês se encontraram ontem a noite – ela continuou. – Claro que eu não aprovo ele ter invadido sua casa, mas quando a gente ama, acaba fazendo bobagens.

– Como você pode ter certeza que ele me ama? – perguntei, percebendo o tom ácido na minha voz.

– Vitor Daniel jamais fez por alguém o que ele tem feito por você – ela me olhava atentamente. – Ele só chorou por amor apenas uma vez.

Ela mexeu o cappuccino com a colherzinha.

– Hoje esse amor dele está morto – ela continuou – mas meu filho conheceu outro amor e ontem à noite ele chorou pela segunda vez.

A Sra. Daniela estava com a voz embargada.

E eu estava sem palavras.

– Meu filho chorou no meu colo por você, Gabriel – ela disse, triste. – E da última vez que ele fez isso, Vitor Daniel parou de sorrir por muito tempo. Não quero que isso aconteça de novo, não quero ver meu filho assim.

– E o que você quer eu faça? – perguntei, tentando manter a voz firme.

– Quero que você volte para o meu filho – ela disse, sem rodeios. – Quero que você dê uma segunda chance, não só para o Vitor Daniel, mas para você também!

– Eu...

– Não, Gabriel – ela me interrompeu, pela terceira vez – não quero que você responda isso para mim. Não, não, não. Isso você tem que fazer para o meu filho.

VII
Guillerminna

Depois daquela conversa com a mãe do Vitor Daniel, resolvi que deveria me afastar ainda mais dele. Eu queria saber o quanto o amava e se o amava de verdade; caso eu entendesse que o meu sentimento era real e não apenas uma grande paixão eu sentiria aquela saudade dolorida que os amantes verdadeiramente sentem.

E com a chegada de março, as aulas na UP começaram e com isso eu precisei me dedicar ao curso que estava começando, uma vez que as aulas seriam na maioria integral, de manhã e a tarde, as vezes a noite.

Avisei minha mãe que o consultório dela precisava mais de mim do que o Lobo e por isso estaria trabalhando somente ali, pelo menos nos meus dias de folga da faculdade.

A partir de então eu comecei minha vida academia mergulhado nos livros e xérox da faculdade ou nos relatórios e planilhas do consultório.

Dessa maneira, março chegou e foi embora e a Páscoa se aproximava. Só parei para pensar nisso quando recebi uma cesta com meia dúzia de ovos e um cartão. Meu coração subiu para a boca quando vi a letra do Vitor Daniel dizendo que ainda não havia me esquecido.

e eu penso em você
todos os dias.

Meu coração era uma pedra agora, eu já tinha decidido.

Eu achava que havia perdoado a traição, mas todas as vezes que me lembrava do Vitor Daniel, a cena do flagra me vinha à mente. Fiz o teste da balança uma, duas, três vezes e pesei tudo o que vivi com ele, mas pelo meu ego percebi que mesmo as coisas boas sendo numericamente maior, a traição tinha peso dobrado.

♠

O outono chegou, mas os dias de sol não desapareceram como de costume. Era um sábado e anormalmente acordei cedo – ou melhor, fui acordado – por uma Minna muito ansiosa e hiperativa.

Levantei da cama quando percebi que o sono não voltaria e abri as cortinas do quarto para ver um dia realmente bonito. Eram 8h da manhã e um sol tímido entrava e saía do meio das nuvens, mas estava fresco e agradável.

Tomei café da manhã com a Roza e a nova empregada, uma moça chamada Laine, tão tímida quanto se poderia ser e sempre que eu falava seu nome, seu rosto tomava profundos tons de vermelho.

– Você vai sair? – perguntou Roza, quando me levantei da mesa.

– Vou ao parque – respondi. – Faz alguns dias que não saio com a Minna para passear.

– Eu vou ao mercado – ela disse, ajudando Laine a tirar a mesa. – Quer algo de lá?

– Sorvete, talvez.

– Seu irmão vai dar um jantar aqui hoje.

– Já estou sabendo – respondi, com uma careta. – Bem, vou indo, não quero demorar muito.

Quando Minna viu a guia em minhas mãos, ela não pulou, não latiu e não abanou o rabo desesperadamente como era do seu costume, afinal, ela sabia o que aquela fita de couro significava passeio.

Achei estranho esse comportamento dela, normalmente eu teria que dar uns berros com ela para colocar a guia, mas agora, eu precisei quase carregar ela no colo para sairmos de casa.

Fizemos o caminho de cinco minutos até a portaria e logo o Parque Baragüi se mostrou pelas grades dos portões. O gramado era um mar de verde, tão quieto e tão calmo aquela hora do dia.

– Divirta-se, senhor – disse o porteiro José, depois de me cumprimentar – mas ouvi dizer que o tempo vai mudar!

– Vou adorar um pouco de frio para variar – respondi.

Assim que abri o portão, Minna parou de repente. Ela passou meio relutante para o lado de fora, farejando o ar. Um gemido baixo me fez olhá-la e diferentemente das outras vezes Minna se recusou a colocar a guia.

Definitivamente ela me assustou quando latiu e rosnou.

– Você é o filho do jurista? – perguntou alguém e me virei para ver.

O cara desceu de um carro branco e se aproximou tirando da cintura um revólver.

Minna latiu e saltou para minha frente, os pelos do dorso eriçados.

Outro latido fez o cara parar no meio do caminho e me encarar.

– Eu não quero atirar! – ele disse e outro cara saiu do carro.

– *Pegue o garoto, idiota!* – gritou o segundo cara, mas Minna latiu e mostrou os dentes.

O portão se abriu e José saiu, mas o primeiro cara avançou para mim, enquanto Minna rosnou e avançou também.

De longe ouvi o porteiro perguntar o que estava acontecendo, mas senti uma dor queimar nos joelhos quando caí pela força do puxão do primeiro cara, mas Minna estava com os dentes grudados no pulso de quem quer que fosse que estava me segurando e a arma que estava em suas mãos caiu.

O cara gritou, eu gritei e José avançou para o chão e de repente um estouro fez meus ouvidos zunirem e minha cabeça girar.

Minna caiu na minha frente, quase sobre mim e a dor dos joelhos parou no instante em que vi sangue em mim.

Homens surgiram não sei de onde e um carro saiu do condomínio arrebentando uma das cancelas que estava abaixada. O porteiro se aproximou de mim e me pegou pelos ombros, mas a minha Minna não se mexia, ela não queria se mexer.

O sangue não era meu, era quente, mas não era meu. O pelo dela ondulou por causa do vento, mas ela continuou quietinha, imóvel, no mesmo lugar, como uma boneca de trapos abandonada no meio da calçada.

– Senhor, *venha*! – disse alguém, tentando me fazer levantar. – Senhor, eu sinto muito! Venha!

Um carro parou na entrada do condomínio e um homem surgiu, já com o celular na orelha. Ele falava coisas que eu não conseguia entender, porque a minha Minna estava caída na calçada, suja de sangue e alguém me empurrava para longe dela.

– O que aconteceu aqui? – perguntou meu irmão, surgindo de dentro de outro carro mal estacionado.

Sua voz soou rouca, insegura e cheia de medo. Meu irmão não era assim, meu irmão era não tinha medo de nada.

– Gabriel! – ele disse e vi lágrimas nos seus olhos.

Tentei falar, mas minha voz ficou presa na garganta.

– Gabriel, fale comigo! – disse meu irmão, segurando meu rosto e então me abraçou.

Uma Roza ofegante também surgiu na minha frente e ela também chorava, mas eu não conseguia chorar, sabia que devia, era a minha Minna que havia morrido.

Ela fora o último presente do meu pai e ele disse que ela seria minha amiga para sempre.

– Amigos assim são para sempre, Mau! – eu me ouvi dizendo e meu irmão me abraçou tão forte que senti falta de ar.

Olhei em volta quando ele me soltou e vi um mar de pessoas conhecidas e desconhecidas, duas viaturas já estavam ali e homens uniformizados iam e vinham tentando afastar os curiosos.

– Amigos assim são para sempre, Mau – eu disse e o meu irmão me pegou no colo e me levou para o seu carro. – Para sempre!

Eu finalmente senti as lágrimas e uma dor enorme quando minha Minna ficou para trás. Alguém deveria trazer ela para mim, alguém devia cuidar dela como estavam cuidando de mim. Que tipo de amigo eu era? Que tipo de amigo deixa outro amigo assim?

– Papai disse que seríamos amigos para sempre, Mau! – eu disse e Roza me abraçou.

♠

Senti meus olhos pesados, tão pesados que era difícil até para erguer a cabeça. Meu quarto estava envolto no breu da noite e eu não sabia que horas eram, mas a lua estava gigantesca no céu, rodeada de estrelas. Minha cabeça estava pesada demais, estendi minha mão para fora da cama e esperei a lambida da Minna, mas o que senti foi apenas o ar vazio e gelado passar por meus dedos.

Alguém tinha me dopado, só podia, porque eu ainda sentia muito sono, mas não queria dormir. Eu provavelmente iria sonhar e em geral meus sonhos têm cara de pesadelos.

A porta do meu quarto se abriu e minha avó entrou, seguida da minha mãe. Era a primeira vez que eu via mamãe chorar e ela me abraçou tão forte e tão gostoso que pela primeira vez em muito tempo me senti a criança que tanto queria ter sido. Vovó segurou minha mão e beijou-a, mas ela também estava chorando – em silêncio, mas estava.

Tudo parecia ter sido um sonho, apenas um sonho.

Eu estava com aquela sensação de quem sonha que está em uma escada e de repente cai e então acorda assustado, achando que tudo fora real, mas então percebe que não caiu, porque está deitado numa cama confortável.

Doeu muito quando me dei conta de que não fora um sonho e que a minha Minna não estaria nunca mais do meu lado.

– Cadê a Minna, mãe? – perguntei, num sussurro, para me certificar de que era verdade.

Mamãe se afastou do abraço e me olhou, os olhos vermelhos e inchados. Entendi pelo olhar dela e pelo da minha avó que, sim, era tudo real.

Virei para o lado, abracei o travesseiro e cobri o rosto com o cobertor para esconder o choro que veio mais uma vez. Chorei em silêncio, mas minha vontade era de gritar e até tentei, mas o grito ficou preso na minha garganta.

– Ela está lá fora, filho – mamãe disse, tirando o cobertor do meu rosto, . – O Maurício quis enterrá-la, mas eu achei que você deveria escolher o que fazer.

– O Mau ainda está aqui? – perguntei, tentando me sentar, as lagrimas queimando ao rolarem dos meus olhos.

– Está lá embaixo com a Bia.

– Vou falar com ele – eu disse, levantando, apesar do peso que eu sentia na cabeça. – Nós precisamos enterrar a Minna, mãe.

– Filho, está tarde – ela disse – está frio também...

O telefone tocou e eu parei no meio do caminho até a porta. Minha mãe atendeu, mas voltou a por o fone na base.

– Quem era? – perguntei.

– Não sei, desligou...

Voltei a caminhar, senti o carpete áspero sob meus pés e no corredor havia um ar gelado de inverno. Meu pijama ondulou pela brisa que entrava pela porta da varanda que estava aberta, mas ignorei isso e desci as escadas.

No segundo andar, encontrei a Bia sentada no sofá em frente a TV. A Sala de TV parecia penumbrosa apenas com a TV ligada e a Bia tinha os olhos vermelhos também. Ela fez menção de se levantar, mas eu abanei a cabeça e ela entendeu. Vi de longe que ela ainda estava chorando na verdade.

Desci e passei por um *hall* iluminado à meia luz, os corredores estavam escuros, mas havia movimento na cozinha. Passei direto pela cozinha, na ponta dos pés e saí para o jardim e ali todas as luzes estavam acessas.

Corri e mais uma vez eu estava chorando e eu já estava exausto de chorar.

Maurício a tinha deixado enrolada em um lençol, dava para ver as manchas de sangue já um pouco escurecidas. Ao lado dela estava uma pá.

Quando tirei o lençol dela, Minna já estava gelada e dura, não consegui endireitá-la, não consegui ver como estavam seus olhos e eu nunca mais iria conseguir ver aqueles olhos caramelos me pedindo carinho, um pedaço do que eu estivesse comendo, me dizendo coisas com em silêncio.

Eu peguei a pá e a fiquei no chão, com o pé a empurrei na terra. Deu para sentir os ramos da grana se partindo quando o ferro entrou na terra. Ergui a pá e a terra saiu transbordando pelos lados da ferramenta. O gramado já tinha sua cicatriz e a cova da minha seria ali.

Olhei ao meu redor. Estávamos entre a piscina e o roseiral e a horta.

O buraco já estava fundo o suficiente, eu só precisei arrumar o lençol em volta do seu corpo e empurrar a trouxa para a cova. As janelas do segundo andar Varre Chânteau se abriram e vi que todo mundo me observava. Ouvi soluços. Ouvi todo mundo falando sobre o que eu estava fazendo, mas eu não me importava.

Maurício surgiu atrás de mim e por um momento achei que ele iria me segurar e me levar para dentro de casa, mas ele estava com outra pá e começou a me ajudar a tampar a cova da Minna. Ele estava chorando também, uma coisa muito rara. Era a segunda vez que eu o via chorar na vida, mas afinal até mesmo os homens grandes choram.

Quando terminamos, ele me abraçou.

– Vem, Gaels – ele disse, enxugando as lágrimas. – Vem, vamos subir, precisamos tomar um banho.

– Mau...

– Eu sei, Gaels... – ele disse. – Eu sei, está doendo em mim também. Eu tive medo, Gaels, achei que tinha sido você... – ele limpou a garganta. - Deus, eu achei que todo aquele sangue era seu...

– Por que eles fizeram isso? – perguntei, após um soluço. – Por que a minha Minna?

– Eu não sei, irmão – ele disse e de repente ele era o Maurício que eu conhecia. – Eu não sei, mas a policia vai descobrir e tudo vai ficar bem.

♠

A muda do pessegueiro balançou quando o vento tocou seus pequenos galhos. Respirei fundo e deixei o pesar ir embora. Roza surgiu do meu lado e sorriu e até me pareceu que sua voz estava embargada. Mas eu não comentei nada, deixei ela engolir o choro, eu tinha prometido a mim mesmo que não choraria mais.

De novo, a mesma promessa. Mais uma vez. Mas estava disposto a manter pelo menos essa promessa.

– Muito bonito isso – disse Roza, finalmente.

– Assim ela continua viva de alguma maneira – respondi.

– Minna merecia algo grande.

– Algo que dure mais do que eu – acrescentei, rindo.

Roza suspirou.

– O professor Vitor está aí – ela disse, com carinho.

– Leve ele para Sala de TV – respondi. – Eu vou me lavar e já subo.

– Vocês vão querer beber algo? – ela perguntou, depois de me dar um beijo no rosto.

– O que for mais fácil de preparar – olhei para ela. – Pode ser?

– Com amor, filho!

Ela me deixou sozinho, contemplando o pessegueiro recém-plantado, mas eu precisava ir. Assim que entrei em casa senti o cheiro de cookies, Laine estava ocupada demais batendo um bolo e nem me viu passar pela cozinha e entrar no banheiro.

Troquei de roupa e então subi.

Vitor Daniel estava em pé, em frente à parede de vidro que dava para o restante do condomínio. Era final de tarde e o céu rosado contrastava com a tempestade que se aproximava. Raios de sol escapuliam entre as nuvens azuis e quando entrei na Sala de TV, ele se virou e sorriu para mim.

Ele correu para mim e me abraçou com força, com carinho e era exatamente disso que eu estava precisando.

– Gaels – ele disse – eu tive tanto medo...

– Estou bem agora – respondi, afastando a vontade de chorar; *consegui*. – Sério, só estou um pouco triste pela Minna, mas vai passar.

– Vai, eu estou aqui... – ele disse. – To aqui e não vou embora, Gaels!

Passamos a tarde toda na Sala de TV, vendo filme e séries. Eu estava deitado com a cabeça em seu colo, enquanto ele fazia cafuné. Por varias vezes me peguei cochilando, com ele ainda fazendo carinho em mim e em todas as vezes que acordei, ele me disse para continuar dormindo.

Eram quase 16h quando ele pediu licença para ir ao banheiro. Quando voltou, reparei em como ele estava bonito: jeans, camisa e Mocassim.

– Está tudo bem? – ele perguntou, numa voz calma.

– Claro que está – respondi, sorrindo, porque ele gostava do meu sorriso.

Vitor Daniel sentou-se no sofá e me puxou para perto dele, me abraçando com tanto carinho que me senti tão feliz quanto tão protegido.

.

Terceira parte

Vitor Daniel

I

Lembranças

O celular da Armanda tocou e meu estômago contraiu-se por algum motivo.

Maurício chamando...

Antes dela atender o telefone, vi o arrepio que passou pelo seu braço. E de alguma forma eu mesmo pude senti-lo também e senti tanto frio que tremi.

– Oi, filho... – ela disse, mas sua voz tinha mudado.

Armanda levou a mão ao peito e nessa hora eu soube que alguma coisa havia acontecido porque a voz do Maurício, do outro lado da linha, era urgente e amedrontada – eu estava com medo também, embora não soubesse o porquê. Então ela desligou o celular e levantou-se, pareceu meio tonta e sua pele morena estava branca como uma folha de papel.

– Eu preciso ir... – ela disse, num sussurro tão fraco que quem estivesse sentado mais afastado não teria a ouvido.

Ela juntou suas coisas de qualquer maneira, esquecendo a pasta e a bolsa, mas a meio caminho da porta ela virou-se e me encarou.

– Vitor, você poderia me ajudar aqui? – ela disse e eu me levantei.

Peguei sua pasta, sua bolsa e a acompanhei até sua sala. Ela não disse nada, pelo menos não para mim, mas percebi que ela murmurava algo e entendi que era uma oração quando ela disse *Pai*. Já em sua sala, ela pareceu mais perdida do que após ter recebido a ligação do Maurício.

– Chaves, onde eu coloquei as chaves? – ela perguntou a si mesma. – Onde foi que eu coloquei as abençoadas chaves, *Pai*?

Ela parou um instante, a mão novamente no peito. Inspirou e expirou, soltando o ar pela boca, os olhos fechados.

O silêncio era quebrado pelo relógio na parede; *tic-tac, tic-tac, tic-tac.*

– Vitor, quero que você vá para casa – ela disse, para minha surpresa – e peça para sua mãe me ligar assim que possível...

– Professora...

– ...ela trabalhou com o Otávio e sei que ela vai me ajudar – ela parou de falar de repente. – Por favor, vá!

– Professora, você está bem? – perguntei, assustado com seu estado.

– Vou ficar – ela disse, mas ela estava chorando. – Eu preciso ficar, mas faça o que eu disse, por favor.

Eu ainda hesitei mais uma vez.

– Se você quiser, eu posso ligar...

– NÃO, eu disse não! – ela sibilou, me encarando professoralmente, as chaves do carro na mão e a bolsa no ombro. – Apenas faça o que eu disse.

Alguma coisa tinha acontecido, eu só não sabia o que, mas eu sabia que era grave. A caminho de casa, liguei para minha mãe, mas ela estava em audiência, então deixei recado com os assistentes para que ela entrasse em contato com a Armanda.

Cheguei em casa e tudo estava solitário, como sempre, mas fui direto ao escritório da minha mãe e lá fiquei corrigindo os montes de trabalhos que eu tinha até que ela chegasse. Eram quase 14h quando minha mãe chegou, me chamando já da entrada de casa.

Eu havia ligado o som e tocava *Home*, do Michael Bublé, e quando minha mae surgiu na sala o arrepio voltou a percorrer minhas costas até a nuca. Minha mãe estava com uma cara estranha, eu não sabia o que era, mas era algo que me lembrou o dia da morte de papai.

– O que aconteceu, mãe? – perguntei, quando a vi.

Ela não disse nada, só correu para mim e me abraçou. Se ela pudesse, teria me pego no colo.

– Filho, eu não tenho uma notícia muito boa – ela disse, finalmente. – Aconteceu uma coisa muito triste hoje...

– Tem alguma coisa a ver com a Armanda? – eu perguntei.

O olhar da minha mãe me disse antes que ela abrisse a boca.

– O que houve com o Gabriel? – eu perguntei, sentindo meu coração parar de bater e com um solavanco voltar a funcionar feito um louco.

Tum tum-dum, Tum Tum-dum...

– Uma tentativa de sequestro...

Senti o ar faltar por um momento e meu almoço revirou no estômago.

– ...mas ele está bem – ela continuou. – Ele só está assustado, tiveram que sedar ele. Filho, parece que a cachorra... – ela parou de falar, engolindo o choro.

A Minna havia morrido por ele – pensei, meu raciocínio funcionando a velocidade da luz.

– Meu Deus, a Minna – eu disse, finalmente, tremendo como árvore em dia de tempestade. – Mãe, preciso ir lá, preciso ir ver como ele está. A Armanda disse para você ligar para ela assim que pudesse, ligue e avise que estamos indo...

– Filho, se acalme! – ela disse, me segurando. – Não vai adiantar irmos até lá, só vamos atrapalhar e não ajudar. Eu já falei com a Armanda e eu mesma liguei para alguns amigos...

– MAS É O GABRIEL, MÃE! – berrei e minha mãe balançou a cabeça.

– Vitor, estou tão assustada quanto você – ela disse. – Só que não podemos fazer muita coisa agora. Eu disse para Armanda que iria até o Varre amanhã...

– Eu vou com você! – interrompi.

– A Armanda mesmo disse para você ir – minha mãe me abraçou.

Mas eu estava tão entorpecido pela notícia que nem me dei conta quando chegamos na cozinha ou como tinha as mãos do carro nas mãos. Sentei a mesa e percebi o quanto estava tremulo, me sentia até um pouco dolorido pela tensão nos ombros e braços e estava tremendo.

Minha mãe havia me dito que ele não se machucara, mas eu sentia ânsias só de pensar se realmente tivesse acontecido. Mas *aconteceu* algo, Minna estava morta e eu sabia o quanto aquela Golden Retriever era importante para ele.

Passava da meia-noite quando subimos para nossos quartos, porém, ao me deitar na cama o sono veio rapidamente, mas só veio para me trazer pesadelos.

Estávamos – eu e Gaels – na piscina da casa dele e todas as vezes que eu nadava para perto dele, ele corria de mim, mas começou a chover e assim como o céu ficou negro a água da piscina também ficou escura e quando percebi isso o Gabriel estava se afogando.

Eu pensava comigo que não podia, que ele sabia nadar, que ele era o melhor nadador do Lobo, mas ele estava se afogando. Então nadei, bati os braços e pernas. Nadei, nadei... mas ele sempre parecia estar mais longe, por mais que *eu* batesse os braços e pernas.

Acordei com o lençol enrolado no corpo, eu estava sufocando e suava frio. Fora só um pesadelo. Olhei no relógio e eram 3h da madrugada. O sono não viria mais, então desci para ver TV na sala.

O dia amanheceu nublado, cinzento e uma garoa fina embaçava as janelas da sala. Eu estava confortável no sofá, com meu edredom quentinho e meus travesseiros. Na TV passava Chapolin e fazia muito tempo que eu não via. Eu ri muito com o episódio que estava passando, mesmo sabendo o que iria acontecer.

Minha mãe surgiu na sala, vestida com seu roupão bordo listrado. Meus olhos correram para o relógio e os ponteiros marcavam 8h da manhã.

– Se arrume, Daniel – ela disse, muito séria. – A Armanda pediu para nos encontrarmos agora pela manhã. Quero que você me leve até o Varre.

Eu a olhei e a lembrança do dia anterior voltou a pesar nos meus ombros. Pela primeira vez na vida me senti velho, velho e cansado.

♠

Havia três carros em frente ao Varre e todos eles tinham placas de cidades diferente. O silêncio do lugar era quebrado apenas pelos pássaros que cantavam alegremente, voando de uma fonte a outra e como de costume, a mansão de vidro estava toda aberta e as paredes de vidro refletiam o céu cinzento e nublado.

A porta se abriu e Roza veio nos receber com seu costumeiro sorriso doce e reconfortante. Ela nos conduziu até a sala de estar e pediu licença para que pudesse chamar a Armanda e assim como eu, minha mãe parou para olhar o quadro sobre a lareira que retratava os filhos da Armanda.

Minutos depois a Armanda surgiu, os olhos vermelhos – de sono ou de choro, eu não saberia dizer. Ela me cumprimentou com um abraço e a minha mãe também.

– Acho que você quer vê-lo, né? – ela disse, para mim ao que balancei a cabeça. – Então vamos...

Minha mãe e a Armanda subiram as escadas conversando coisas que eu não lembro, algo sobre o tempo, sobre como as coisas estavam... mas era óbvio que as coisas não estavam bem, embora ambas tivessem dito que estavam.

O terceiro andar se abria para um corredor largo, recheado de portas e móveis e tapetes. As paredes eram com tapeçaria e havia quadros muito belos, réplicas de obras famosas e alguns outros quadros que eu soube que fora o Gabriel quem pintara.

Eu já os tinha visto e os tinha amado desde o primeiro momento.

Armanda abriu a porta do quarto e as cortinas estavam fechadas, de forma que o lugar estava pouco iluminado. Ele estava dormindo, de bruços, enterrado no meio de cobertas brancas e macias.

– Ele não vai acordar – disse a Armanda. – O Dr. Klein o dopou. Ele não queria soltar a Guillerminna.

A voz dela falhou e eu senti um gosto amargo na minha boca.

Minha mãe colocou os braços a minha volta, entendendo o que eu estava sentindo, afinal, ela sempre entendia, sempre sabia.

Cheguei mais perto dele e vi que ele estava dormindo com uma das mãos ao peito, me assustei quando ele se mexeu, colocando-se de lado e sua mão escorregou do peito, que onde segurava o pingente de arroz.

A palavra *vida* – assim mesmo, em letras minúsculas - balançou na minha frente e eu senti vontade de chorar.

Olhei para trás e minha mãe já tinha saído com a Armanda não sei para onde. Então puxei uma poltrona que estava perto da porta e me sentei próximo à cama e à parede de vidro. Evitei ao máximo fazer barulho, mesmo sabendo que ele não acordaria.

Então me perdi nas horas, o tempo voou, as horas se passaram em minutos e eu não percebi, só me dei conta de que horas eram quando a Roza veio me chamar para almoçar.

A mesa estava posta na sala de jantar e as cortinas estavam abertas, de modo que a vista que dava para o jardim era incrível, mesmo naquele dia frio e de garoa. Na metade do fricassê me peguei pensando na Minna, em onde ela estaria. Minha mãe, Armanda, Júlia – a avó do Gabriel – e Roza conversavam, sorrindo e tentando disfarçar o clima pesado.

– Onde está a Minna? – perguntei.

De súbito fiz todas as mulheres da mesa se calarem.

– Está lá fora, filho – disse Júlia, depois de trocar um olhar com Armanda e Roza.

Roza levantou-se e endireitou o terninho que estava usando.

– Venha, eu levo você.

Fiquei surpreso por ela saber que eu queria ver a cachorra e saímos para a cozinha até uma varanda longa que dava para um quintal enorme. As árvores balançavam-se e o cheiro de hortelã infestava o ar.

Havia um pequeno tear no gramado, próximo a uns canteiros de ervas e temperos. Um vaso meio pronto estava ali, com marcas de dedos e ao lado dele estava um saco de lixo.

– Ela está ali? – perguntei.

– Nós não sabíamos o que fazer...

– Ele não vai gostar de ver ela assim – eu disse, quando notei a emoção que Roza sentia.

– Nós... ham-ham... – ela olhou para o céu, engolindo o choro. – Nós não...

– Você me ajuda? – eu perguntei, sem saber o que faria.

– Claro – ela disse, prontamente. – O que você quiser fazer.

– Vamos dar um banho nela – eu disse, sem querer olhar para Roza, ela já chorava copiosamente. – E depois a enrolamos num lençol. Vocês têm um lençol velho?

– Eu ia jogar fora alguns lençóis... – me virei para ela e nos encaramos. – Vou buscar, mas pegue ela, filho, e vamos lá para lavanderia.

Foi difícil dar banho nela. Seu corpo já estava duro, mas consegui tirar as manchas de sangue já coaguladas e enegrecidas. E o pelo dela já se soltava com facilidade.

Quando terminei Roza me entregou um lençol de casal bem grande para enrolar todo o corpo de Minna, deixando apenas a cabeça para fora. Eu estava quase terminando quando um pigarro me fez virar e encarar uma pessoa que eu nem imaginava que veria – e de dentro da mansão, a Armanda, dona Júlia e minha mãe olhavam para nós, movendo os lábios em conversas mudas.

– Acho que vocês precisam de ajuda – disse o Maurício, desviando os olhos de mim e se voltando para Minna.

Maurício estava vestido com uma camisa azul marinho, uma calça jeans clara. Mas estava despido de toda a sua petulância, arrogância e orgulho; de tudo o que fazia parte da sua personalidade e da sua presença pessoal e quase me pareceu um cara legal, um cara para se fazer amizade e confiar.

– Nós já terminamos – eu disse, me sentindo um pouco estranho ao vê-lo me tratar com tanta educação. – Agora é só esperar o Gabriel acordar e o deixar decidir o que fazer.

– Obrigado, Vitor – ele respondeu, oferecendo-me a mão.

Eu segurei a sua mão e cordialmente recebi o seu obrigado, mas assim que soltamos nosso aperto de mãos, ele me deu as costas e voltou para dentro de casa.

– Os meus meninos são muralhas – disse Roza, com a voz embargada. – Só algumas pessoas conseguem passar por elas e você conseguiu isso com o Gabriel, de alguma maneira ele deixou você ir mais longe até mesmo do que a própria mãe. E Maurício não é diferente, exceto, talvez, que ele tem dificuldades em demonstrar os sentimentos.

– Como assim? – perguntei, ao me virar para ela.

– Ora, quantas vezes você ouviu o Gabriel dizer que *te ama*? – ela volveu, sorrindo para mim em seguida.

Eu encarei Roza surpreso, chocado com o que ela havia acabado de me dizer e se eu estava entendendo bem, ela estava me dizendo que sabia, que – talvez – sempre soube do que havia entre mim e o menino de quem ela cuidara e amara como um filho.

♠

O Gabriel permaneceu dopado e não acordou durante o tempo em que estive com ele, mas quando cheguei em casa, notei montes e montes de ligações de todos os nossos amigos no meu celular.

Só o Júlio e a Ariane me ligaram mais de oitenta vezes e me mandaram mais de quinhentas mensagens no WhatsApp. Mas o meu tormento não havia terminado, pois quando eu cheguei em casa com mamãe, meus primos estavam ali.

Sentados na sala, vendo TV, estavam Carina e Marlon.

– Ah, Vitor – disse minha mãe – com toda essa confusão eu esqueci de te avisar que eles estavam vindo para cá.

Minha mãe entrou na sala e cumprimentou-os com um abraço afetuoso e com o carinho que uma tia devia a seus sobrinhos, mas eu me permiti a ir direto para o meu quarto e me enfiar debaixo da ducha para um bom banho quente e demorado.

Então chorei, chorei por que era doloroso demais não poder estar com o Gabriel, era doloroso amá-lo, querer protegê-lo e não conseguir fazer isso com eficiência. Quantas outras coisas ele teria que perder ainda? Quem mais teria que sair da vida dele de forma tão doída?

Eu só pedia a Deus que não fosse eu.

Saí do banho, me enxuguei e me enrolei na toalha. Entrei no quarto e parado à janela que dava para o jardim estava meu primo, ele se demorou ali, talvez propositalmente, para que eu pudesse me vestir – não que ele já não tivesse visto nada –, mas pelo menos respeitando a minha privacidade e por isso eu o preferia – e não a Luiza.

– Sua mãe pediu para eu trazer esse remédio para você – ele disse, pegando o comprimido e água da minha mesa e me entregando. – Ela também explicou o que houve.

– Obrigado.

– Então, é por um garoto de dezesseis anos que está apaixonado? – ele perguntou, indo direto ao assunto.

– Dezessete – eu o corrigi. – Ele fez dezessete anos em Julho.

– É pedofilia do mesmo jeito – ele argumentou. – Você tem... vinte e um? Vinte e dois?

Não respondi. Ele tinha *razão*.

– Ok – ele disse e respirou fundo – você não está bem, mas somos primos, Vitor, e nem tudo você precisa passar sozinho. Antes de *qualquer coisa*, me considero seu amigo.

Marlon saiu do quarto, me deixando com suas palavras e sem resposta a resposta que eu queria ter dado.

Novamente a sensação de medo tomou conta de mim e eu tive ânsias, só de imaginar o que poderia ter havido com o Gabriel no fatídico dia... Mas, enfim, tomei o comprido bebi a água com gás. Depois me sentei na mesa e peguei os montes de provas para corrigir, esperando que o remédio fizesse seu efeito.

Fui um pouco duro demais com os meus alunos, saindo do meu próprio padrão de ensino. Desconsiderei muitas questões por erros mínimos e senti que as turmas no terceiro ano precisariam de reforços para atingir a média exigida pela escola, porém, me decidi que outra prova não haveria.

O sono demorou para chegar, então abri a gaveta para guardar as provas, mas no momento em que estava colocando a papelada lá dentro me deparei com um *post-it* grudado na capa da minha agenda.

Eu aceito o seu convite...

Era a letra do Gabriel.

Ao ver aquele *post-it* me pareceu que finalmente a tensão me deixara e sono me pegara. Talvez fosse o efeito do relaxante muscular, talvez finalmente minha pressão baixou o suficiente para o sono chegar, mas eu relaxei, eu senti meu coração parar de bater com força e se aquietar.

Então me permiti querer descansar, deitei na cama e me cobri com o cobertor azul que o Gaels gostava, ali estava o seu cheiro e isso me trouxe boas lembranças. Não lembro que horas eram, mas ouvi a porta do meu quarto abrir e fechar com um som abafado. Achei que estava sonhando, mas então me dei conta que estava com dois primos em casa e que geralmente eu recebia visitas de um deles no meio da noite.

Me despertei para ralhar com Marlon, porém, fiquei calado ao ver que quem estava ali era a minha prima, com seu pijama curtinho, sem sutiã e com os bicos dos peitos arrebitados por causa do frio. A luz pálida da luminária no canto do quarto, deixava-a com sua cor de pele bronzeada muito linda. Seus cabelos escuros caiam em cascatas de ondas e por baixo deles, estava seu rosto de menina, com seus olhos meio de tonalidade ambíguas tão brilhantes quanto sapecas.

Ela deitou na cama ao meu lado e tirou a camiseta de alcinha do pijama e eu já estava de pau duro, mesmo sem querer e quando vi seus peitos, lindos e fartos na minha frente, não resisti, eu sabia que deveria, eu sabia que poderia – e até iria ter problemas – mas me permiti – também – aquela proposta de prazer.

Enquanto eu segurava e acariciava seu seio esquerdo, ela desabotoava a camiseta do meu pijama e quando ela me despiu, beijou meu peito, meu pescoço e depois passou a lamber meu mamilo – e isso me deixava quase louco, me fazia praticamente perder os sentidos.

Fechei os olhos e então ela montou em cima de mim, me beijando e me mordendo no peito, os mamilos, a barriga, então ela tirou meu short, minha cueca e passou a língua no meu pau.

Isso me estremeceu, por inteiro.

Mas ela subiu, subiu, subiu até que sua boca estivesse colada na minha e uma de suas mãos brincava com meu pau sem nenhum tipo de pudor ou cerimonia, só que a brincadeira era entre meu pau e seus lábios de baixo.

Ela brincava com um desejo imenso e prefiro dizer até que seja ternura, do que qualquer outra coisa. O fato é que ela mesma penetrou-o sem que eu esperasse ou fizesse nada, simplesmente o fez e eu senti o ar me faltar com a descarga de prazer.

— A camisinha, Luiza! — eu sussurrei, mas ela riu e com um movimento do quadril senti um tremor prazeroso percorrer meu corpo inteiro.

Relaxei no meio das cobertas e deixei ela comandar o sexo, deixei ela se encaixar em mim, deixei ela colocar meu pau dentro dela e... então, no meio do vai e vem ela gemeu baixinho, seu corpo relaxou e ao ver que ela estava gozando, eu também gozei.

II

Pedido

A semana começou e todos no Lobo já estavam sabendo o que houvera com o Gabriel e como a sua cachorra havia morrido. Nos corredores, histórias mirabolantes eram contadas, comentadas, repassadas e recontadas. Numa dessas histórias, um aluno do oitavo ano contava para um grupo de amigos que o pai do Gabriel era, na verdade, um tipo de Poderoso Chefão de Curitiba, exatamente como Dom Corleone fora em *O Poderoso Chefão*.

Foi difícil fugir de todas as perguntas de que fui bombardeado em quase todas as salas que passei naquela segunda-feira. A única turma que me poupou foi a do quinto ano, talvez porque não sabiam quem era Armanda e Gabriel Stadler exatamente, ou não se importassem muito.

As perguntas pioraram no intervalo, a sala de professores estava tensa e todos só falavam do que havia ocorrido. Mas eu não sabia o que dizer, como explicar, afinal de contas eu só fui para casa dele no dia seguinte e ninguém sabia falar o que houvera – exceto o próprio Gabriel e o segurança, e ambos se encontravam em choque.

Mas de qualquer forma a vida iria continuar, Gabriel não teria mais a sua Golden Retriever, mas ainda assim, tudo iria continuar, talvez não como antes porque a dor da perda sempre abre um buraco em nossas almas, entretanto, esse buraco pode – e deve em minha opinião – ser preenchido por um novo amor.

A última aula a ser dada era na turma do segundo ano e ocorreu normal, sem nenhuma alteração ou pergunta feita a respeito do que houvera com o Gabriel. A esse fato eu agradeci, porque responder a essas perguntas durante toda a manhã de uma segunda-feira é estressante e desgastante.

Entretanto, já no fim daquele último tempo recebo um e-mail. Faltando alguns poucos minutos para a aula encerrar, dispensei os alunos e quando fiquei sozinho abri o e-mail que há um bom tempo atrás eu enviara a Reitoria da UFPR para solicitação de uma bolsa de estudos como pós-graduando.

Prezado Vitor Daniel,

Constatamos o envio da sua solicitação e analisamos o material anexado e gostaríamos de marcar uma entrevista para falarmos sobre os assuntos em pauta e conhecermos melhor a sua pesquisa.

Por favor retorne esse e-mail com o formulário anexo preenchido e trataremos de agendar uma data e horário para entrevista-lo.

Atenciosamente,
Departamento de Ciências Humanas
Reitoria UFPR.

―――

♠

O carnaval chegou dias depois, pomposo e alegre, anunciando e prometendo amores, paixões e um tanto de liberdade a mais. Mas de alguma forma eu me sentia anestesiado por causa de tudo o que estava acontecendo na minha vida. Me parecia que agora até o meu respirar envolvia o Gabriel. Tê-lo ao meu lado era a maior expressão de alegria e felicidade que eu poderia ter.

Não quero repetir, o que eu já disse, mas o tamanho do amor que eu sinto é terrível, é um amor maior do que eu, imensurável, que me sufoca, que me deixa sem ar, me faz entrar em desespero, me faz rir e/ou chorar ao mesmo tempo.

De fato, eu ainda sinto tudo isso e acho que jamais vou amar dessa forma outra pessoa, mesmo que eu tente.

Por que eu acredito no para sempre. Tenho certeza que existem coisas que realmente são para eternidade.

Só que eu estava sem ele naqueles dias. Eu já não conseguia mais lembrar do seu cheiro que era tão seu. Eu já não conseguia mais lembrar de como era o seu sorriso. Eu já estava esquecendo da cor dos seus olhos, mesmo sabendo que eram ora verdes ora azuis. Eu já estava esquecendo como ele era e os dias estavam sendo cruéis comigo.

Mas foi isso que a vida me deu e aprendi a lutar pelos meus sonhos e meus amores. Talvez as escolhas que me propus a fazer mais a frente, tenham um fator importante, mas de fato eu sempre tentei fazer com que Gabriel nunca saísse da minha vida.

Esses pensamentos iam e vinham pela minha cabeça quando minha mãe entrou no meu quarto. Ela estava linda, vestindo um conjunto social vermelho com detalhes em preto. No pescoço, um delicado colar de perolas e nas mãos uma bolsa e sua pasta.

– Recebi uma ligação do Conselho de Ciências Humanas da UP – disse ela, animada. – Me parece que eles estão muito felizes com a ideia da sua Pós.

– Eles te ligaram? – perguntei, surpreso.

Se a Positivo aprovasse minha solicitação de bolsa, seria a segunda a me responder no mesmo dia.

– Conversei com a Prof.ª Maria Lucia, a vice-reitora – explicou mamãe, diante da minha incompreensão. – E ela me concedeu a gentileza de contar essa novidade para você.

– Eles estão me oferecendo uma bolsa?

– Não só uma bolsa, filho – ela continuou. – Eles querem que você dê aulas para os novos calouros também e em troca eles darão o apoio que você precisa no mestrado.

– Mãe, o Gabriel vai para lá! – eu disse, com um estalo na mente. – Ele me disse que mesmo se passasse na Federal ele iria para lá.

– Vitor...

– Mãe, vai ser ótimo! – eu continuei, afobado. – A gente vai poder continuar se vendo como no Lobo.

– Vitor Daniel – disse minha mãe, elevando a voz uma nota para chamar minha atenção – o Gabriel não vai estudar na UP.

– Como não? – respondi. – Ele me disse... ele me disse que ia...

– Estive com a Armanda ontem no fórum – explicou mamãe – e ela me disse que o Gabriel aceitou o convite do tio para morar e estudar em Buenos Aires.

Eu não soube o que dizer e pareceu que todas as palavras do mundo haviam sumido.

– Mãe, não! – eu disse, quase num sussurro, confuso, chocado. – *Não!*

Minha mãe me olhou e deu um passo a frente.

– NÃO! – eu disse, num ímpeto de grosseria.

Isso a assustou e ela voltou o passo que dera, mas continuou me olhando, tentando me ajudar de alguma maneira, só que eu também achei que ela não poderia fazer nada naquele momento. Então ela pegou a bolsa e pasta que havia colocado sobre a cama e saiu do quarto, ainda fazendo a gentileza de fechar a porta e ainda na minha impulsividade, peguei o celular e liguei para o Gabriel.

O telefone dele tocou, tocou e tocou até que alguém atendeu o telefone.

— Gabriel?

— *Não, é o João* – disse a voz de um garoto, aos risos. – *Mas vou passar para ele. Um minuto!*

A voz se afastou e pude ouvir a voz do Gabriel ao longe, abafada, e ele fora ríspido. O telefone passou para a mão dele e ele respirou fundo.

— *Alo?*

— Gabriel? – eu disse, tentando controlar a voz. – É o Vitor.

— *Eu sei* – ele disse, secamente.

— Quem era o garoto que atendeu o telefone? – perguntei, mais nervoso do que antes.

— *O João Luis* – ele disse, muito calmamente agora. – *Eu posso te ajudar de alguma maneira?* – ele perguntou.

— Por que você não me disse que vai embora para Buenos Aires?

Silêncio.

— Você não vai me responder, Gabriel? – eu perguntei, com raiva já.

— *Vitor Daniel...* – ele disse, solando a respiração. – *Eu não acho que seja uma boa ideia a gente continuar conversa.*

— Gabriel...

Vrá!

Demorei um pouco para entender ele já não estava mais do outro lado da linha.

— GABRIEL! – eu gritei, frustrado.

Mas ele já havia desligado a ligação.

♠

Por incrível que fosse Curitiba amanheceu com um dia muito bonito, com sol, com céu azul, mas um pouco frio depois de toda a chuva que tinha caído. Era verão e todos usavam roupas leves e estampadas, com cores agitadas, estavam felizes e sorriam o tempo todo e isso na minha concepção era irritante.

Não por todos estarem felizes e alegres e vestindo roupas estampadas ou porque era verão, eu estava era de mal com a vida, estava realmente odiando o mundo porque eu estava amando, amando feito um idiota outro idiota que era tão frio quanto uma pedra de mármore pode ser.

Tudo bem, tudo bem, talvez eu não tivesse que esperar tanto do Gabriel pelos fatos que haviam ocorrido com ele nos últimos dias, talvez eu estivesse esperando demais de uma situação que nem mesmo o próprio Gabriel pudesse entender, mas eu estava ali, eu estava com ele e queria continuar ao seu lado durante todo o tempo.

Mas nesse momento me passou pela cabeça que talvez fosse melhor, muito melhor desistir de todo o sentimento que eu já havia entregue e sentido pelo Gabriel. Era a primeira vez que eu pensava assim, em não o amar mais, em deixar de me preocupar, em deixar ele ir embora.

Eu acabara de ganhar uma oportunidade nova da vida, uma bolsa de pós-graduação numa universidade muito bem prestigiada, iria mudar algumas coisas e talvez, quem sabe, se Deus fosse bom comigo, eu poderia até encontrar um novo amor.

– Pensando na vida? – perguntou Júlio, entrando na sala dos professore e me tirando dos meus devaneios.

Ele foi até seu armário, abriu-o e enfiou ali alguns materiais que trazia consigo.

– É o que eu tenho para hoje! – respondi, meio mal humorado.

– Que é isso? – ele perguntou, fazendo cara de surpresa. – Vitor Daniel mal humorado, usando de grosseria para com os amigos? – ele sentou-se na mesa, na minha frente. – Não, eu não acredito!

Eu ri, para disfarçar meu constrangimento.

– Desculpe, cara! – eu disse, esfregando o rosto. – Desculpe, eu não quis... não foi a minha intensão.

– É o Gabriel o motivo do seu mal humor? – Júlio perguntou, sorrindo para quebrar o gelo da situação.

– É, é ele – respondi.

– O que aconteceu agora? – ele insistiu.

Eu levantei da mesa e fui até a máquina de café, não sabia como começar o assunto. Sabia o que queria dizer, mas parecia que as palavras não vinham.

– Ele está indo embora – eu disse, enquanto a máquina preparava o café. – Ele está indo para Argentina morar com o tio e nem se deu ao trabalho de contar... de *me* contar.

Silêncio.

– Eu me mantive do lado dele sempre que pude – bufei, extravasando a minha raiva com a situação – ou seja, em todo o tempo e agora ele está indo embora sem se preocupar... comigo.

Silêncio.

– Minha vida tem girado em torno dele – continuei – em torno desse sentimento que tenho por ele e por toda a complicação que nossa relação tem e ele *está indo embora*. Afinal, do que ele é feito? O que ele tem no peito?

Silêncio.

– Não, porque um coração ele não tem – continuei, mas incomodado com o silêncio. – Porque se tivesse um ele se preocuparia comigo – a maquina apitou e eu peguei a caneca de café. – Ele teria se importado quando eu liguei e teria me contado e não estaria fugindo de mim.

Silêncio.

– E por que diabos você não fala nada? – perguntei, me virando e encarando Júlio, mas ele olhou para a porta e meus olhos o seguiram.

Silêncio.

Gabriel vestia uma calça jeans preta e uma camisa social clara com todos os botões fechados. Seus cabelos estavam jogados para um lado, de um modo bem bagunçado e seus olhos cor de esmeralda cintilavam, mesmo longe de mim.

– Prof.º Júlio, você poderia nos dar licença – ele pediu, num tom de voz cordial – por favor?

– Vou estar na biblioteca, se precisarem – disse Júlio, para mim.

Júlio nos deixou a sós, com um silêncio mortal e enquanto ele se retirava da sala, Gabriel foi até a máquina e serviu-se de um cappuccino e o cheiro de canela pairou no lugar. E de relance, percebi que ainda era 6h50min da manhã, o que nos daria um bom tempo para conversar.

– Você não vai dizer nada? – perguntei, depois de um ou dois minutos naquele silêncio horroroso. – Você só vai tomar esse cappuccino?

E foi o que ele fez, ele tomou o cappuccino, pousou a caneca na mesa, sentou-se e me encarou.

— Não ligo que você converse com seus amigos sobre mim — ele disse, num tom severo. — Todos nós precisamos de um ponto de apoio, eu tenho o meu e seria egoísmo da minha parte não querer que você tenha o seu. Mas não quero que você pinte um Gabriel desprovido de sentimentos por aí, Vitor.

— Mas você...

— *Não* me interrompa, Vitor! — ele disse, elevando a voz. — Eu não terminei.

Calei-me.

Ele respirou fundo, exatamente do jeito que a mãe dele fazia.

— Faz meses já e eu ainda não consigo dormir direito — ele disse e eu demorei para entender do que ele estava falando. — Tenho medo de dormir e ter pesadelos, tenho medo de dormir e não acordar porque aconteceu algo com a minha família.

Ele tirou um lenço do bolso e limpou as mãos com ele.

— Eu perdi mais do que a Guillerminna, Vitor Daniel — ele disse, ainda esfregando o lenço nas mãos. — Eu perdi minha melhor amiga, perdi a única coisa que meu pai me deu de presente na vida e eu estou indo embora porque preciso acalmar tudo o que está acontecendo aqui dentro! — Gabriel apontou para o peito.

Uma onda de vergonha tomou conta de mim porque eu deveria estar entendendo o que ele estava passando. Mas ele tinha se afastado tanto de mim que por um momento achei, obviamente, que ele não me queria mais. Só que ele ainda estava traumatizado com a tentativa de sequestro e com a morte da Guillerminna.

— Deixa eu te ajudar — eu disse, quando ele parou de falar para respirar.

Eu havia dado a volta na mesa, puxado uma cadeira e sentado na frente dele.

— Por favor — eu pedi, tirando o lenço das mãos dele.

Ele segurou o lenço, mas eu insisti em tirá-lo de suas mãos e ele por fim cedeu.

— Fique — eu disse, pegando nas mãos dele. — Fique comigo. Não vá embora. Não vá para Buenos Aires. *Me* escolha, Gabriel!

Consequências

Alguns meses depois...

A UP tinha aceitado a minha solicitação para bolsista no programa de pós-graduação realizado pela instituição e voltado para os graduados nas áreas de ciências humanas. A minha dissertação, a priori, seria para a Introdução da Literatura no enredo histórico na natureza humana.

Eu me baseei em histórias mitológicas, em romances europeus de fantasia e por fim nos contos de fadas para a explicação de fatos cotidianos, mas que de alguma forma passam despercebidos aos nossos olhos naturais, onde os causos do dia a dia se tornam histórias e as historias se tornam mitos e os mitos se tornam lendas.

Minha orientadora era uma professora doutora – e marxista – cujo nome – pelo menos para mim – e vigor da idade eram invejáveis: Tarsila era uma loira de cabelos lisos e óculos de lentes pequenas que sempre escorregavam para a ponta de seu nariz por causa do seu modo rápido de falar, seus olhos eram tão verdes como os de alguém que eu conhecia e lembrava ainda muito, muito bem.

Junho já havia chego e com ele toda a pompa de um inverno que prometia temperaturas baixíssimas e um desfile de pessoas bonitas e bem vestidas. E em especial, naquela noite, Tarsila estava muito bonita, com um salto agulha sempre a fazer clack-clack enquanto ela caminhava do meu lado. Seu sobretudo caí-lhe até os joelhos e era de um bege que me lembrava a uma xicara de café com leite.

– Quer sair para beber alguma coisa? – ela perguntou, enquanto deixávamos a biblioteca.

– Será que – perguntei, rindo – o pupilo pode sair com o seu mestre mesmo de depois de tantos erros?

– Eu sou quem? – Tarsila retrucou, rindo também. – Ah, quero ser a Feiticeira Branca porque você combina com o Edmundo Pevensie.

Já estávamos no estacionamento da universidade quando um loirinho passou alguns carros mais à frente e entrou numa caminhonete preta, e por causa dos vidros *fumês* não consegui ver o rosto. Logo em seguida o carro partiu. Mas suspeitei que fosse *ele*.

Parei um momento de andar até que Tarsila me trouxe novamente para terra.

– Aconteceu alguma coisa? – perguntou ela.

– Não, não... – eu disse. – Só achei que tinha visto alguém...

– Seu ex? – ela perguntou, tocando no assunto pela primeira vez desde que começamos a trabalhar juntos na minha dissertação.

– Não sei – respondi, sem saber exatamente o que tinha visto. – Acho que ando vendo coisas. Devo estar louco...

– É por isso que você precisa beber... – ela disse, sorrindo. – Vamos logo, o Théo não vai me esperar por muito tempo, já estamos atrasados.

– E aonde vamos? – perguntei, curioso.

– Vamos no centro – ela respondeu – e vamos no teu carro.

– Tudo bem! – eu disse, tentando disfarçar o meu mal-estar por ter pensado que o loirinho era o Gabriel.

Entramos no carro e partimos, tentei não desviar os caminhos, porque o trânsito àquela hora nas ruas próximas à universidade era quase intransitável. Mas isso nos daria tempo para conversar e eu precisava conversar.

Há alguns meses eu estava focado na minha dissertação da pós-graduação e por consequência a minha amizade com o Júlio foi ficando um pouco distante. Nós nos falávamos, sempre que podíamos nos encontrávamos para um *happy hour*, mas ainda assim nossa amizade estava bem distante.

E meu namoro com Gabriel, bem, talvez isso já seja notável. Ele havia escolhido ir embora, me deixar, não ficar comigo.

– Você está estranho, Daniel – ela disse, de repente. – Está um pouco distante hoje... ou é impressão minha?

– É verdade, eu estou estranho – eu disse, sem tirar os olhos do trânsito. – Estou com saudades do Gabriel.

– *Porra*, vocês são muito estranhos! – disse Tarsila, sem papas na língua.

Eu ri.

– Por que você acha isso? – perguntei.

– Eu é que pergunto – volveu ela. – Qual a dificuldade de vocês estarem juntos?

Eu não havia parado para pensar nesse ponto da história, mas a questão, basicamente, não era eu ou o Gabriel ou o nosso relacionamento, o que dificultava tudo eram as circunstancias que cercavam o Gabriel, sem falar da sua família e todos os problemas que pareciam estar ao seu derredor.

– Algumas circunstâncias – respondi.

– Já pensou em ligar? – ela perguntou.

– Já... – respondi, com um suspiro.

– E?

– Ele não me atende – contei. – Mesmo porque supostamente ele está em Buenos Aires.

Depois de alguns minutos chegamos a um bar muito *daora* no centro de Curitiba. Pegamos nossas comandas e nos dirigimos a mesa que estava reservada para o resto da turma que nos acompanharia. Alguns amigos já estavam ali e eu aguardava o Júlio e a Ariane, afinal fazia alguns meses que eu não os via.

Ainda a porta, esperando para receber a comanda, me voltei para a rua e o carro preto estava estacionando em frente ao bar, bem atrás do meu carro. A porta do carona abriu e uma garota desceu, depois a porta de trás do carona se abriu e dois garotos desceram e dando a volta no carro, mais uma pessoa.

A princípio, por causa dos casacos, cachecóis e toucas, não reconheci ninguém e antes que alguém pudesse se virar, Tarsila me puxou pela manga do casaco e a atendente do bar me deu a comanda. Mais uma vez me voltei para rua, mas um grupo de pessoas já tinha se reunido logo atrás de nós.

Entramos finalmente e seguimos diretamente para a mesa reservada. Os primeiros baldes de Heineken foram servidos e por fim Júlio e Ariane preencheram os últimos lugares da mesa, de mãos dadas e formando enfim o casal que eu – de certa forma – esperava ver realmente.

Cumprimentei-os com um abraço.

– Caramba, como é bom ver vocês! – disse a eles, falando mais próximo deles por causa da música. – Eu estava com saud...

Parei de falar quando avistei um par de olhos verdes que cintilavam a meia luz do lugar.

Júlio e Ariane também seguiram meus olhos, mas novamente um grupo de pessoas entrou na minha frente e se minha mente estava vendo alguém ou querendo ver, perdi novamente de vista. Contudo, o casaco marrom, a touca preta e vermelha e o cachecol xadrez teimavam em me lembrar o Gabriel.

– O que foi? – perguntou Ariane, olhando para lá e para cá.

– Nada... nada... – eu disse, sem muita certeza, então me voltei a eles. – Eu estava com saudades!

– Nós também estávamos – disse Júlio, sorrindo e me dando um novo abraço. – Na verdade, a galera toda lá do Lobo está. A Armanda disse que eu tenho que te convencer a voltar.

– Verdade – completou Ariane. – O cara que ela contratou para te substituir caiu na desgraça com ela. Tem chegado todos os dias atrasados e os alunos reclamaram que ele aplicou prova com conteúdo não explicado.

– Caramba...

– Vem, vamos sentar que eu quero te contar esse babado!

Continuamos conversando, bebendo, ouvindo a música que estava tocando alta já. O calor chegou bem-vindo, mesmo todo mundo sabendo que o frio iria nos aguardar até a hora de ir para casa.

Mas no quinto drink precisei ir até o banheiro e Júlio me acompanhou. Fomos conversando no caminho, rindo, falando bobagens.

– Você poderia dormir lá em casa hoje – ele disse, – a Ari precisa preparar aula e eu to livre graças a Deus. O que acha?

Entramos no banheiro.

– Claro – eu disse. – Seria *daora*!

Continuamos conversando até voltarmos para os lavabos e então eu parei, estático, sem ar, sem reação, meu coração parecendo que ia saltar do peito, ainda com Júlio tagarelando do meu lado – e de repente, a sua voz tinha ficado chata, insuportavelmente e distante.

Parado a frente do lavabo estava o Gabriel, enxugando as mãos naquelas toalhas de papel que eu sabia que ele tanto detestava – porque era um desperdício usar papel para enxugar as mãos, segundo ele. Ele não me notou e nem eu me preocupei em interrompê-lo até ele descartar os papeis toalhas e olhar no espelho a sua frente.

Então ele me encarou pelo reflexo.

Deu para perceber que por um instante ele segurou a respiração, mas sua expressão – antes descontraída – mudara para algo *peculiar* – e assustador para mim. Por um minuto achei que ele não me amasse mais, talvez ele me odiasse agora. Tentei sorrir, porque era a única coisa que eu poderia fazer.

– Vitor Daniel – ele disse, num sussurro.

– Gabriel – eu disse, minha voz tremeu.

Eu engoli um nó.

– Não achei que você gostasse daqui – eu disse, tentando puxar um assunto.

– Vim trazer alguns amigos – ele disse, virando-se rapidamente para jogar o papel-tolha no lixo. – Já estou indo embora.

– Quer que eu leve você? – perguntei.

Ele ergueu as chaves de um carro.

A porta abriu atrás de mim e ele empertigou-se.

– Bem – ele disse – eu vou indo...

Ele fez menção de partir.

– Gabriel? – eu disse, num ímpeto e peguei sua mão.

Ele parou, olhou para minha mão em sua mão e novamente me encarou, seus olhos verdes cintilando de longe.

Soltei sua mão. Meu gesto fora invasivo demais.

– Sim? – ele disse e sorriu.

Ao seu sorriso, eu me perdi. Tentei falar, mas me pareceu estranho dizer algo agora.

– Não quer ficar um pouco? – perguntei.

– Não... – ele disse, com os olhos ao longe, mas voltou-se para mim. – Eu não posso.

Então ele saiu pela porta, me deixando para trás mais uma vez.

A noite tinha terminado para mim, de modo que avisei ao Júlio que iria embora, mas escondido. Sairia à francesa. Torcendo para que ninguém sentisse a minha falta o suficiente para me ligar.

Cheguei em casa quarenta minutos depois, havia começado uma chuva e peguei um caminho com uma árvore caída na rua, parado no lugar onde eu estava, comecei a repassar meu encontro com o Gabriel no bar. Repassei cada palavra que trocamos, cada gesto meu e dele, foi então que descobri que talvez houvesse uma chance.

Seus olhos antes zombeteiros, arteiros e cintilantes estavam diferentes, não mais petulantes como antes. Ele não me encarou no momento em que perguntei se queria ficar no bar, ele desviou os olhos de mim e isso o traiu.

Merda! – pensei.

As coisas deveriam ser diferentes, eu sei que estavam. Eu não deveria ter traído, eu deveria saber que o fato dele perdoar o que houve não mudaria e nem anularia o que eu tinha feito. Isso afetara a confiança que ele tinha em mim.

Eu não tinha que ter deixado ele ir embora, deveria ter dominado a situação, deveria ter feito como no começo: forçado a barra para ultrapassar aquela maldita muralha que ele construíra a sua volta.

Quando cheguei em casa, as luzes estavam todas apagadas, mas a lareira ainda tinha fogo. Não fiz barulho, mas corri para ela coloquei mais lenha depois de atiçar o fogo. O cheiro de madeira queimada impregnava o lugar, mas era um cheiro bom, agradável. Me lembrava o tempo que eu era criança e que meu pai era vivo, comíamos pinhão assado assim, em frente ao fogo dessa mesma lareira.

Mesmo com fogo, o frio era grande.

Sentei no sofá e tirei o celular do bolso, abri nos contatos e procurei pelo nome dele. Talvez ele tivesse mudado o número, talvez não. Resolvi tentar a sorte e mandar uma mensagem. Quem sabe a sorte não estaria comigo?

Vitor:
Foi muito bom ver vc... :3

Mandei.

Com reticencias mesmo.

Para que talvez houvesse uma dúvida e quem sabe uma resposta. E houve, mas demorou um bocado.

Gaels:
Foi bom ver vc tbm. ;)

Travei.

Eu não sabia como responder aquilo.

Pensei alguns minutos, mas não achei nenhuma palavra para acrescentar, até que ele mesmo continuou a conversa.

Gaels:
Eu queria ter ficado. Teria sido bom conversar. Uma pena.

Ele continuou.

Gaels:

Nossa, está tão tarde... Você ainda está no barzinho? Talvez você até esteja dormindo.

Vitor:

Já estou em casa. Cheguei ainda agora. Ainda podemos conversar. :p

Gaels:

Por mensagem? Não acho que seja a mesma coisa.

Vitor:

Posso ir pegar você. :3

Gaels:

São quase 4horas da manhã.

Vitor:

Já fizemos coisas assim. Não seria a primeira vez. :P

Houve uma pausa, uma longa pausa.

Gaels:

Hoje não. Mas podemos almoçar juntos na segunda. Eu estou trabalhando no consultório da minha mãe, no centro.

♠

Era começo de tarde. A cidade estava movimentada, principalmente ali. Algumas pessoas iam e vinham, fazendo compras, carregando sacolas, olhando vitrines. Mas eu estava, de certa forma, muito ansioso. Tentei controlar meus passos, o modo como andar. Mas eu estava ansioso e tinha motivos para isso.

Quando cheguei ao café onde tínhamos marcado, ele já me esperava. O vi de longe. Estava tomando um chá de hibisco e amora e comia minis pães-de-queijo. Vestia uma um suéter preto de gola alta, jeans num tom grafite e calçava um Nike. Seu perfume tinha mudado, sei por que ele usava o *Piercing*, da L'aqua de Fiori. Agora estava num cítrico mais suave, mas – e pode ser loucura da minha parte – de alguma maneira isso ressaltava a cor dos seus olhos.

Olhos de cigana oblíqua e dissimulada, pensei, sorrindo comigo mesmo.

Quando ele me viu, lançou um sorriso contido, formal demais para tudo o que nós já tínhamos vivido. Me pareceu um pouco injusto esse sorriso, afinal eu esperava mais do que isso. Mas talvez eu não estivesse em posição de querer algo dele, fora eu quem destruiu nosso namoro e a confiança.

– Oi? – eu disse, sem saber bem o que esperar agora que já estava na frente dele.

– Olá, Vitor Daniel – ele respondeu, escondendo de novo qualquer que fosse suas emoções.

Ergui a mão para que o garçom ali próximo viesse me atender, mas o Gabriel me interrompeu.

– Eu já fiz o seu pedido – ele disse. – Vamos tomar chá, também pedi um sanduiche natural de peito de peru para você. Acertei?

Ele acertou. Ele lembrava. Fiquei surpreso.

– Obrigado – eu disse, sem saber se dizia algo mais.

– Eu não esqueci – ele disse. – Apesar de não nos falarmos mais há quase um ano, eu não esqueci, Vitor Daniel. Eu nunca esqueço.

Sua frase fora ambígua para mim.

Tomamos o chá e comemos, conversando sobre assuntos diversos, banais mesmo. Rimos à toa e o leão dentro da minha barriga tinha sossegado, mas ainda assim eu permaneci atento a todas as reações dele. Gabriel era uma surpresa. Ele poderia levantar da mesa e ir embora, sem nem ao menos me dar uma explicação.

– Você deve estar curioso por eu ter te procurado – ele disse, a certa altura da conversa.

– Você não me procurou – eu disse. – Sou eu que sempre faço isso.

Sem querer, o tom foi acusatório, um tanto quanto rancoroso e pelo seu olhar, ele notava isso.

– Acho que isso combina melhor com você – ele disse, em resposta. – Eu não saberia por onde começar. Eu tentei, Vitor Daniel... por Deus, como eu tentei... Mas todas as vezes que peguei no celular ou entrei na internet... Eu não sabia o que dizer, o que fazer.

Ele pegou um guardanapo e começou a limpar as mãos.

– E então a gente se encontrou lá no barzinho – ele continuou, num tom de voz ansioso – e foi tão bom, mas tão bom ver você... pareceu que eu, eu... – ele suspirou e em seguida respirou fundo.

Ele ainda limpava as mãos.

– Gabriel? – chamei, fazendo ele olhar para mim. – Tudo bem?

Ele meneou a cabeça, confirmando.

– Gabriel, você quer namorar comigo? – eu disse, sabendo exatamente que os ventos estavam favoráveis para mim.

Seus olhos cintilaram, não foi um exagero, foi algo real, muito real. Era como um lampejo... Uma noite de tormenta, onde tudo era lindo, apesar de devastador e terrível.

– Eu... eu... – ele disse, ainda esfregando o guardanapo nas mãos.

Um sinal de alerta soou na minha mente, ligeiro e sucinto, e levantei da cadeira onde estava e sentei na outra, mais próximo dele, tomei o guardanapo de suas mãos e olhei para elas. Estavam quentes, suadas, vermelhas e o dedo indicador da mão direita estava começando a sangrar na lateral pelos poros da pele.

Beijei-as.

– Estou fazendo tratamento para Transtorno Bipolar do Humor – ele disse, de repente, sorrindo, mas deixou suas mãos nas minhas. – Desenvolvi um leve TOC também – ele acrescentou e eu pude sentir sua vergonha. – Estou fazendo tratamento, tomando os remédios, mas eles estão me deixando louco. Há três dias que eu não durmo nada, nadinha mesmo.

– Eu estou com a tarde e a noite livre hoje – eu disse, tentando fazer ele mudar de assunto, já que ele estava constrangido por me contar aquilo tudo. – Quer ir lá para casa? Podemos ver um filme ou uma das suas séries e se você pegar no sono, eu te levo para o meu quarto...

Ele riu, sarcástico.

– Sabemos o que vai acontecer se formos para o seu quarto – ele disse, num tom cortante e acrescentou: – Mas sabe, eu to com saudades de você.

Alguma música começou a tocar ali, em inglês, um country antigo, romântico e doce. E eu não soube o que dizer. Aquilo fora sincero da parte dele, deu para perceber. Seu constrangimento, seu embaraço, a falta de palavras; era sempre assim quando ele tentava dizer o que estava sentindo, eu já o conhecia.

– Espere um minuto – eu disse para ele, me levantando.

Fui até o caixa e paguei pelo que consumimos, então voltei para mesa e estendi minha mão. Eu sabia também que ele queria aceitar meu convite, passar a tarde longe de tudo o que estava acontecendo em sua vida e eu sabia também – agora com certeza absoluta – que ele queria ficar comigo – pelo menos naquele momento.

Ele demorou alguns segundos para pegar a minha mão, demorou tanto que eu achei que desistira, mas quando estava prestes a baixá-la ele segurou-a.

♠

Fazia um solzinho de inverno atípico para Curitiba. O dia estava morno, doce, aconchegante. E quando chegamos em casa, havia aquela sensação – pelo menos para mim – de que o dia não poderia ser melhor. Havia o som de passarinhos do lado de fora, no jardim; Giza ouvia música na cozinha enquanto trabalhava e o sol entrava de mansinho pelas janelas, servindo de imã para aquelas nuvens de pó correrem para fora.

Eu deixei Gabriel na sala, sentado no sofá e fui ao meu quarto trocar de roupa. Quando voltei ele estava na varanda, descalço e com as meias no chão. Ele tinha os braços envoltos da própria cintura, como se estivesse se abraçando. E talvez ele precisasse mesmo de um abraço.

E foi o que eu fiz. Abracei-o por trás. Deixei Gabriel se aconchegar em mim do jeito que ele quisesse. Ele deitou a cabeça para trás, no meu peito e ficamos assim por alguns minutos.

Fomos para o sofá em seguida. Ele ficou com o controle da TV nas mãos, passando de canal em canal e eu aproveitando cada segundo. Fazendo-lhe carinho, cafuné, mantendo-o colado em mim. As horas foram passando e eu nem percebi quando ele dormiu e eu só fui notar quando ele se virou para mim de supetão, enfunando o rosto no meu peito.

Passamos um bom tempo assim e eu acabei cochilando também, mas fomos acordados pelo meu celular que tocava em algum canto. Eu despertei um pouco perdido, sem saber ao certo onde estava, quase derrubei o Gabriel no chão com a minha ansiedade de pegar o celular e atendê-lo. Por algum motivo eu sabia que era importante atender.

– Alo? – eu disse, sabendo que minha voz estava sonolenta.

– *Por favor, o senhor Vitor Daniel de Andrade?!* – indagou uma voz feminina do outro lado da linha.

– É ele... – respondi. – Quem está falando?

– *Meu nome é Paola Todorov* – a voz disse. – *Sou doutora e professora em Literatura Fantástica e leciono na Universidade do Chile, na Facultad de Filosofia y Humanidades* – ela fez uma pausa e então continuou. – *Eu recebi a sua pesquisa a respeito das obras de Tolkien e Lewis e gostei muito do que li* – outra pausa. – *Bem, eu vou ser direta, Sr. Andrade, o senhor acaba de se tornar um bolsista na minha turma para* Magíster em Literatura *no próximo semestre, se assim desejar.*

Eu me voltei para o Gabriel e me deparei com seu olhar verde cintilante. A professora-doutora ainda falava no meu ouvido, mas eu só conseguia vê-lo, ali na minha frente. Finalmente nós estávamos bem, estávamos juntos novamente, mas de repente o chão perdera toda a segurança.

– *Sr. Andrade, você está me ouvindo?* – ela perguntou, elevando o tom de voz. – *Nós poderíamos conversar na quarta-feira por vídeo chamada?*

– Ah, sim... – eu respondi. – Sim, claro!

Paola Todorov despediu-se me desejando felicidades e com um *até mais*. Eu tirei o celular do ouvido e olhei para o visor. Foram quase onze minutos de conversa.

– Está tudo bem? – indagou Gabriel, me fazendo voltar à realidade.

IV

Champagne

Nunca é possível saber o que o Gabriel está pensando, mesmo para aqueles que o conhecem. Sua personalidade é como o vento de uma tormenta: fraco para fazer você ficar e forte para varrer você da sua vida com facilidade. No meu caso era um pouco de cada, mas veja bem, nem sempre a decisão de me afastar era dele.

Tínhamos pouco mais de um mês para ficar juntos e então eu iria para Santiago fazer meu mestrado. Havíamos tomado a decisão em conjunto e Gabriel – mesmo chateado, eu sabia que estava – me deu todo o apoio para ir realmente.

– Uma oportunidade dessas jamais surge duas vezes na vida – ele dissera, quando eu contei, naquele dia em que recebi a ligação. – Você *precisa* ir! – ele fora enfático.

Eu poderia ter desistido se ele tivesse me pedido, mas eu realmente não queria fazer isso. Eu queria ir, estudar, me tornar *mestre* e dar continuidade a minha carreira, seria o começo da realização de um sonho e eu estava imensamente agradecido por tudo isso e mais ainda pelo Gabriel me incentivar.

Mas ele não estava feliz.

Seu olhar ainda brilhava porque seus olhos verdes sempre brilhavam. Só que o brilho de seus olhos refletia algo menor que a felicidade, algo próximo da decepção ou da frustração. Suas expressões sempre contidas, escondendo seus verdadeiros sentimentos e eu sabia que ele estava sentindo algo – decepção, frustração ou raiva ou tudo isso junto –, contudo, eu não teria certeza de nada disso.

Eram apenas suspeitas.

Estávamos na minha casa, na sala de estar e eu sentei no chão em frente ao sofá, entre suas pernas, segurando-o pela sua cintura e olhando para seus olhos. Ele se abaixou e me deu um beijo, então eu o puxei para o meu colo e ele caiu encaixado em mim, com a cabeça deitada nos meus braços.

Ele estava sorrindo.

Só que nós tínhamos um impasse e eu fiz a segunda tentativa de amenizar qualquer sentimento ruim que ele estivesse experimentando e sugeri não ir e ficar com ele.

– Eu não quero ser o motivo pelo qual você tenha que ficar – ele disse, segurando meu rosto com uma das mãos; seu dedão acariciava meu rosto. – Eu não quero que você me culpe por ter ficado aqui em Curitiba e desistido disso tudo.

– Eu jamais...

Ele botou um dedo na minha boca.

– Sim, você faria... talvez – ele retrucou, dono da verdade. – Além do mais eu posso ir te ver em Santiago, se você quiser.

– É CLARO QUE EU QUERO! – eu disse, estupefato com a ideia. – Cara, eu vou amar você comigo lá e vai ser incrí...!

Ele me beijou, parei de falar e quando o beijo terminou, nos encaramos.

– Relaxe, Vitor – ele pediu. – Você está ansioso com toda essa novidade, mas não esqueça que eu vou ficar e vou sentir a sua falta.

Havia agora um sorriso em seus olhos e em sua boca.

– É, você está certo... – eu concordei. – O que você quer fazer?

– Quero que você aproveite esse mês que temos junto comigo.

Nosso mês passou rápido, rápido demais, mas aproveitamos como pudemos nossos últimos dias antes que eu embarcasse para Santiago. Obviamente o Gabriel me carregou para todos os tipos de passeios que conseguiu achar e imaginar por Curitiba.

Teatro nas quintas-feiras. Shopping nas sextas. Cinemas nos sábados e domingos para assistir o que quer que estivesse passando. Apresentações da Orquestra Sinfônica nos domingos de manhã e passeios nos parques à tarde.

No último domingo que tivemos, ele planejou um piquenique no jardim da minha casa. Era para ter sido na casa dele, mas o irmão resolveu passar o dia com a mãe e para evitar qualquer confronto, Gabriel apareceu na minha casa com uma cesta – uma cesta de verdade – cheia de coisas para comermos, uma toalha xadrez vermelho e branco e um sorriso encantador.

– Não posso reclamar que nosso namoro seja entediante – eu disse, a certa altura do lanche.

O dia estava bonito para julho. Tinha sol. Tinha pássaros cantando aqui e ali. Mas estava frio.

– Você sabe como planejar as coisas – acrescentei ainda.

– Aprendi com a minha mãe, com minha irmã e com a minha cunhada – ele rebateu, tomando um gole do suco de laranja. – Eu só não queria que os dias passassem e pudéssemos aproveitar o que tínhamos.

– O que temos – devolvi, corrigindo-o. – Você falando assim parece que não vamos nos ver nunca mais.

– Melancólico, não é?

Ele sorria, mas entendi a indireta.

– Você vai comigo no aeroporto, se despedir de mim lá, certo? – eu perguntei mais uma vez.

A milésima vez, porque todas as respostas que ele me dera antes, foram evasivas, desconversadas e motivos para mudar de assunto.

– Você já perguntou isso – ele disse, mordiscando um pedaço de torrada com patê.

– E você não me respondeu – respondi. – Se você não quiser ir, eu vou entender e...

– Eu não quero ir – ele disse, me interrompendo.

Ficamos em silêncio, embora o Gabriel esperasse uma resposta minha, mas eu não sabia o que dizer.

– Você já comprou as passagens? – ele disse, quebrando o silêncio.

– Sim – respondi.

– A viagem já está marcada? – ele continuou.

– Sim.

– Eu não quero ir até o aeroporto porque não quero me despedir – ele explicou, finalmente. – Poxa, Vitor, eu não acho justo comigo dizer *tchau*. Não quero ser egoísta com você, mas eu não queria que você fosse e que as coisas fossem assim. Só que você precisa ir e eu não quero dizer tchau.

Eu não podia tirar suas razões.

– Não vamos ficar tanto tempo sem nos ver – eu disse, tentando tirar a tensão da conversa. – Setembro já está aí e você vai passar o feriado comigo.

– Tem quarenta dias até esse feriado – ele me cortou e o celular dele começou a tocar.

Ele atendeu com um *alo* sussurrado e ficou em silêncio até desligar.

– Eu preciso ir – disse, após momento de silêncio. – Minha mãe vai dar um jantar hoje e eu preciso estar em casa.

– Quer que eu te leve?

– Não, eu vim dirigindo – ele disse.

Ele levantou-se e se foi, sem nem ao menos me dar um beijo. Senti saudades do tempo em que eu o levava de volta para casa. Gabriel tinha crescido, amadurecido e – se posso dizer – até envelhecido um pouco – não fisicamente, mas seu comportamento já não era mais como o garoto que eu conheci.

♠

Santiago, Chile.

O inverno estava dolorido. Fazia um frio filho da puta, muito pior do que em Curitiba. E eu não estava acostumado com neve. Agosto tinha sido branco e cinzento, algo novo e sublime para mim, mas com o passar dos dias, achei que essa brancura toda era tediosa demais.

Contudo, o que eu estava sentindo falta era do Gabriel.

Falando assim, pode parecer bobagem, foi apenas pouco mais de um mês desde o meu embarque. Mas a falta do abraço dele me fazia sentir um desconforto incrível e eu jamais achei que poderia sentir algo desse tipo.

E tive medo de que ele não viesse como prometido.

No dia em que ele viria, fiquei a sua espera por três horas no aeroporto, até que seu avião aterrissou. O esperei com uma tulipa nas mãos, comprada numa loja de conveniência do aeroporto.

E ele saiu da sala de desembarque segurando um livro nas mãos, um casaco e empurrando uma mala de rodinhas preta pequena.

Também vestia preto: um Nike preto, jeans preto, camisa preta, um cardigã preto e óculos de leitura de aros pretos. Achei ele sexy desse jeito, para mim ele estava parecendo um daqueles escritores nerds, com altíssimo Q.I. e sarcasmo natural.

Ele tirou os óculos quando me viu e sorriu, um gesto que eu ainda lembro até hoje, o que me fez sorrir também, me fez sentir totalmente feliz, amado, porque ele estava ali como prometera e quando nos abraçamos, ele demorou para me soltar.

– Hey, está tudo bem? – perguntei, me afastando um pouco e segurando seu rosto entre minhas mãos.

– Só estou com saudade, Vitor Daniel – ele respondeu e sorriu.

Eu não resisti e o beijei, ali mesmo na área de desembarque do aeroporto. Algumas pessoas que ainda desembarcavam de outros voos, talvez, passavam por nós sem dar atenção e os que davam, não se incomodavam.

Quando o beijo terminou, senti ele baixar os calcanhares no chão – já que estava na ponta dos pés – e sorrimos um para o outro.

– Vamos? – perguntei.

– Vamos.

Mais um sorriso dele.

O flat onde eu estava morando naqueles meses de mestrado ficava próximo a *Facultad de Filosofia y Humanidades*, na Avenida Grécia. Era próximo também do Estádio e do Velódromo Nacional.

Também não era algo estupendamente grande, mas tinha um quarto com banheiro, um banheiro comum e a sala – com varanda – conjugada com a cozinha – que eu quase nunca usava – e a área de serviço.

A primeira coisa que o Gabriel fez, foi ir até a varanda e olhar a cidade. Fui até ele e o abracei por trás e ficamos assim, em silêncio, abraçados.

Lá em baixo, Santiago parecia uma miniatura, um mundo de pessoas pequenas ao alcance da nossa visão, tudo muito belo, tudo muito movimentado pelo cotidiano de um mundo totalmente nosso, mas que no fundo, lá no fundinho, sempre desejamos não pertencer por qualquer que fosse o motivo.

Gabriel ergueu meu braço esquerdo para cima, olhou o relógio para ver as horas e suspirou, depois virou-se para mim e me puxou para um beijo.

Eram 9h da manhã.

O peguei no colo enquanto ele abria o zíper da minha jaqueta, desabotoava minha camisa e me beijava vorazmente.

No quarto o coloquei deitado na cama e me afastei para olhá-lo, mas fiz sem pressa porque aquela manhã de quinta-feira era nossa e o resto da semana também.

Nos encaramos e ganhei mais um sorriso, então me sentei na cama ao seu lado e tirei seu Nike, depois desafivelei seu cinto, desabotoei seu jeans e abri o zíper, abri os botões da sua camisa e beijei sua barriga, seu peito e fui descendo com a boca pelo caminho da felicidade.

Ele já estava excitado e, quando eu comecei a chupá-lo, ele se contorceu deitado na cama pelo prazer que estava sentindo, sua mão segurando meus cabelos com força e gemendo baixinho, suavemente.

Alguns minutos depois ele me fez parar, me puxou para cima e me beijou enquanto terminava de tirar minha camisa – com uma pressa ligeira. Me levantei da cama para tirar a calça e aproveitei para ligar uma música.

John Hiatt começou a cantar *Have a Little Faith In Me*, mas quando me voltei a Gabriel, ele estava virado para a porta da varanda do quarto, onde a cortina balançava levemente. Ele estava em posição fetal, abraçando a cintura e foi então que percebi algo errado.

Deitei ao seu lado e o puxei para perto de mim, cobrindo-nos com as cobertas da cama. Pela pequena fresta da porta da varanda, vinha um vento frio e invernoso de Santiago, os primeiros anúncios de mais alguns flocos de neves para alegrar meus quatro dias com Gabriel.

– Está tudo bem, Gaels? – perguntei.

– Está – ele respondeu, hesitante, após alguns segundos. – Eu só estou cansado. O fuso horário não está ajudando...

Beijei seu pescoço. Ele se virou para mim.

– Eu amo você, Gabriel!

– Eu amo você, Vitor! – ele respondeu e suas mãos procuraram meu corpo e então tudo estava bem, nada estava errado.

Fizemos amor, então, deixando para lá o resto do mundo. As horas se perderam, deixaram de ter a devida importância. Eu o amei, sabendo que ele era meu e me dei por inteiro a ele, para que não houvesse dúvidas sobre os meus sentimentos.

Ficamos de conchinha após o clímax, sujos e com o cheiro de sexo permeando o quarto. Ele se aconchegou nos meus braços, com a pele cheirando ao seu perfume cítrico, a suor e também a sexo. O cabelo úmido, a respiração ofegante normalizando e ainda excitado. Pude sentir quando o toquei mais uma vez.

Ainda era dia quando eu acordei e o Gabriel já não estava mais na cama comigo. Eu continuava com sono e o procurei com o olhar pelo quarto e o achei ajoelhado ao lado da cama, as mãos unidas, de olhos fechados e lágrimas nos cantos dos olhos. Tentei fazer alguma coisa e até ergui a mão para puxá-lo para mim, mas não tive forças e acabei dormindo novamente.

Quando voltei a acordar, não tive coragem de perguntar a ele se eu tivera um sonho ou se eu realmente tinha o visto num momento íntimo e particular dele, pois a verdadeira impressão que eu tinha daquele momento era que ele estava orando, conversando com Deus.

Não me preocupei em colocar uma roupa e fui para sala pelado mesmo, onde o encontrei aninhado no pequeno sofá do *flat*, lendo o primeiro livro de *As Crônicas de Artur*, pelo que percebi, ele estava nas últimas paginas. Me encostei no arco da porta que dava para a sala e fiquei observando-o. Ele estava vestido com uma samba-canção minha e uma camiseta do Pato Donald, os óculos de aros grossos e pretos pendiam para frente do nariz.

– Você vai ficar aí? – ele perguntou, sem virar a cabeça. – Pelado e me olhando ler?

Fiquei intrigado.

– Como você me ouviu? – devolvi, incomodado por realmente não ter feito barulho. – Eu não fiz...

– Sua respiração, *númenoriano*(?)! – ele disse, ainda sem me olhar. – Está com forme?

Ele virou-se para mim, enfim.

– Eu fui ao mercado enquanto você dormia – ele acrescentou, tirando os óculos. – Já preparei a mesa...

Fui até a bancada da cozinha e vi a mesa preparada: pão, queijo, um tipo de salame – não existe presunto como nós conhecemos em Santiago – café fresco com um cheiro irresistível, leite, biscoitos e dois tipos de geleia. Dentro da pia ainda havia algumas frutas e verduras de molho.

– Você comprou muita couve – eu disse.

– É para fazer suco...

– De couve?

– De clorofila – ele explicou. – Você que é um rato de academia vai gostar. Na verdade comprei para ensinar você a fazer. É *detox*, ajuda na digestão e na limpeza do organismo.

Tomamos café e depois ele me ensinou sua receita *detox*. Realmente o suco era uma delicia, mas precisava de açúcar. Eu tomei dois copos.

Jogamos vídeo game o resto da tarde: *Fifa, Red Dead Redemption* e *GoW*. Desses todos, *Fifa* era o predileto dele no momento, mesmo eu nunca fiquei sabendo do seu gosto por futebol, muito embora eu soubesse que ele torcesse para o mesmo timo do irmão, com direito a ser sócio e tudo o mais.

Quando o dia começou a escurecer e dar lugar para noite, disse que tínhamos que sair um pouco, coisa que ele não queria fazer. Mas devido a minha insistência, tomamos banho e nos arrumamos para sair.

Terminei de me arrumar primeiro: vesti jeans, uma camiseta de mangas compridas, um suéter com gola alta e uma jaqueta de couro marrom e surrado e um Nike preto e botei um cachecol no pescoço para ficar mais elegante.

Já o Gabriel saiu do quarto calçando um Vans estilo botinha e vestia a calça preta, uma blusa de lã vermelha com branco com uma gola alta caída para ao redor de seu pescoço e para finalizar um belo sobretudo preto com corte no estilo militar russo, e, claro, seus óculos de aros preto e grossos.

– Como estou? – ele perguntou, quando me viu olhando-o.

– Lindo! – eu sussurrei, sem saber o que mais poderia dizer. – Eu faria amor de você novamente aqui e agora!

O *Carpetbaggers* é um restaurante especializado em comida italiana, fica num bairro de alto nível de Santiago. Fiz reserva para às 19h30. Nosso taxi chegou um pouco antes das 19h e partimos sob um céu azul neon derrubando flocos de neve.

O motorista do taxi era um senhor de bigodes brancos, traje a rigor e óculos retangulares. Falava um castelhano rápido demais para que eu e Gabriel pudéssemos entender, mas foi adorável ao não se importar por estarmos de mãos dadas.

– *¿Los señoros van a Restobar Ky enton?* – ele perguntou ao saber onde íamos.

– *No, para lo Carpetbaggers* – corrigiu Gabriel.

– *Si, Restobar es lo miesmo lugar y o que necesita saber que es el mejor restaurante de Santiago.*

– *!Gracias, señor!* – respondeu Gabriel. – *!És lo que necesitamos aprovietar como podemos!*

– *¿Ustedes son de Santiago?*

– *Brasileños, señor.*

– *!Nunca vi a un castellano bien hablado por un brasileño!* – ele disse, parecendo impressionado.

Por fim ele iniciou um pequeno monologo sobre a cidade, sobre como Allende tinha se suicidado, sobre como Pinochet tinha tomado o controle do país e sobre como

Neruda tinha ganho o Nobel de Literatura. Disse ainda que precisamos ir aos Andes para uma caminhada, mascar folha de Coca e respirar os ares vulcânicos.

– *!Es estimulante y mágico!* – ele disse, olhou para o retrovisor e suspirou.

Então o carro parou e ele se virou para nós.

– *!Deseo una noche increíble para los jóvenes* – acrescentou, recusando-se a receber a corrida. – *Y se puede experimentar todo el amor en el mundo en nuestra ciudad!*

O *Restobar Ky* era um bar dividido em dois como o próprio nome já diz. No piso superior o restaurante e embaixo o bar. Ambas as decorações eram diferentes: no restaurante o clima era sofisticado, contudo bem clássico e no bar era moderno e contemporâneo, com luzes coloridas e muitas luminárias.

O *maître* nos recebeu como se fossemos clientes assíduos do lugar e nos conduziu a uma mesa no piso superior. Ela estava preparada com três tipos de taça, dois pratos grandes – o fundo sobre o raso –, um prato pequeno e vários talheres que eu não sabia para que serviam.

– Meu nome é *Jorge* – ele disse, num português bem carregado de espanhol – e vou servi-los esta *noche, señores*.

– Gracias, Jorge – eu agradeci.

– Podemos *hablar portugués*, SI ustedes preferire! – Jorge acrescentou, polidamente.

– Perfeitamente – Gabriel, disse, sorrindo. – Como *você* preferir.

– Gostaríamos que *ustedes se sientan* como em casa – ele acrescentou – *entonces creo que hablamos portugués*.

Gabriel assentiu com a cabeça quando ele se virou para ele e eu concordei.

– O que os *señores* gostariam de beber? – ele perguntou e mostrou um carrinho ao seu lado com varias garrafas já dentro de baldinhos com gelo. – *Viño* ou *Champán*?

– Champagne, por favor – eu pedi. – O melhor que você tiver.

– Este aqui, *señor, és un Vollereaux* – Jorge explicou e nos serviu – e foi *hecho* para ser tomado *a dos, entre los amantes*.

Tanto eu quanto o Gabriel o encaramos e ele nos deu uma piscadela.

– E para comer eu posso *hacer una sugeston*?

– À vontade – Gabriel disse, sorrindo.

– Para a entrada, servimos *Charquican* – ele disse. – Un prato típico com carne roja e verduras. *Después de una buena pasta italiana: Fetuccine* integral *alla Puttanesca.*

– Parece ótimo – o Gabriel disse, fechando o cardápio.

Jorge nos deixou após uma mesura e eu peguei minha taça e a levantei para um brinde.

– A você, meu amor – eu disse – ao sentimento puro de felicidade que você está me fazendo sentir nesse momento.

Ele sorriu. Seus olhos brilhavam.

– Gabriel, saiba que é um privilegio amar você.

Bati minha taça na dele quando ele fez menção de falar algo. Ele não precisava me falar nada naquele momento. Já estava fazendo muito por mim ao ter vindo para Santiago.

Tomamos meia garrafa do belo e magnifico *Vollereaux.*

– Dom Perignon não errou quando disse que estava bebendo estrelas – Gabriel observou, após um pequeno gole de sua taça. – Isso realmente são estrelas.

Em seguida o *Charquican* foi servido e eu achando que era apenas carne com legumes, quase mordi a língua quando provei: de tão maravilhoso, tão divino e tão soberbo que aquele prato era. Tinha gosto de saudade.

Depois disso o Fetuccine alla Puttanesca nos mergulhou na mais pura sensação de êxtase que se poderia sentir ao experimentar um prato. O tal do Dom Perigon iria concordar que a sensação era mastigar nuvens e tomar estrelas.

Fomos a pé para o *flat* depois do jantar, caminhando pelas ruas cá e lá de Santiago, com flocos de neve rodopiando entre nós, deixando o ar da noite – claro e estrelado – suave e leve. Quando cansamos de caminhar, subimos num ônibus que nos levaria para próximo ao campus da universidade e de onde ele parasse, pegaríamos um taxi novamente.

O taxi parou próximo ao *flat* para nossa sorte, umas três ou quatro quadras e a força do vento e da neve tinham diminuído, mas ainda assim um ou outro floco se perdia pela noite.

Ele estava feliz, parecia irradiar a felicidade de estar ali, comigo, naquele momento, segurando minha mão, andando ao meu lado pelas ruas quase vazias. Ele se desviou de uma investida minha para um beijo, rindo e colocando um poste entre nós dois.

— Aqui não, Vitor Daniel – ele disse, segurando-se no poste.

Mas ele estava alegre pelas taças de *Vollereaux* que tinha tomado.

— Por que não? – eu perguntei, alcançando-o e segurando-o com força.

— Porque não está...

Beijei-o.

— Aqui não, Vitor Daniel – ele disse, abrindo os olhos um segundo depois de mim.

Por um segundo, me vi num *déjà vu*.

— Por que não? – voltei a perguntar.

— Porque está fri...

Beijei-o.

— Eu não deveria ter tomado o *Vollereaux* – ele disse, quando o beijo terminou, ainda de olhos fechados.

— Por que não?

— Porque isso parece um sonho.

— E por que não deveria ser?

— Porque sonhos geralmente acabam – ele respondeu, abrindo os olhos verdes esmeralda que lampejaram ao me encarar.

♠

Há um dia fatídico nessa história; sim, mais um; do qual eu achei que não iria conseguir passar. Mas era apenas mais um pensamento inocente sobre como era o amor. Só que mal sabia eu que o amor é um tipo de espectro bipolar, cuja polaridade inversa é o oposto de algo sublime. Nesse caso, todo mundo julga ser o *ódio*, mas eu discordo. Creio que o oposto do amor é a *decepção*. E quando a decepção acontece, dependendo da profundidade, todo o amor sentido se torna um outro sentimento licenciado a viver no lugar daquele que deveria ser único.

Eu também jamais esperaria a jogada dura que o destino tinha preparado. Na verdade, nunca achei que o destino – ou o acaso ou o que fosse – jogasse realmente e se jogasse, achei que lá no fundo sempre seria a nosso favor. De fato, fora um egoísmo meu pensar dessa maneira. O mundo não é um tear de sonhos, desejos e vontades.

Eu e Gabriel tínhamos vividos dias maravilhosos, *sublimes*, se é que me entendem. Passamos a maior parte do tempo presos dentro do *flat* devido à nevasca que caiu na sexta-feira e aproveitamos o sábado para passear por uma Santiago alva de gelo e neve. Foi uma sensação jamais sentida, de pura e imaculada liberdade, de amar, de ser amado, de viver e, claro, de ser feliz; simplesmente assim.

Mas, então, na tarde de sábado, logo depois que chegamos do *passeio cultural*, o telefone do *flat* tocou. No mesmo instante o Gabriel recebeu um SMS e foi para o quarto, enquanto eu atendia o telefone.

– *Llamada internacional* – disse a vozinha robótica. – *Para aceptar pulse 2. Negar pulse 4.*

Apertei 2.

– *Alô? Vitor?* – disse uma voz conhecida do outro lado da linha.

– Mãe?

– *Vitor, graças a Deus você atendeu* – ela disse e a voz parecia urgente.

– Aconteceu alguma coisa? – perguntei, um gosto amargo na boca, de repente.

– *Aconteceu* – ela confirmou – *e eu não sei o que pensar por enquanto. Estou meio aturdida ainda.*

– Fala logo, mãe, o que houve? – perguntei, um pouco exasperado.

– *A Luiza chegou aqui em casa hoje à tarde* – ela começou e respirou fundo. – *Filho, a sua prima está grávida.*

Eu não soube dizer num primeiro momento por que minha mãe estava tão chocada com a notícia, mas a ficha caiu logo em seguida a esse pensamento. Era como se eu estivesse assistindo a outro *déjà vu* e nesse eu deixava minha prima subir em cima de mim, me tocando gentilmente com sua mão macia, sussurrando no meu ouvido, enquanto os bicos dos seus seios faziam pressão no meu corpo.

– Ela está grávida e o bebe é meu, é isso? – eu perguntei, só que eu já sabia a resposta.

– *Ela já fez um exame de sangue* – respondeu minha mãe. – *O teste deu positivo.*

V

Verdade

Curitiba já estava ensolarada quando voltei de Santiago e verdade seja dita, para mim não tinha graça estar de volta. Depois de quatro meses, eu deveria estar feliz ou contente pelo menos, mas muitas coisas tinham mudado.

Gabriel não falava mais comigo, desde que voltara na manhã seguinte para casa e seu silêncio era algo que me incomodava insuportavelmente, mais até do que eu ser pai de um filho da Luiza. *Poderia ter sido com qualquer outra mulher! –* eu pensava, comigo mesmo.

Mas a vida não é uma estrada em linha reta para simplificar o trajeto dos desejos e eu não tinha escolha se não aceitar as curvas e buracos da minha vida naquele momento.

Quando desembarquei em Curitiba, apenas minha mãe me esperava. Ela segurava uma plaquinha nas mãos, escrito: *meu filhote –* sem necessidade, na minha opinião. Nos abraçamos demoradamente, ali mesmo na ala de desembarque, porque apesar de tudo eu estava morrendo de saudade dela.

No carro, os cinco primeiros minutos foram silenciosos até minha mãe puxar conversa e quebrar o silêncio entre nós.

– Então você vai ficar calado assim? – perguntou ela, sem tirar os olhos da estrada.

Eu não queria falar, não queria abrir a boca, por que além de tudo eu não tinha nada para falar.

– Sério que você não vai falar comigo? – minha mãe insistiu, um tom de voz mais alto do que o normal.

E esse era o tom de voz limite que eu não deveria ultrapassar.

– Eu não tenho motivos para falar.

– Comigo? Com sua mãe? – ela disse, como se eu a tivesse insultado.

– Mãe, você contou para o Gabriel que eu vou ser pai de um filho da minha própria prima.

– Ele iria saber de qualquer maneira e não seria você a contar.

– Eu iria con...

– No momento certo? – mamãe rebateu. – Você teve o seu momento certo lá em Santiago. Mas Gabriel voltou para casa sem saber de nada.

– Mas você não tinha o direito...

– A Luiza tinha? – disse mamãe, dando um break no carro ligeiramente forte e estacionando o carro no acostamento. – Vitor Daniel, eu liguei para você lá em Santiago e expliquei tudo o que estava acontecendo: te contei sobre a gravidez da sua prima e sobre ela já saber que você estava namorando o Gabriel. Com isso achei que você seria inteligente o suficiente para preparar o Gabriel a tudo o que ele iria passar.

– Como assim?

– Estou *falando de amor*, Vitor! – bradou minha mãe. – Amor é isso: é segurar na mão do outro e enfrentar a tormenta.

Aquelas palavras foram fortes, serviram como um tapa em minha cara e doeram mais que qualquer coisa naquele momento.

– Desculpe – eu disse, depois de um tempo e depois de outra pausa acrescentei. – Mas o que o Gabriel disse quando você contou para ele?

– Bom, deu para ver que ele ficou chateado – mamãe explicou – mas ele disse que vocês teriam que conversar.

– Nós vamos conversar, assim que eu chegar em casa eu vou ligar para ele.

Minha mãe respirou fundo, parecendo chateada.

– O que foi agora? – indaguei.

– O Gabriel está lá em casa te esperando – ela disse. – Foi difícil convencê-lo a fazer isso, mas eu apelei. Na minha opinião, filho, você não merece o perdão dele, mas eu não iria me sentir bem se te visse depressivo de novo com mais um drama amoroso e por ser sua mãe me sinto obrigada a lutar pela sua felicidade. Eu tinha que fazer alguma coisa e fiz, mesmo que você não entenda. Eu contei a verdade para ele e pedi uma bandeira diplomática por você. Seja sincero, com o Gabriel, pelo menos agora e se ele te perdoar, saiba que vai ser a última vez.

Eu não soube o que dizer e também não estava preparado para um embate com o Gabriel logo de cara, mesmo sabendo que isso iria acontecer de qualquer maneira. Só que em todo o meu egoísmo, pensei que poderia chegar em casa, tomar um banho e dormir um pouco – eu ainda estava sob o efeito do fuso horário.

Obviamente diante de todos os meus erros e pecados, eu tive a sorte de adiar meu encontro e agora eu confesso que o medo que senti dessa conversa foi algo muito mais sensitivo e intuitivo do que qualquer outra coisa. Eu queria não ir para casa, eu queria correr o mundo e me esconder. Mas eu não podia.

Afinal, eu fora o criador – mais uma vez – dos meus próprios demônios.

Quando eu entrei em casa, senti a paz que o lar sempre pode oferecer a uma pessoa. Pude sentir o silêncio, a brisa que balançava as cortinas do hall, o cheiro de Narcisos permeando o lugar.

– Aonde ele está? – perguntei, quando avistei a Giza, saindo da cozinha ao nosso encontro.

– No seu quarto – ela disse, prontamente. – Ele pediu para esperar lá. Fiz mal?

– Não, fez bem, obrigado – respondi e subi as escadas de dois em dois degraus.

Parei diante da porta do meu quarto sem ter coragem de entrar. Eu ri dessa ironia, botando a mão no trinco da porta. Fechei os olhos e tentei me lembrar de todas as coisas boas que vivi ao lado do Gabriel.

Foram muitas, muito mesmo. Tantas que eu não posso enumerar ou quantificar, porque essas coisas boas estavam sempre ligadas à minha felicidade e ao meu amor por ele. Sei que diante de todas as minhas falhas, erros, pecados e medos – sim medos também, porque o medo de perdê-lo sempre foi algo palpável para mim – eu não deveria dizer que o amo, porque esse amor que digo sentir pode ser contestável por todo mundo a partir de agora.

Contudo, eu o amo e reconheço totalmente as minhas falhas, erros, pecados e medos.

Abri, finalmente, a porta e o vi sentado aos pés da minha cama, olhando pela janela totalmente aberta. Ele olhou para trás e levantou-se quando me viu e eu tive uma vontade enorme de correr para ele e pegá-lo no colo, abraçar tão apertado e nunca mais soltar, mas me contive diante do olhar que ele me lançou.

Não fora nada com o que eu já vira antes, nem saudade e tampouco ódio. E acredite, eu já o tinha visto me lançar um olhar de ódio antes.

– Oi.

Ele ergueu as mãos subitamente no ar, a boca entortou levemente em desaprovação enquanto balançava levemente a cabeça em negação, os olhos verdes esmeralda cintilando. Eu engoli em seco, ainda tentando definir seu olhar para mim.

– Você foi a pior e a melhor coisa que aconteceu na minha vida, Vitor Daniel – ele disse, com um tom agonizante, carregado de desprezo.

Ele relaxou os braços e desviou os olhos de mim, me deu as costas e eu senti – mesmo afastado – que ele estava lutando para não chorar – fosse por raiva ou por decepção.

– Eu posso explicar, Gabriel...

– Explicar *o quê*, Vitor Daniel? – ele retrucou, voltando-se para mim com os olhos já marejados, as costas da mão em frente a boca.

– O que aconteceu com a Luiza foi quando estávamos separados – eu disse, na defensiva, me agarrando ao que me restava. – Você mesmo ficou com outros...

Os três passos que ele deu foram tão rápidos que eu nem vi como aconteceu, só vi quando as estrelas surgiram na minha frente e meu rosto esquentou do lado esquerdo – e todo sono e cansaço que eu sentia sumiram subitamente.

– Não ouse falar de *outros* para mim – ele sibilou, entre dentes, como se cuspisse cada palavra em mim. – Eu não engravidei ninguém aqui. Eu não omiti verdades quando oferecia meu coração para você. Eu fui sincero, durante todo o tempo.

Ele parou de falar para respirar enquanto lágrimas escorriam por seu rosto.

– Não é pelo fato de você ser o pai – ele disse, tentando retomar sua compostura normal, onde seus sentimentos ficavam bem guardados e seu rosto não expressava nenhuma emoção. – É por que eu tive que ouvir a sua verdade pela boca de outra pessoa. É pela falta de confiança, de cumplicidade.

– Não foi outra pessoa, foi minha mãe, Gaels...

– Justamente, Vitor Daniel, ela é sua mãe! – ele rebateu, os olhos me fuzilando. – Não é com ela eu namoro, é com você.

Eu ainda estava chocado com o tapa na cara, fora forte o suficiente para eu cair na realidade e perceber que ele estava com razão em todos os aspectos.

– Vitor, a Luiza invadiu a minha casa – ele continuou, de costas para mim, mexendo num punhado de papel na minha escrivaninha. – Ela me agrediu verbal e fisicamente. Ela disse que tiraria você de mim a qualquer custo. Vocês iriam formar uma família. Ter o bebê, que se chamaria Emanuel...

– É mentira, Gaels, meu amor...

– CALA A BOCA, VITOR DANIEL! – ele gritou e eu me calei. – *Eu não terminei*: e eu tenho muita coisa para jogar na sua cara ainda, então, cala a maldita da sua boca. Você não está no direito de se defender, mesmo que a sua mãe tenha pedido por essa conversa, mesmo que você esteja na sua casa.

Ele respirou fundo e me encarou, sem sorrir como sempre fez.

– Quando sua mãe me contou, eu até estava disposto a estar do seu lado e seguir em frente, porque eu entendo o valor do perdão. Tanto para mim quanto para as outras pessoas. E relacionamento é assim, não é? Você perdoa as falhas do outro quando ama. Minha mãe perdoou meu pai com suas varias amantes, quando um bastardo apareceu.

Enfim, por que eu não poderia fazer o mesmo com você. – Gabriel sentou-se na poltrona ao lado da janela. – Eu coloquei na balança tudo o que vivemos e descobri que as minhas decepções, as coisas ruins foram tão grandes com você quanto todo o amor que vivemos e por Deus, eu amei você. Mesmo que o meu preconceito fosse quase comparável ao que eu sentia por você.

– Você disse que me amava – perguntei, em sua pausa. – Você colocou a palavra no passado. É por que você não se aceita que você não me ama mais?

– Eu estou muito bem e feliz com a minha sexualidade, Vitor Daniel – ele respondeu, dando de ombros. – Mas coloquei o verbo no passado porque quero conjugar essa história toda de outra forma, onde eu possa ser feliz de verdade, onde eu possa encontrar alguém que não brinque comigo como se eu fosse uma peça de xadrez.

– É injusto você me dizer isso – eu volvi. – Eu sempre procurei fazer você a pessoa mais feliz do mundo.

– É mesmo, Vitor Daniel? – ele respondeu, levantando-se da cadeira e caminhando até a escrivaninha. – Então deixa eu te mostrar como a nossa felicidade vai parecer um engodo diante de todos os e-mails e conversas do WhatsApp que eu tenho aqui.

De repente minhas pernas ficaram bambas e eu sabia o porquê.

– É, foi assim que eu me senti quando eu li – ele respondeu, passando a mão pelo punhado de papel sobre a minha escrivaninha. – Aliás, o meu nome não é uma boa senha para o seu e-mail, até sua prima conseguiu descobrir. Mas deixa eu ver aqui, uma das últimas conversas ou um dos e-mails mais antigos?

Eu sentei na cama, sem saber o que fazer, com se tivesse levado um soco no saco.

– Conversa de 28 de agosto – Gabriel leu. – Ah, essa eu vou ter que traduzir, está em espanhol.

Estevan Roriz, diz:
Obrigado por ter me aceitado no WhatsApp, gato.

                         Vitor Daniel, diz:
                Aceitei porque você é tão gato quanto eu.

Estevan Roriz, diz:
HAHA, teremos filhos magníficos então.

                         Vitor Daniel, diz:

A ideia de concepção nesse exato momento me agradaria muito, Estevan, o que
você acha?

Estevan Roriz, diz:

Seu pau é grande?

Vitor Daniel, diz:

É o suficiente!

– Vou parar essa por aqui – ele disse, de repente, num tom enojado. – Não quero vomitar no seu quarto. Mas tenho esse e-mail aqui, quer ver? Um monte de fotos trocadas com Maitê de Rossi. As mesmas fotos que você mandou para ela, você mandou para o Thomas, aqui em Curitiba. E para o Felipe. Para o Matheus... e nossa, o que dizer dessa conversa com o Eduardo uma semana antes de você embarcar? Como foi que você escreveu para ele? – e então ele leu.

Vitor Daniel, diz:

Meu namorado jamais deve saber. Nós nunca nos vimos. Isso nunca aconteceu. O
que rolar no motel, fica no motel. Ok?

– Para, Gabriel – eu supliquei, sem forças, sem coragem. – Por favor.
Eu estava chorando também, de vergonha, de medo. Eu era um monstro e não importava o que eu dissesse agora, todas as provas estavam ali, bem diante de mim. Questionar como ele teve coragem para invadir meu e-mail e conseguir aquilo tudo seria dar um murro na ponta de uma faca.
– Eu estou com nojo de mim mesmo, Vitor Daniel – ele disse, entre soluços. – Olha o que você fez... eu achei de verdade, de coração, com todas as minhas forças que a gente ia ficar juntos para sempre. Eu achei que poderia fazer de você meu porto seguro, meu norte.
– Gaels, meu Gaels... – eu gaguejei, tentando ir até ele, mas ele desviou-se de mim. – A gente ainda pode ser o porto seguro um do outro.
– NÃO, NÃO PODE! – ele berrou, levantando-se da poltrona com o maço de papel nas mãos. – EU NÃO QUERO MAIS VOCÊ!
– Por favor... não, não, não, não, não...
Ele tampou o rosto com o maço de papel por um segundo.

255

– Como eu fui burro, burro... eu precisei da sua prima para descobrir como você me traía, precisei levar uma bofetada dela para acreditar em tudo o que está escrito aqui! Eu tinha ficado em pé e caminhei até ele e sem saber o que fazer, tentei agarrá-lo. Ele ficou em pé na poltrona, na ânsia de se afastar de mim e quando eu cheguei na frente dele, ele me acertou com o maço de papel... uma... duas... três vezes.

Papeis voaram pelo quarto, conversas evocadas do meu passado, fotos pornográficas pessoais rebaixando meu pudor ao chão, aonde o Gabriel não punha os pés.

– SAI DE PERTO DE MIM! – ele berrou, mostrando os dentes brancos como um gato arisco, os olhos encharcados de lágrimas e vermelhos de raiva ou de desespero.

Eu não sai da frente dele e tentei puxá-lo para mim, mas mais uma vez sua mão estalou no meu rosto e então outra vez, só que do outro lado.

E eu suportei aquilo tudo, eu tinha que suportar porque eu merecia, definitivamente.

Por fim o abracei bem forte, sem coragem de soltá-lo, minha cabeça colada em seu peito enquanto seu coração batia forte e acelerado, descompassado, como se socasse seu peito. Ele puxou meu cabelo, virando minha cabeça para trás e suas lágrimas caíram no meu rosto. O desprezo expressado em cada canto de rosto, mas então nossos olhos se encontraram e seus braços subitamente se fecharam em volta da minha cabeça, num abraço tão doce quanto suas lágrimas eram salgadas.

– Eu odeio amar você – ele sussurrou, talvez mais para si mesmo do que para eu ouvir, de tão baixo que sua voz saiu.

– Eu amo amar você – respondi, entre vários soluços.

Ele se afastou de mim subitamente, me empurrando para longe.

– Fique longe, Vitor Daniel – ele disse, mas eu não obedeci.

Me reaproximei dele e isso o fez se assustar e cambalear para trás, mas seus reflexos eram tão bons que não pude evitar outros dois primeiros tapas, só o terceiro quando consegui segurar seus braços.

– ME SOLTA! ME SOLTA! – ele grunhiu, mostrando os dentes novamente.

Mas eu esqueci de suas pernas e a joelhada que ele me deu foi de fazer o ar faltar quando a dor subiu das minhas bolas para o estômago. Acabei soltando suas mãos e ele saiu do quarto, tão rápido quando um animal acuado. Ainda cambaleando fui atrás dele, suando frio pela dor e cheguei na sala onde minha mãe o abraçava.

– O que você fez, Vitor Daniel? – ela perguntou horrorizada.

Gabriel chorava copiosamente, descontroladamente e num estado de pânico que me doía tão mais do que o chute que ele me dera.

– Eu... o... traí... – eu disse, tentando respirar e responder o que minha mãe perguntara. – Eu... o... traí...

Minha mãe acariciava sua nuca, enquanto o mantinha num abraço apertado. Com egoísmo pensei que eu deveria estar fazendo isso, eu deveria estar protegendo ele de toda e qualquer decepção, mas eu falhara.

Eu fui um canalha, um canalha estúpido e covarde, responsável por destruir – talvez – a vida da pessoa que eu mais amei na vida. Fui egoísta acima de tudo quando prezei mais os meus desejos do que o amor que o Gabriel me oferecia. Ele tinha razão em dizer que eu fora a pior e a melhor coisa que lhe acontecera. Mas a balança, nesse momento, pendia mais para as piores coisas. Fui eu que mostrara para ele como o amor pode doer, machucar a ponto de ferir e sangrar – pelo menos figurativamente – e fora eu que mostrara para ele o sabor amargo da decepção. E a pior coisa em mim foi ser uma ilusão para ele de que eu poderia ser o seu porto seguro e o seu norte, como ele mesmo tinha dito.

– Gabriel... – eu o chamei, mas ele não respondeu. – Gaels... por favor...

Ele deu um passo para trás, ainda sem se virar para mim. Empertigou-se e respirou fundo. Suas mãos enxugaram as lágrimas. E por fim ele voltou-se para mim.

– Eu vou embora, Vitor Daniel – ele disse, com a voz firme, ainda que soluçasse no final de cada frase. – E não quero que você venha atrás de mim. Eu te proíbo de vir. Eu vou embora da sua vida. Nosso namoro chegou ao fim. O amor que eu sentia não pode suportar mais uma decepção e eu não costumo dar terceiras chances. Quero que você saiba que eu amei você – ele fechou os olhos, lágrimas ainda teimavam em escorrer pelo seu rosto – de uma maneira incondicional e livre de qualquer preconceito. Foi uma honra conhecer sua família e estar com você durante todo esse tempo, mesmo passando por todas essas coisas que passamos. E foi uma honra – ele virou-se para minha mãe – ainda maior conhecer você, Daniela.

– Gaels...

– Eu quero que você saiba ainda, Vitor Daniel – ele disse, me ignorando. – que eu vou continuar amando você, mas vou fazer todo o possível para deixar de sentir qualquer coisa. E gostaria que você fizesse o mesmo. Quero que você esteja livre de mim para conhecer e amar outra pessoa e ser feliz com ela da maneira que não conseguimos ser juntos. Também te dou a minha palavra de que farei o possível para não guardar magoa ou rancor.

Ele aceitou um lenço de papel que minha mãe oferecia. Em seguida tateou os bolsos da calça atrás da carteira e das chaves do carro.

– Gaels, eu vou poder te ver amanhã, talvez? – eu perguntei, numa inocência que não me pertencia, não depois de todas as conversas que ecoavam no meu quarto, jazidas em sulfites sobre o carpete do segundo andar sob uma janela qualquer.

Seu olhar cruzou a sala como um tiro de gelo.

– Não vai existir nenhum amanhã para nós – ele respondeu e rumou para a porta de saída, tomando o cuidado de passar o mais longe possível de mim.

Minha mãe o acompanhou silenciosamente e da porta a ouvi perguntar se ele queria que ela o levasse. Ele agradeceu, mas a dispensou.

– Acho que vai me fazer bem dirigir sozinho – ele respondeu. – Obrigado por tudo, Daniela, tudo mesmo.

– Não precisa agradecer, Gabriel – ouvi minha mãe responder.

Então a porta se abriu e se fechou e um pedaço gigantesco de mim foi embora junto com o Gabriel. E naquela noite eu não dormi, não consegui pregar os olhos, mesmo o cansaço, o fuso horário e toda a tensão da conversa com o Gabriel.

O rosto dele, do Gabriel, era um fantasma para meus olhos – abertos ou fechados. Eu o via de toda e qualquer forma. Um vulto do sentimento de impossibilidade que eu sentia no momento.

Para ser sincero, eu me sentia envergonhado, sujo, um traste. O Gabriel tinha toda razão em não me querer mais, por mais que eu tivesse decidido que jamais o trairia novamente. Agora era tarde, tarde demais. Para o que quer que fosse.

Mas o que restaria para mim?

Quarta parte

Gabriel

Epilopo

— E como você se sente sobre isso? – perguntou Dr. Carina.

A pergunta padrão que sempre sai da boca de qualquer psicólogo.

— Como qualquer outra pessoa depois de mais uma decepção amorosa – respondi.

— Estou ciente e consciente de tudo, tudo mesmo. Incluindo as lições que aprendi.

— Está mesmo? – ela devolveu, olhando para a aliança em seu dedo.

— *Ok*, o que você quer que eu faça? – questionei, demonstrando totalmente minha insatisfação com o rumo daquela conversa.

— Há uma grande...

— ...diferença entre o que *você* quer e o que *eu* tenho que fazer – ironizei, revirando os olhos; essa também era uma resposta padrão, mas *dela*.

Ela deu um sorrisinho.

— Isso mesmo – e então me encarou.

— Carina, eu não tenho o dia todo e até agora você só fez perguntas vagas – eu respirei fundo. – Eu estou bem. Eu estou seguindo em frente.

— Quero conversar sobre o Vitor Daniel e a forma como ele abusou de você – ela disse, de repente. – E você sabe disso. Mas todas as vezes que tocamos no nome dele, você foge. Da ultima vez você simplesmente levantou e foi embora. Demorou mais de três meses para voltar. E não use o curso de medicina como desculpa.

— Esse é um assunto do passado e não houve abuso.

— Não, Gabriel, isso é um assunto do passado e para mim desde o começo está muito claro que houve um abuso – ela respondeu, se inclinando para frente e lendo algo em suas anotações. – Nós precisamos conversar sobre a toxicidade desse relacionamento e sobre os traumas que você carrega por causa deles e que você mesmo reconhece que existem.

— Quais traumas, Carina? – respondi, mas sabia a resposta. – E como pode ter sido um abuso se eu também quis?

— Você já ouviu falar em responsabilidade afetiva?

— Pela internet, já – respondi, a contra gosto.

— Você era muito novo, Gabriel. Você era uma criança.

— Uma criança que já sabia exatamente o que queria e queria foder com um professor de história e filosofia cinco anos mais velho.

Silêncio.

– Eu não estou aqui para julgar nenhum relacionando com diferenças de idade, mas Vitor Daniel era um homem adulto e você um adolescente. E isso eu posso julgar: você era menor de idade, aluno dele. Quando ele colocou você de lado e procurou sexo com outras pessoas ele foi não só irresponsável afetivamente com você, mas abusivo e toxico e creio que se esse relacionamento não tivesse terminado no momento que terminou eu projetaria outros tipos de abusos num eventual compromisso marital de vocês. Pelas coisas que você descreveu, sempre houve um sentimento de posse, de propriedade dele para com você e isso e explicaria o que você mesmo me relatou, de que a felicidade dele sempre seria plena se você estivesse com ele.

– Não seja ridícula – eu respondi, engolindo o nó na minha garganta.

– Você perdoou duas traições, incluindo uma gravidez e você mesmo admitiu cogitar perdoar a descoberta de todo aquele dossiê.

– Porque eu o amava, porque eu sentia falta dele.

– E aonde esse amor o levou? – Carina devolveu. – Hoje quem está sentado num consultório é você e não ele.

Ela estava certa e eu sabia disso. Era eu quem estava *ali*.

Carina se inclinou para frente e pegou uma das suas fichas de anotações.

– *Sou eu mesmo que estou juntando os meus próprios cacos depois de ter sido quebrado por um sentimento que era ilusão*, foi exatamente essas palavras que você disse naquela noite quando você veio parar aqui.

– Você não precisa usar minhas palavras contra mim, eu não estou em um tribunal.

– Você veio até aqui direto da casa dele naquela noite, não é? – ela perguntou, ignorando meu comentário.

– Sim.

– Sabe por que você veio direto para cá?

Não respondi.

– Porque você sabia, desde o começo, que o relacionamento com ele não seria saudável em nenhuma das realidades que você criou na sua cabeça como desculpa para o estar com ele.

– Isso não é verdade – eu disse quase num sussurro e de repente me senti exausto. – Eu não tinha como prever nenhuma das coisas que aconteceram.

Uma vontade de chorar surgiu dentro de mim, mas as lagrimas não vieram. Não vinham já a muito tempo.

– Eu amei o Vitor Daniel, é verdade, mais do que eu gostaria até – eu recomecei, com a voz mais forte. – E eu terminei com ele ainda o amando, mais do que eu possa mensurar. Mas eu jamais previ que eu iria passar tudo o que passei. E você pode chamar de qualquer coisa agora por que eu realmente não me importo mais. É passado. E está no passado. Faz parte da minha história, me ajudou a chegar até aqui e com certeza deixou algumas marcas, só que eu já segui em frente.

Dra. Carina deu um leve sorriso.

– Até as magoas já se foram, Carina – eu disse, numa tentativa desesperada de realmente deixar o passado no passado. – Eu já perdoei e já deixei ir embora. Só não me obrigue a relembrar dele todas as vezes que eu vier aqui. Eu preciso que ele fique no passado.

– Muito bem – disse ela, depois de um breve silêncio, mas sorrindo agora e escrevendo algo em uma das suas fichas.

Eu estava destruído por dentro, mas seria possível que ela finalmente estivesse satisfeita ou orgulhosa com a minha resposta? Sim, eu via em seus olhos: orgulho.

Carina não disse nada do que eu deveria fazer e era a primeira vez que ela não dizia nada no final de uma das nossas sessões. Nenhum sermão, nenhuma citação psicanalítica. Ela só perguntou se nos encontraríamos novamente na semana seguinte.

Quando entrei no carro e liguei o radio, Lady Gaga começou a cantar *Joane*.

Girl
Where do you think you're goin'?
Where do you think you're goin'
Going, girl?

Honestly, I know where you're goin'
And baby, you're just movin' on
And I'll still love you even if I can't see you anymore
Can't wait to see you soar

Sobre o autor

Diego Samuel Binkowski

□ □□

□escritor □historiador

□Os Senhores do Tempo - A Espada, o Espelho e o Relógio

Para mais informações:

Twitter: @**iSamouels**   Facebook: @**samouels**   Instagram: @**samouels**

□ www.abouteverything.com.br

Printed in Great Britain
by Amazon

51878375R00156